वाणी प्रकाशन का 'लोगो'
विख्यात चित्रकार मक़बूल फ़िदा हुसेन की
कूची से

ISBN : 81-8143-221-5

वाणी प्रकाशन
21-ए, दरियागंज, नयी दिल्ली-110002
द्वारा प्रकाशित

फोन : 0091#11#23273167, 23275710
फैक्स : 0091#11#23275710
ई-मेल : vaniprakashan@gmail.com
vani_prakashan@yahoo.com
वेबसाइट : www.vaniprakashan.com

संस्करण : 2004
संस्करण : 2008

मूल्य : 195.00
आवरण सज्जा : वाणी प्रकाशन
अर्पित प्रिंटर्स, शाहदरा, दिल्ली-110032
द्वारा मुद्रित

DEHGATHA MADHAVI KI
by : Yadvendra Sharma 'Chandra'

देहगाथा माधवी की

यादवेंद्र शर्मा 'चंद्र'

वाणी प्रकाशन

मैं इतना ही कहूँगा

'देहगाथा माधवी की' मेरा नया पौराणिक उपन्यास है जिसका आधार महाभारत के उद्योग पर्व में वर्णित राजा ययाति की कथा है। कथा है ययाति की बेटी माधवी और विश्वामित्र के शिष्य ऋषि गालव की। कथा पढ़ने के बाद मुझे माधवी की त्रासदी बेचैन करती रही। मैं सोचता रहा कि वैदिक काल से आज तक नारी उत्पीड़न व शोषण का शिकार रही और वह सिलसिला आज भी जारी है।

पौराणिक काल की कथाओं में जो शाप और वरदान की संस्कृति और चमत्कार हैं, उन्हें प्रतीक भी समझ लिया जाए तो वैज्ञानिक युग में पाठक को आश्वस्त करना दुर्लभ है। हाँ! यदि हम इन्हें तत्कालीन कथा तत्त्व व मिथ मान लें तो शायद गले उतर जाए।

माधवी का जीवन वास्तव में उसकी देहगाथा है। उसकी समस्त क्षमताएँ व ज्ञान ऊर्जा उसकी पितृाज्ञा की आज्ञा में लीन हो जाती हैं और वह पुत्र उत्पन्न करने का यंत्र मात्र रह जाती है। माधवी का अश्वों के बदले एक वस्तु जैसा उपभोग हृदय को करुणा प्लावित कर देता है। एक आक्रोश और झुँझलाहट को जन्म देता है। श्यामकर्ण अश्वों के बदले उसकी देह। देह क्या विनिमय की वस्तु। तीन राजाओं और एक विश्वामित्र से एक-एक पुत्र उत्पन्न करना और उन्हें पुत्रों को सौंप कर लौटना, मैं समझता हूँ कि यह स्त्री की त्रासदी ही नहीं, भयंकर दुखान्तिका है।

मैंने उस दुखान्तिका को अपनी समझ से प्रस्तुत किया है। मैंने अपने पात्रों को हाड़-मांस का बनाया है। माधवी एक स्त्री के रूप में चित्रित है और वैदिक काल के महानतम चरित्र गहनता से जानें तो वे सामान्य प्राणी ही लगते हैं। चाहे देवता हो, चाहे दैत्य, चाहे ऋषि हों, चाहे राजा-महाराजा सब समकालीन मानव की सबलताएँ और दुर्बलताएँ लिये हुए हैं। लगता है कि अर्थ, काम और सत्ता के लिए ही यह सृष्टि का चक्र चल रहा है।

माधवी की जीवन परिस्थितियाँ सामन्ती व राजा शाही संस्कृति व व्यवस्था की सच्चाई है और सच्चाई है—तार्किकता के दायरे में जीते सारे पात्र! उनकी विसंगतियाँ, लोलुपता, निडरता और पाखंड।

माधवी पौराणिक होते हुए भी आज की शोषित और व्यवस्था त्रस्त नारी है जिसका विद्रोह और असह्य कौंचने वाले प्रश्न आपको सोचने की ओर अग्रसर करें।

हम अपनी प्राचीन साहित्य व संस्कृति को समकालीन अर्थ व मर्म के संदर्भ में स्पर्श नहीं कराएँगे तो उनकी सार्थकता सिद्ध नहीं कर पायेंगे।

मैंने मूल कथा पर ही अपना सारा ढाँचा रखा है। आपको अच्छा लगेगा कि मैंने अपने तमाम चरित्रों में मनुष्य की ही तलाश की है।

यादवेंद्र शर्मा 'चंद्र'

आशालक्ष्मी, नया शहर,
बीकानेर, राजस्थान-334004

"विचारक कहते हैं—जब स्त्री शत-प्रतिशत भोग की वस्तु बन जाती है तो वह जड़ बन जाती है। चेतना शून्य और विचारहीन। उसका समस्त क्रिया-कलाप मन से कटा हुआ होता है। तब वह बार-बार भोगी जाकर भी अनभोगी रहती है। अक्षतयौवना।" महाराजा ययाति की पुत्री माधवी ने अपनी विशेष परिचारिका और सखि 'पल्लवी' से गंभीर स्वर में कहा, "मेरे पिता कहते हैं कि मुझे वेदऋषि का वरदान है कि प्रत्येक संतान के उत्पन्न होने के पश्चात मैं पुनः अक्षतयौवना बन जाऊँगी। मेरी कोख पुनः पवित्र हो जाएगी।" माधवी ने उश्वाँस लिया। फिर कहा, "मन बहलाने के लिए यह विचार अच्छा है पर मैं अनुभव करती हूँ कि कौमार्य भाग होने पर पुनः अक्षत नहीं होता। यह भ्रम है, आत्मवंचना है, मिथ्या आत्मतुष्टि है। शरीर बीज है। जब वह वृक्ष बन कर फल दे देता है तब वह अपने मूल स्वरूप में नहीं आता।"

माधवी...। चार-चार बार देह से विदेह होनेवाली माधवी। पीड़ाओं की पिंडमात्र माधवी।

वह बैठी-बैठी पीठ तकिये के सहारे अर्धशायित हो गयी।

कक्ष में गहरा सन्नाटा था। कुछ क्षणों के लिए निर्जीव-सजीव चीज़ें चुप थीं। माधवी ने नयन मूँद लिये।

अचानक उसने बाएँ कान को खुजलाकर कहा, "पिता के प्रति तब अथाह अनुराग, अटूट श्रद्धा और समर्पण की भावनाएँ मेरी दुर्बलताएँ बन गयी थीं। उनकी आज्ञा को सर्वोपरि मान कर मैं अंधता से पालन करने पर उतर आयी। अब तुम पूछोगी क्यों?...पल्लवी! मैं ऐसे काल में जन्मी स्त्री हूँ जहाँ पितृाज्ञा का पालन करना गर्व समझा जाता है। पितृसत्तात्मक काल। समस्त नियम, कानून और आदेश पितृाधीन। शेष रही स्त्री की इकाई, वह संस्कारों के अधीन।"

पल्लवी अत्यन्त मनोयोग से अपनी स्वामिनी की बातें सुन रही थी। वह उसके मर्म को आत्मसात करने का प्रयास कर रही थी।

दोपहर!

आकाश नीला और निर्मल था। सूर्य रश्मियाँ अत्यन्त तेजस्विता से चमक रही थीं।

माधवी के कक्ष के पश्चिमी गवाक्ष के पर्दे के एक कोने से धूप की एक लकीर

उसके कोमल उदासी से ढके चेहरे पर पसरी हुई थी। अप्रत्याशित पल्लवी का ध्यान गया। उसने उठकर पर्दे को व्यवस्थित किया।

माधवी को प्यास लगी। उसने पल्लवी से पानी माँगा। पल्लवी ने झारी में से शुद्ध और शीतल जल दिया। माधवी ने जल पीकर हलका खँखार किया। फिर जैसे पीड़ा से आहत होकर बोली, "पता नहीं, देवताओं, ऋषियों, तपस्वियों तथा महान शौर्य-गाथाओं, अलौकिकशक्तियों, प्रबलबाहुबली राजाओं की इस शस्यश्यामला धरती पर स्त्री की अस्मिता की वास्तविक प्रतिष्ठा क्यों नहीं है? 'जहाँ नारी की पूजा होती है, वहाँ देवता रमण करते हैं। वहाँ सर्वत्र और सर्वप्रकार सुख उपलब्ध होता है।' लेकिन मुझे तो इसके विपरीत ही प्रतीत हुआ। यहाँ स्त्री अन्य सम्पदा की भाँति सम्पदा रही है। इस काल के पुरुषों ने, चाहे वह किसी भी वर्ग का हो, नारी को पददलित ही किया है। सौन्दर्यशालिनी और आह्लाददायिनी माना है। देव हो चाहे दैत्य, स्त्री के संदर्भ में वे नितांत लंपट और दुश्चरित्र ही रहे हैं। देवाधिदेव का कपटपूर्ण भेष परिवर्तित कर गौतम की पत्नी अहल्या का सतीत्व हरण, क्या क्षम्य अपराध है? चन्द्रमा का अपने गुरु बृहस्पति की पत्नी तारा के संग बलात्कार कितना हृदय विदारक अपराध है? एक अंधे ऋषि दीर्घतमा थे। वे तो समस्त मर्यादाओं का उल्लंघन कर प्रकाश मैथुन तक करने लगे थे। युवा पुत्रों के समक्ष एक माँ की क्या स्थिति हुई होगी? असीम आनंद के अन्तर्गत ऐन्द्रिय-सुख को जीवन का लक्ष्य मान कर जीनेवाले लोगों को क्या कहेंगे? स्थूल वैयक्तिक आनंद को क्या कहेंगे? हमारे यहाँ समस्त कर्म व सुखभोग मर्यादित हैं। केवल भोग को प्रमुख महत्त्व देना कालान्तर दुखद है। भोग की अति को त्रिलोक में नश्वर माना है। जिन दिव्य मनुष्यों ने अपनी दिव्यता पर पूर्णरूप से भोग को हावी होने दिया, वे नश्वरता के पंक में धँसते गये और अंत में अपनी दुर्बलताओं पर ग्लानि करते रहें। लेकिन मेरा अपना व्यक्तिगत अनुभव है कि मैंने मनुष्य, असुर और देवता सबमें इस भोग को अविरत स्पन्दन करते पाया। अपने मुखारविंदों से निरन्तर नीतिशास्त्रों की बातें करनेवाले राजसी पुरुषों में ये यौन-प्रवृत्तियाँ तो असीमित हैं। मैं सहस्र उदाहरण प्रस्तुत कर सकती हूँ। मैंने जो भी घटनाएँ बतायी हैं, या जिनका उल्लेख किया है वे तो संदर्भ मात्र हैं। कदाचित उनमें आध्यामिकता रही हो पर भौतिकता की जाज्वल्यमान स्थितियों में वे भोगवाद के क्षुद्रकीट बन गये थे। उनके शरीरों में वासना के भुजंग फुत्कारने लगते थे। सच, मेरे इन महान उपमाओं से मंडित निखिल आर्यव्रत को हम सबने कितना दीन, दुर्बल और प्रशंसाहीन कर दिया है। ये राजे-महाराजे, मेरी दृष्टि में गौरवमंडित होते हुए भी पतनोन्मुखी हैं। मैं समझती हूँ कि प्राणी में राक्षसी व भोग के तत्त्वों का समावेश होता है। उनमें उनका द्वन्द्व व संग्राम होता है। उनका इन प्रवृत्तियों पर अंकुश नहीं होता। श्रेष्ठ व सद्गुणों की प्रवृत्तियाँ तो दुर्गमता से जाग्रत होती हैं पर राक्षसी और भोग की प्रवृत्तियाँ तो कुंडली मारे भुजंग की तरह फन

निकालती रहती हैं। मैंने भी यौनाचारों की बेमन अथाह पीड़ाएँ भोगी हैं। नारी-देह के शोषण-दोहन से आहत हूँ।...तीन राजा और एक ऋषि! ये सब मेरी देहयात्रा के पीड़ा-स्थल हैं। सबसे बड़ी बात यह है कि इन्हें मृत्यु का भय नहीं, 'जरा' की आयु दशा की चिंता नहीं, रोग का भय नहीं। सब के सब असीम शक्तियों को अर्जित करके अन्तःपुरों, को सहस्र स्त्रियों से सज्जित करते हैं।...अत्यन्त लज्जा से कह रही हूँ कि मेरे पिता राजा ययाति तो अनंग-क्रीड़ाओं में इतने लीन रहते हैं कि उन्हें अन्य वस्तुओं का ध्यान ही नहीं है।"

तभी एक दासी ने द्वार पर खड़े होकर कहा, "राजकुमारी जी को प्रणाम! आपको महाराजा ने स्मरण किया है।"

"आती हूँ।" माधवी ने अपने वस्त्र व्यवस्थित किये। आकृति पर अपवित्रता का मटमैलापन देखा। अर्थभरी मुसकान उसके अधरों पर थिरकी।

वह चल पड़ी।

भव्य गगनस्पर्शी राजप्रासाद। संगमरमर के कलात्मक नक्काशीदार स्तंभ। पृथक-पृथक आवश्यकतानुसार कक्ष। महारानी देवयानी का वैभव सम्पन्न कक्ष। दैत्याचार्य शुक्राचार्य की दंभी, तुनकमिजाजी, अड़ियल व उग्रस्वभाव की बेटी देवयानी।

मोहक गलियारों को लाँघती हस्तिनापुर के अधीश्वर ययाति की पुत्री माधवी उनके कक्ष की ओर जा रही थी।

कक्ष के द्वारपाल ने माधवी को सिर झुकाकर अभिवादन किया। वह आत्मलीन थी। वैचारिक द्वन्द्व में खोयी हुई थी। द्वारपाल को देखे बिना ययाति के कक्ष में प्रवेश कर गयी।

"आओ बेटी।" अत्यन्त आत्मीयता से बोले ययाति।

उसने चरण छूए।

ययाति ने आशीर्वाद दिया, "पृथ्वी के समस्त सुखों की स्वामिनी बनो। बैठो।"

एक रजत उच्चासन पर माधवी बैठ गयी। उसकी आकृति पर गांभीर्य की परत पसरी हुई थी।

ययाति तनिक मदिरा के नशे में थे। सुरा और सुन्दरी के उन्माद में आठों पहर मदमस्त रहनेवाले ययाति ने प्रश्नवाचक दृष्टि माधवी पर डाली। बोले, "क्या बात है? बहुत गंभीर लग रही हो?"

सहज उत्तर दिया माधवी ने, "नहीं तो महाराज।"

ययाति ने अपनी दृष्टि को उस पर जमा कर कहा, "अभी मैंने तुम्हें एक महाराज की हैसियत से नहीं, पिता की हैसियत से स्मरण किया है। महाराज के सारे कर्तव्य उसकी प्रजा के लिए होते हैं और पिता के परिवार के लिए। माधवी! मैंने तुम्हें विशेष अभीष्ट हेतु बुलाया है।"

"आज्ञा कीजिए।" माधवी ने विनीत स्वर में कहा।

ययाति ने दीवार पर लटकी व्याघ्र चर्म को देखकर कहा, "बेटी! तुमने मेरे धर्म और प्रतिष्ठा की रक्षा की है। मेरे वचनों के पालन हेतु तुमने ऐसा अनोखा त्याग किया है, जिसका दृष्टांत इस सृष्टि में कहीं भी नहीं मिलेगा। तुमने ऋषि गालव के सम्मुख मेरा मस्तक गौरवान्वित किया है। तुम्हारे इतने विराट उपकार का मैं अपने कर्तव्य की सम्पूर्ति कर उऋण होना चाहता हूँ।"

माधवी बोझिल शब्दों में निहित ययाति की मनसा को नहीं समझ पायी। उन पर दृष्टि जमा कर बोली, "पिताजी! आपके हर आदेश को मैं प्रसाद समझकर ग्रहण करूँगी।"

ययाति ने समीप पड़े चषक से एक घूँट सुरापान किया। बोले, "माधवी! मैं तुम्हारा स्वयंवर करना चाहता हूँ।"

जैसे कहीं बहुत तेज विस्फोट हुआ है, ऐसा माधवी को आभास हुआ। क्षण भर के लिए वह स्तब्ध हो गयी। ऐसा ही क्षणिक प्रशान्त मौन कक्ष में पसर गया।

ययाति ने विश्वासपूर्वक कहा, "हाँ बेटी, मैं तुम्हारा स्वयंवर करके हजारों खुशियों के साथ तुम्हें इस घर से विदा करना चाहता हूँ। बेटी के प्रति पिता का अंतिम कर्तव्य भी यही है कि उसके हाथ पीले करके विदा करें।"

माधवी ने अपने दोनों हाथों की उँगलियों को परस्पर उलझाया। फर्श पर बिछे कालीन पर नृत्य करती सुन्दरियों पर दृष्टिपात करके कहा, "पिताजी! पिता का अंतिम कर्तव्य बेटी का विवाह करके उसे विदा करना ही होता है। यह सच भी है पर जिस महाराजा ययाति ने जिस पिता की बेटी को विक्रय की वस्तु बना डाला, उस महाराजा को वह पिता क्या दंड देगा?...इस द्वन्द्वात्मक संघर्ष में न्याय का अन्वेषण कीजिए। अपराध का पता लगाकर निर्णय दीजिए।"

प्रश्न तीखा था और न्यायसंगत भी। किंचित विचलित हो गये ययाति। अपने को सँभालते हुए वे बोले, "माधवी! परिस्थितिजन्य कई बातें हो जाती हैं। परिस्थितियों के अधीन काल भी है। जो काल बीत जाता है, उसे जीवित करने से कोई लाभ नहीं। तुम्हें अब अपने वर्तमान और भविष्य के बारे में सोचना चाहिए। बेटी! उस काल की उदारता और दानशीलता मेरा पराभव थी। मेरी गरिमामय पराजय। राजा ययाति के यहाँ से कोई याचक खाली हाथ तो नहीं जा सकता।"

"अपनी इस बात की रक्षा के लिए आपने साधन के रूप में केवल मुझे ही क्यों चुना? आपके पास तो अनेक साधन थे। प्रासाद, भवन, पुत्र, रानियाँ...आभूषण और देश।...अपने वचनों की रक्षा के लिए मैं ही भाग्यहीन क्यों साधन बनी? क्यों आपके कारण का निराकरण बनी। क्यों आपके वचनों की रक्षा के लिए मैं कवच बनी?"

ययाति का स्वभाव था—पलपल में विचलित व उत्तेजित होना। गरजकर बोले, "माधवी! मैंने कहा न अतीत को मत कुरेदो। जिस कीचड़ पर हरीतिमा का आवरण

छा जाता है, उसे हटाने पर कीचड़ की ही दुर्गन्ध आएगी।...मुझे तुम्हारा स्वयंवर करना है। उसमें तुम्हारी सहमति की आवश्यकता है।"

माधवी के चेहरे पर रुखड़ भाव आए। व्यंगमिश्रित स्वर में बोली, "महाराज! यदि मैं अपनी स्वीकृति न भी दूँ तो भी आप यह स्वयंवर कर सकते हैं क्योंकि आप महाराजा हैं, देशाधिपति।"

और माधवी उनकी आज्ञा लिये बिना ही कक्ष से बाहर निकल गयी। ययाति क्रोध और विमूढ़ता के भावों से ग्रस्त अचल मूक बैठे रहे।

प्रासाद के गलियारे से माधवी निकल ही रही थी कि उसे शर्मिष्ठा मिल गयी। अनुपम रूपवती। सौष्ठव शरीर। मधुर भाषिणी। रचनाकार। हठीली, गुस्सीली और घमंडी रानी देवयानी की दासी। शर्मिष्ठा राजकन्या और देवयानी ऋषि पुत्री! पर दासी बनी राजकन्या। क्या करें? भयंकर विनाशकारी विवशता थी। यदि वह दासी बनना स्वीकार नहीं करती तो दैत्यराज वृषपर्वा पर दैत्यगुरु शुक्राचार्य कुपित हो जाते जो संजीवनी विद्या जानते थे। दैत्यों के हित के लिए शर्मिष्ठा को देवयानी की दासी बनना पड़ा। लेकिन प्रत्येक स्त्री को देखकर कामातुर होने वाले राजा ययाति से शर्मिष्ठा कैसे बच सकती थी। वे चोरी-चोरी सहशयन करने लगे शर्मिष्ठा के साथ।

शर्मिष्ठा ने माधवी को पुकारा "राजकुमारी जी! मैं आपके समक्ष सिर झुकाती हूँ।"

माधवी ने उसके दोनों कंधों पर हाथ रखकर अपनत्व से कहा, "सम्माननीया! आप मुझे प्रणाम करके और मेरे सम्मुख सिर झुकाकर मुझे शर्मिन्दा न करें। आप भी राजकन्या हैं, मेरे पिताजी के पुत्रों की माता भी।"

"परन्तु मैं हूँ तो राजरानी देवयानी की दासी ही। दासी के अस्तित्व और अधिकारों को मैं जानती हूँ।" शर्मिष्ठा ने एक पल रुककर कहा, "माधवी! यदि मैं देवयानी से बचपन से ही दूरी बना लेती तो मुझे आज यह दिन देखना नहीं पड़ता। मैं राजकन्या अपने परिवेश के अहमों से भरी और वह ऋषिकन्या भीषण अहंकारों से भरी। हमारी आपसी लड़ाई में उसकी जय हुई और मेरी पराजय हुई। दूसरे अर्थ में कहूँ, शुक्राचार्य की विजय और वृषपर्वा की पराजय।"

दोनों प्रासाद के दीर्घ पथ पर चल ही थीं। दिन ढल रहा था। प्रकाश अंतिम कंगूरों को स्पर्श करता हुआ अस्ताचल की ओर भाग रहा था। दास दीवारों पर लटकी उल्काओं को व्यवस्थित कर रहे थे।

शर्मिष्ठा ने फिर कहा, "अब महाराजा जब तब बुलाते हैं, अशोकवन से यहाँ आ जाती हूँ।"

माधवी ने अँधेरे से घिरते शर्मिष्ठा के मुख की ओर देखकर पूछा "आपके

पिताजी ने इस प्रस्ताव को स्वीकार ही क्यों किया? क्या वे इस अन्यायपूर्ण माँग का विरोध करने में सक्षम नहीं थे?"

"बिलकुल नहीं थे। शुक्राचार्य जी दैत्यों के गुरु हैं। उन्होंने प्रतिज्ञा कर रखी थी कि वे देवताओं पर दैत्यों का शासन स्थापित करके रहेंगे। ऐसी स्थिति में एक बाप के नाते मेरे पिता को यह शर्त कतई स्वीकार नहीं थी पर दैत्यों के राजा होने के कारण सम्पूर्ण दैत्य जाति के हित हेतु यह तुच्छ और निकृष्ट शर्त मानने के लिए वे विवश थे। परिणामस्वरूप समस्त दैत्य जाति के हित और पिता के हित के लिए मैं इस दशा क्या, दुर्दशा में हूँ। चलिए, थोड़ी देर के लिए मेरे अस्थाई कक्ष में चलिए।"

"नहीं, आज मन ठीक नहीं है।"

अप्रत्याशित प्रसंग बदलकर शर्मिष्ठा ने पूछा, "आपको महराजा ने क्यों बुलाया था?"

एक उल्का जल गयी थी। उसका प्रकाश उन दोनों के चेहरे पर पड़ा। बुझी-बुझी मुसकान के साथ माधवी ने कहा, "वे मेरा स्वयंवर करना चाहते हैं और इस हेतु मेरी स्वीकृति चाहते हैं।"

शर्मिष्ठा और कुछ पूछती, इसके पूर्व माधवी अपने कक्ष के गलियारे में मुड़ गयी।

अँधेरा पूरी तरह छा चुका था।

जब माधवी अपने कक्ष में पहुँची तब दीयाघरों में दीये जल चुके थे। कक्ष उजास से तिरोहित था। पल्लवी शय्या की चादर बदल चुकी थी। और झारी में ताज़ा पानी भर रही थी।

"पल्लवी! सोमरस पीने की इच्छा है।" वह शय्या पर बैठकर बोली, "बहुत प्यास है साथ ही साथ मन बड़ा ही श्रांत-क्लांत है।"

पल्लवी ने शांत स्वर में कहा, "सोमरस उपलब्ध नहीं है। कहते हैं कि यह देवताओं का पेय है और किसी लता से बनता है। अन्य मद्य अवश्य है। आज्ञा हो तो पिलाऊँ?"

"प्रत्येक वस्तु का देवताओं, दैत्यों और मनुष्यों में बँटवारा हो गया है। हर श्रेष्ठ वस्तु देवताओं के हिस्से में। छिः यह भेदभाव की परम्परा कभी भी जनहित नहीं कर सकती। कोई भी सुरा पिला दो।"

पल्लवी ने रजत-चषक भरा। माधवी को दिया। माधवी ने कहा, "तुम भी ले लो।"

पल्लवी ने भी एक पक्की मिट्टी का प्याला भर लिया। वह पलंग के नीचे बैठ गयी।

माधवी ने एक घूँट लेकर कहा, "जानती हो, महाराज ने मुझे क्यों बुलाया

था?...सुनकर तुम्हें आश्चर्य होगा? वे मेरा स्वयंवर करना चाहते हैं। चार पुत्रों की माँ का स्वयंवर।"

पल्लवी ने भी लगातार दो बड़े घूँट भरे। बोली, "स्वामिनी! आपको तो वेद ऋषि का वरदान है कि पुत्र उत्पन्न करने के बाद आप फिर से कुँवारी हो जाओगी।"

पता नहीं, किस पीड़ा से आहत होकर माधवी ने तमाम चषक खाली कर दिया। खरगोश जैसा कोमल अवसाद माधवी के मुख पर था। तरस भरी निःशब्द हँसी के साथ बोली, "शास्त्रों में पाँच ही कन्याएँ हैं। गौतम ऋषि की पत्नी अहल्या, अर्जुन की पत्नी द्रौपदी, पांडु पत्नी कुंती, रावण पत्नी मंदोदरी, बृहस्पति की पत्नी तारा। जानती हो पल्लवी चारों के साथ अमानवीय और अमर्यादित यौन संसर्ग हुए हैं। अनैतिक कामुकता से आहत थीं वे सब। इन्द्र ने अहल्या के साथ कपट से बलात्कार किया, तारा के साथ चन्द्र ने। कुंती ने स्वेच्छा से देवांशों को उत्पन्न किया, द्रौपदी तो हिस्सेदार पत्नी थी। केवल मंदोदरी ही रावण की पत्नी बन कर रही। यदि वे चिर कुँवारी कन्याएँ ही रही होतीं तो क्यों वे मानसिक-शारीरिक पीड़ाएँ भोगतीं। सबकुछ भ्रम और खोखली आत्मतुष्टियाँ हैं। हृदय को बहलाने के लिए ही यह विचार अच्छा हो सकता है। सत्य तो इसका पीड़ादायक ही है।"

पल्लवी को भी किंचित उन्माद चढ़ गया था। वह अपनी उँगलियों को विचित्र तरह से नचाती हुई बोली, "स्वामिनी! आपको एक रहस्य की बात बताऊँ? बहुत दिनों से मेरे भीतर वह बात घुमड़ रही है।"

"बताओ" माधवी ने उसे स्थिर भाव से देखा।

"मैंने भी एक पुत्र को जन्म दिया है।" उसने संकोचजनित दुख से सिर झुका लिया।

"पुत्र को? कब?" आश्चर्य में डूब गयी माधवी।

"स्वामिनी! हम सब विचित्र काल में पैदा हुए हैं। इस काल में धर्म-कर्म सब अपनी स्वार्थपूर्ति के लिए हैं। मनुष्य किसी भी तरह अपनी सुविधाएँ देखता है। सब कुछ बदल देते हैं, आज के महान समर्थ व्यक्ति? देवता, ऋषिमुनि और राजा-महाराजा, सब सामर्थ्य के उन्माद में जीते हैं। मैं अयोध्या के पास एक गाँव में रहती थी। मैं विद्वान ब्राह्मण परिवार की हूँ। मेरे पिता उच्चश्रेणी के कर्मकांडी ब्राह्मण थे। सर्वत्र उनकी विद्वत्ता की चर्चा थी। एक बार गाँव पर किसी कबीले ने लूट-खसोट करने के उद्देश्य से आक्रमण कर दिया। भयंकर खून-खराबा हुआ। धन लूटा गया और स्त्रियों के साथ खुलकर बलात्कार और अत्याचार हुए।" वह कुछ उत्तेजित हो गयी और उसकी साँस भारी। क्षणिक अन्तराल के बाद पल्लवी पुनः बोली, "मेरे पिता की क्रूरता से हत्या कर दी गयी। मुझे एक बलिष्ठ लुटेरे ने पकड़ लिया। मैं चीखी-चिल्लायी। आर्त्तनाद किया पर वह पाषाण हृदयी पिघला नहीं। तभी एक और बलिष्ठ लुटेरा आ गया। दोनों कुत्तों की तरह मेरे लिए लड़ने लगे। मैंने अपने देवता

शिव को आर्त्तस्वर में पुकारा—बचाओ-बचाओ पर मेरे आराध्य देव नहीं आए। वे दोनों लड़ाके मेरे लिए तलवारें निकालकर लड़ने लगे। जब दो लड़ते हैं तो एक निश्चित रूप से मरता है। द्वन्द्व युद्ध चलता रहा और अंत में एक धराशायी हो गया। उसका सिर धड़ से अलग कर दिया गया। खून के छींटे जीवित लड़ाके के चेहरे को इतना बीभत्स व विकराल कर रहे थे कि मुझे लगा कि मेरे सामने कोई भयानक राक्षस खड़ा है? वह मुझे पर्वतमध्य स्थित एक बस्ती में ले गया। वह अपनी प्यास बुझाता रहा और वहाँ मैंने बेटे को जन्म दिया। फिर उस लड़ाके ने मुझे एक व्यापारी को बेच दिया। व्यापारी ने मुझे चम्पानगरी के प्रासाद हेतु विक्रय कर दिया। फिर मैं आपकी सेवा में आ गयी देवि! चम्पानगरी का वर्णन फिर कभी सुनाऊँगी।"

माधवी ने उसे रोककर कहा, "मुझे देवी मत कहा करो। आज से तुम मुझे मेरे नाम से सम्बोधन किया करो।"

"नहीं स्वामिनी, ऐसा करना मेरे लिए संभव नहीं है। आपको आपत्ति न हो तो मुझे स्वामिनी या देवी कहने की ही आज्ञा दें। आभारी रहूँगी।"

"जैसी तुम्हारी इच्छा।"

उसी पल दासी ने आकर सूचना दी कि महारानी देवयानी आ रही हैं।

माधवी चौंकन्नी होकर बोली, "असमय?"

उसने अपने को व्यवस्थित किया। जैसे ही देवयानी ने प्रवेश किया वैसे ही माधवी ने उनके चरण स्पर्श किये। अपने अधरों पर स्मितरेख बिखेरती बोली, "महारानी जी आप ने आने का कष्ट क्यों किया? आज्ञा होती तो मैं स्वयं उपस्थित हो जाती। विराजिए।"

देवयानी बैठ गयी। उसने अपनी कंचुकी पर रेशमी नीले रंग का पल्लू डाला। बोली, "आवश्यक वार्ता हेतु आयी हूँ।"

माधवी ने उन्मन मुख श्री को दीप्त करते हुए उनकी ओर देखा। अनुरोध भरे स्वर में पूछा, "सुरापान?"

"मैं श्रेष्ठ विप्रकुल में जन्मी पली हूँ। दैत्य-दानव के गुरु शुक्राचार्य की पुत्री हूँ। मैं सुरापान नहीं करती। मेरे पिता ने ब्राह्मणों के लिए सुरापान निषेध कर रखा है।"

माधवी ने व्यंगमिश्रित हल्के विनोद भरे स्वर में कहा, "फिर श्रेष्ठ कुलीन विप्रकन्या ने मांसाहारी सुरापान करनेवाले क्षत्रिय राजा से विवाह क्यों किया? उस समय आप और आपके पिताजी कुल मर्यादाएँ भूल गये थे।"

वह उत्तेजित होकर बोली, "माधवी! मर्यादाओं व अनुशासन का ध्यान रखो। तुमने कटुसत्य बोलकर महाराजा को अपार दुख पहुँचाया है। एक बात और सुनो, शालीनता और माधुर्य क्या तुम्हारी जबान से हटते जा रहे हैं या तुम्हें कटु भाषण में आनंद मिलता है।" उसने साँस लेकर फिर कहा, "तुमने महाराजा को स्वयंवर के

संदर्भ में क्या कहा?...मुझे तुम्हारे मुख से कुछ भी नहीं सुनना है। हमने निर्णय लिया है कि तुम्हारा स्वयंवर होगा ही।"

"स्वयंवर कुँवारी कन्या का होता है।"

देवयानी खड़ी होकर कठोर स्वर में बोली, "तुम कुँवारी हो। अविवाहिता हो। तुम केवल भोगी गयी हो। भोग से पुत्र उत्पन्न किये हैं। किसी भी धार्मिक क्रिया से तुम विवाहिता नहीं हो। किसी के पास ऐसा यंत्र है ही नहीं जो दूसरे के अन्तस के सच-झूठ को जान सके। फिर तुम्हें तो हर संतान के बाद कुँवारी होने का वरदान है। माधवी शांत रहो। तर्क और कारणों से अलौकिक सिद्धियों को ध्वस्त नहीं किया जा सकता। तुम कुँवारी हो और अविवाहिता, इसलिए माँ-बाप का कर्तव्य बनता है कि तुम्हारा विवाह हो और स्वयंवर के माध्यम से हो। एक महाराजा की शान, बान, आन और वैभव के अनुसार हो। क्या तुम्हारे कारण सम्राट ययाति अपने कुल-गौरव को विस्मृत कर दें? क्या वे इस अपयश के भागी बनें कि अपनी कुँवारी पुत्री का विवाह करने में अक्षम हैं?"

माधवी ने अपने गले का स्वर्णहार खोलकर एक लोहे की सन्दूक पर रखा। देवयानी का चेहरा उत्तेजना के कारण कठोर लग रहा था।

माधवी ने शांत स्वर में कहा, "महारानी जी! यश-अपयश का अन्तर क्या केवल राजा-महाराजा, सम्पन्न, समृद्ध और शक्तिशाली व्यक्ति ही जानते हैं? एक ओर सद्कर्म उन्हें यशस्वी बनाता है और दूसरी ओर दुष्कर्म भी उन्हें यश के शिखर पर आरूढ़ करा देता है। वस्तुतः समर्थजनों के लिए कोई दोष होता ही नहीं? यदि आप बुरा ना मानें तो कहना चाहूँगी कि आप संजीवनी विद्या के ज्ञाता शुक्राचार्य जी की पुत्री हैं अतः आपने न्यायहीन अनुचित तरीके से एक राजकन्या शर्मिष्ठा को दासी बना लिया और आपके यश में कोई कलंक नहीं लगा।"

देवयानी की बड़ी-बड़ी आँखों में स्फुलिंग-सी दहक दिखायी दी। मुखमंडल उत्तेजित हो गया। वह अपने आप में नहीं रही। उन्मत्त सी बोली, "शर्मिष्ठा ने मेरा क्यों अपमान किया? उसने मेरे वस्त्र जानबूझकर क्यों पहने? वह मेरे प्रेमी 'कच' के सन्निकट प्रेम-भाव लेकर क्यों गयी? मैं शैशवकाल से स्वभाववश तनिक भी सहिष्णु नहीं हूँ।"

माधवी ने देखा कि उसके वक्षस्थल ऊँचे-नीचे हो रहे हैं। उसने उन्हें नज़रअंदाज किया। गत वर्षों में उसने इतने विभिन्न आघात सहे हैं कि अब कुछ भी आघात किया जाय, वह सामान्य ही रहती है। वह समस्याओं, अत्याचारों और शोषण झेलते-झेलते निर्भीक हो गयी थी और अपने मन की प्रिय-अप्रिय बात को साफ-साफ कह देती थी।

माधवी ने दीपक की ओर देख कर दीर्घ उश्वाँस लिया और देवयानी के थोड़ी नजदीक आकर बोली, "महारानी जी! मुझे आपके स्वभाव के बारे में मालूम है। आप

सहिष्णु ही नहीं, वाचाल भी हैं, अस्थिर और हठी भी। आपकी पृष्ठभूमि में पिता की अपार और अद्भुत मंत्र सिद्धियाँ और शक्तियाँ हैं। अभीत और अनागत अमंगल से दूर आप चाहे जिससे झगड़ा मोल ले सकती हैं। आपने प्रेम में असफल होकर 'कच' को संजीवनी विद्या उगलने के लिए बाध्य कर दिया। आपको शब्दों व मूल्यों की गरिमा का भी ध्यान नहीं रहा। गुरु-पुत्री को गुरु शिष्य किस दृष्टि से देखता है, इसका भी आपको ध्यान नहीं रहा। गुरु-पुत्री गुरु शिष्य के लिए बहिन-बेटी समान होती है। यदि वह गुरुपुत्री के प्रति प्रेम भाव रख कर परिणय की सोचता है तो वह पाप का भागी और नरक गमन करता है। फिर आपने ऐसा अधर्म-कृत्य क्यों किया? आपने आश्रम की सारी मर्यादाएँ भंग की हैं। कच से प्रेम मनुहारें और हठपूर्वक महाराजा ययाति से विवाह? आखिर क्यों?"

देवयानी तपाक से तिक्त स्वर में बोली, "यह मेरा व्यक्तिगत स्वतंत्र निर्णय है।"

"आप स्वतंत्र निर्णय ले सकती हैं, फिर मैं क्यों नहीं ले सकती?" माधवी ने रोषमिश्रित अहम् से कहा, "मैं चाहूँगी कि आप मेरे व्यक्तिगत जीवन में हस्तक्षेप न करें।"

देवयानी महाक्रोध से घिर गयी। चंडिका-सी विकराल होकर चिल्लायी, "माधवी इतना अहंकार न करो। स्वयंवर के लिए स्वीकृति दे दो।" और देवयानी कक्ष से बाहर निकल गयी। वह इतनी कुपित थी कि दरवाजे पर जो झालर लटक रही थी, उसे भी खींचकर तोड़ गयी।

माधवी मुसकुराती रही। उसने पल्लवी को चषक भरने को कहा।

पल्लवी ने माधवी के समक्ष भोजन की थाली रख दी। माधवी ने एक दृष्टि पल्लवी पर फेंकी। फिर बेमन भोजन करने लगी।

प्रभात सूर्य प्राची में अपनी अरुणिम आभा बिखेरने लगा था। प्राची की क्षितिज-कन्या के अधर रक्तवर्णी लग रहे थे। सूर्य का उदय उत्सव आरंभ हो गया था। क्षितिज कन्या के अधरों की रक्तवर्णी आभा अरुणोदय के संग-संग फीकी पड़ते-पड़ते लुप्त हो गयी थी। अब उजाला ही उजाला था। सृष्टि पर सौन्दर्य बरसाता रश्मियों का प्रेम-प्रकाश। पावन-स्पर्शों का खेल।

महाराज ययाति अभी भी सोये हुए थे। कोलाहल वर्जित उनका कक्ष था। महाराजा की निद्रा में विघ्न डालना भी अपराध था। चाहे देवयानी हो या शर्मिष्ठा, ययाति महाराज की आज्ञा के बिना प्रवेश निषिद्ध था। केवल नियुक्त सेविका को ही कक्ष में आने-जाने की आज्ञा थी।

प्रमुख सेविका जयमाला एक अर्धनग्न सी युवती को लेकर महाराज के कक्ष से बाहर निकली। उसका श्रृंगार अस्त-व्यस्त था तथा कंचुकी वक्ष पर नहीं थी। उसने

वक्ष पर अंग वस्त्र लपेट रखा था। उसके सुडोल कपोलों पर दंतचिह्न थे। मदन मथित उस युवती का मुखमलीन था।

जयमाला ने उस युवती के हाथ में लाल रंग की लघु थैली दी। कहा, "जा, भाग जा अभागी। यह विलास का अन्तःपुर है। यहाँ काया से क्रीड़ाएँ होती हैं। मन का उन्माद मिटाया जाता है। और तन की क्षुधा की तृप्ति होती है। एक से केवल एक बार। जा, तू मुक्त है। यह सामान्य बात है–हम असहायों व दरिद्रों के लिए। इस दुर्वह अनैतिक पाप को एक घटना समझकर विस्मृत कर देना। जा, अभागी जा। इस धन से अपना नया घर बसा। वह युवती चली गयी। उसके जाते ही माधवी आयी। गंभीर और किंचित चिंतातुर। बोली, "महाराज जाग गये?"

"नहीं राजकुमारी जी।"

"जब वे जाग जाएँ तो मुझे सूचित करना।"

माधवी लौट पड़ी। अभी वह प्रासाद के प्रांगण में पहुँची ही थी तो उसने जलघर के आगे प्रासाद-पाल को एक दासी को निर्ममता से पीटते हुए देखा। दासी करुण क्रन्दन कर रही थी। प्रासाद-पाल उस पर कोड़े बरसा रहा था।

माधवी का हृदय उसकी यातना व क्रन्दन को सहन नहीं कर सका। उसने प्रासाद-पाल को तीव्र स्वर में रोका। पूछा, "इसे किस बात के लिए दंड दिया जा रहा है?"

यह झाडू बुहारनेवाली अछूत पवित्र जल-घर में घस गयी। सारे जल-घर के मिट्टी पीतल व ताँबे के बर्तनों को अपवित्र कर दिया। इसको इस अपराध के लिए दंड स्वरूप अपंग कर दिया जाएगा। जिन हाथों से जल-घर को अपवित्र किया है, वे दोनों हाथ काट दिये जाएँगे।

सेविका के बाएँ कपोल से बूँद-बूँद रक्त रिस रहा था। दाएँ कान से भी। पीठ पर कोड़े के प्रहार से चिह्न बन साफ दिखायी दे रहे थे।

माधवी का मन इस अत्याचार से उत्तेजित हो गया। उसने व्यथित स्वर में कहा, "इन राजवंशों का भी विचित्र नियम-न्याय विधान है। नीच से नीच और तुच्छ से तुच्छ रमणियों को ये राजपुरुष अपनी अंकशायिनियाँ सहर्ष बना लेते हैं। तब राजपुरुषों का धर्म, कर्म, जाति, आचार-विचार कुछ भी दूषित नहीं होता और वैसे इनकी छायामात्र से सारी पवित्रताएँ नष्ट हो जाती हैं?"

सेविका माधवी की बात को आत्मसात करती और भय से काँपती हुई बोली, "राजकुमारी जी! जब मैं यहाँ आयी थी तब इन्होंने ही मुझ पर जबरदस्ती की थी और मेरा सतीत्व भंग किया था।"

माधवी के रक्त में उबाल आ गया। उसने प्रासाद-पाल से कोड़ा छीन कर उसके तीन-चार कोड़े मार कर कहा, "तुम सबकी माया निराली है। रात्रि के निःशब्द प्रहरों में अछूत कन्याओं के थूक भी चाट लेते हो और दिन के प्रकाश में उनकी छायाओं

को भी अपवित्र समझते हो। मैं तुम्हारी महाराजा को शिकायत करूँगी।"

"नहीं, राजकुमारी जी नहीं, मुझे क्षमा कर दें।"

माधवी ने चेतावनी दी "भविष्य में ऐसा अत्याचार न हो।"

माधवी सोचती-विचारती शर्मिष्ठा के पास चली गयी। वह जाग गयी थी। अलसायी सी लेटी थी। माधवी ने कुंडी खटखटायी।

"कौन?"

"माधवी।"

"आओ माधवी, आओ।"

माधवी प्रविष्ट हुई। अपने हलके गुलाबी रंग के उत्तरीय को सँभालकर शर्मिष्ठा किंचित उच्चासन पर बैठ गयी।

"जलपान करोगी।"

"नहीं।"

"दूध।"

"नहीं।"

"सुबह-सुबह?"

"महाराज के पास गयी थी पर वे अभी तो नींद से जागे ही नहीं?"

शर्मिष्ठा जैसे अन्तःकरण में कहीं से आहत हो गयी। वह बोली, "उनके संग की उपस्थिति भी अत्यन्त पीड़ादायक होती है। वे मात्र उन्मादी हैं। उनके लिए मदिरा का उन्माद और यौनानंद तपस्या या धार्मिक कर्म सा है। उनके समीप मेरी साँसें अवसाद भरी हो जाती हैं। मदिरापान और संभोगों की अति कहती है कि उस व्यक्ति का मन रोगी है।" शर्मिष्ठा ने जैसे स्मरण करके फिर कहा, "एक दासी बता रही थी कि रात को देवयानी तुम्हारे पास आयी थी।"

"हाँ।"

"क्यों?"

"मुझे स्वयंवर के लिए बाध्य करने।"

"तुमने क्या कहा?"

"मैं अपना स्वयंवर नहीं चाहती। मैं चार बच्चों की माँ हूँ। भले ही मैं उन पुत्रों को अपना पुत्र न कह सकूँ पर उन्हें मैंने अपनी कोख में पाला है। प्रसव काल की मर्मान्तक वेदना झेली है। दुर्दान्त व्यथा के साथ मैंने ममता का त्याग किया है। उस मर्माहत स्थिति को स्मरण कर मैं आज भी रो पड़ती है। हृदय तड़पने लगता है। चार बच्चे?...फिर भी कुँवारी? यह कैसी हास्यास्पद विडम्बना है। यह जीवन की कैसी त्रासदी है।"

"मैं तुम्हारी विकलता और दुखान्तिका को समझती हूँ। माधवी! पाशविक रूप, अनिच्छा और अवैधानिक रूप से कुछ भी भोगना तृप्ति नहीं कहलायेगा। आशा स्वप्न

की सम्पूर्ति नहीं कहलायेगा। बल्कि ये सब बलात्कार ही कहलायेंगे। इच्छारहित कोई कार्य या आदेशपूर्ण तथा प्रार्थना-विगलित किया कोई कार्य, ये सब दूसरे का मन-शोषण ही होगा। मेरे और तुम्हारे साथ ऐसा ही हुआ है।" शर्मिष्ठा ने गावतकिये को अपनी बायीं ओर रखा। उस पर अर्धशायित होती हुई बोली, "जीवन में कुछ भी करें, बंधनमुक्त करें, हर कार्य की भूमिका स्वतंत्र और सार्थक होनी चाहिए। थोपी हुई आज्ञा को मानना भी पाप है। हम दोनों इसकी शिकार हैं।"

माधवी भीतर से विकल हो गयी। पीड़ा से भर आयी। बोली, "जो कुछ मैंने भोगा है, उसके अनुसार साँसों का सार्थ बेसी दिनों तक नहीं चलेगा।...मैंने किसी में भी पुरुषोचित सम्पूर्ण गुण नहीं देखें। शौर्य, सौन्दर्य, वशीकरण, औदार्य, दानशीलता, संयम, उग्रता के गुण कहाँ थे उनमें। सबमें मैंने गुण-खंड ही पाये। उन लोगों ने मुझसे प्रेमालिंगन नहीं किया बल्कि वासनालिंगन किया। सबके सब मुझे अधर्मी और अधम लगे। चाहे अयोध्या नरेश हर्यश्व हों, चाहे काशी नरेश दिवोदास, चाहे भोजनगर के राजा उशनीर और चाहे विश्वामित्र, सबके सब कामुक और लम्पट। स्त्री-देह की मादकगंध के भँवरे। केवल देह और देह यात्राएँ।"

"तुम ठीक कहती हो?" शर्मिष्ठा ने उसकी बात का समर्थन किया, "हम दोनों पिता के स्वार्थों पर बलि हुई हैं। मैं यदि देवयानी की दासी नहीं बनती तो त्रिलोक से दैत्यों का अवशेष भी नहीं रहता। मेरे दैत्यराज पिता वृषपर्वा का दीनता भरा अनुरोध मैं नहीं टाल सकी। उनका ह्रास और विनाश मुझसे नहीं देखा गया। हालाँकि मैं भलीभाँति जानती थी कि मुझसे सदैव घृणा करनेवाली और कच के प्रेम में असफल देवयानी अपनी कुंठित पराजयों का मुझसे एक न एक दिन अवश्य प्रतिशोध लेगी। वह मुझे तुच्छ और अंकिचन बनाकर रहेगी। मैंने कच के प्रणय-प्रसूनों की सुवास का वास्तव में आनंद लिया था। वह मुझे हृदय से चाहता था। पर देवयानी को जरा भी सहन नहीं हुआ और उसने मुझे दासी बनाकर मेरे समस्त सुखोपवनों को धूलधूसर कर दिया।...और महाराज ये तमाम बातें जानते हुए भी मेरे संग कभी अशोक वन आकर और कभी प्रासाद में बुलाकर सहवास करते हैं। चंद ही दिनों में मैं फिर माँ बन जाऊँगी।"

माधवी का आंतरिक क्षोभ उसकी मुखश्री पर प्रतिफलित हो गया। बोली, "शर्मिष्ठा! तुम मेरी शुभचिंतक हो, सखि हो, महाराज से कहना कि वे मेरा स्वयंवर न करें। मुझमें पौरुष को झेलने की शक्ति अब शेष नहीं रही है। मैं किसी के साथ सहशयन नहीं कर सकती।"

एक परिचारिका उनके वार्तालाप में अवरोध उत्पन्न करती आयी और बोली, "महाराज जल-क्रीड़ा करने जा रहे हैं, आपको भी बुलाया है।"

शर्मिष्ठा यंत्रवत उठी। माधवी के कपोल का हलका स्पर्श करके बोली, "हम फिर मिलेंगे। नमस्कार।"

“अच्छा!” माधवी अपने कक्ष की ओर चल पड़ी। शर्मिष्ठा ने अपनी जलक्रीड़ा की पोशाकें बाँध कर एक दासी को सौंपीं और चल पड़ी।

प्रासाद की प्राची दिशा की ओर उपवन था। उसमें गुलाब, चमेली, रातरानी, गेंदा, जूही, आदि के फूल लगे थे। नीम, पीपल, जामुन, आम, केले आदि के वृक्ष पौधे उगे हुए थे। भाँति-भाँति की बेलें लगी हुई थीं।

उस उपवन के मध्य एक सरोवर था। उस सरोवर का निर्माण श्वेत संगमरमर से हुआ था। चारों कोनों पर अप्सराओं की मूर्तियाँ थीं। पश्चिमी घाट से थोड़ी दूर पर एक प्रकोष्ठ बना हुआ था। उसके चारों ओर छोटी कोठरियों के अतिरिक्त राजा का कक्ष था।

महाराज ययाति सरोवर में किरात युवतियों के साथ जल क्रीड़ा करने लग गये थे। पुष्ट नितम्बों व उन्नत उरोजों वाली वे युवतियाँ अधोवस्त्र में थीं। ययाति उनके संग शीलरहित हरकतें कर रहे थे।

ग्रीष्मकाल था। धूप भी अपना प्रभाव दिखाने लगी थी।...सरोवर का जल शीतल था। पानी को मुँह पर छिड़ककर ययाति ने आदेश दिया कि सरोवर के जल में सुगंध मन लुभावन नहीं है। थोड़ा केवड़ा और डाल रे।

दासी ने आकर सारा का सारा इत्र जल में डाल दिया। युवतियाँ जल को उलीचने लगी। केवड़े की सुगन्ध समीर के झोंके के साथ वातावरण को सुवासित कर रही थी।

शर्मिष्ठा जब आयी तब ययाति एक युवती के साथ कामोत्तेजक हरकत कर रहे थे। ययाति ने उसे संकेत कर करके कहा, “शर्मिष्ठा! तुम्हारे बिना जलविहार आनंदहीन लगता है। शीघ्रता से आ जाओ।”

शर्मिष्ठा को तैरना आता था। वह जल में कूद पड़ी। मछली की तरह तैरने लगी। वह तैरने की भाँति-भाँति की मुद्राएँ बनाती थी। कई बार वह इतनी उत्तेजक मुद्राएँ बनाती थी कि ययाति उन्मत्त-सा उस पर उछल पड़ता था। जब वह उसके हाथ नहीं आती तो वह किसी युवती को अपने आलिंगन में ले लेता था। शनैः-शनैः ययाति ने उन युवतियों को विवस्त्र कर दिया।

शर्मिष्ठा तो सरोवर के दूर किनारे चली गयी थी। ययाति ने उसे संकेत किया पर शर्मिष्ठा ने उस पर कोई ध्यान नहीं दिया। तब ययाति डुबकी लगाकर जल के अन्दर ही अन्दर शर्मिष्ठा के पास पहुँच गये और उसे पकड़ लिया, “मुझसे बच कर कहाँ जाओगी शर्मिष्ठा।”

शर्मिष्ठा ने मुसकराकर कहा, “मैं तो आपकी रानी की चरणधूलि हूँ। आपने मुझे मातृत्व-सुख का अवसर देकर मेरी प्रतिष्ठा बढ़ायी है।”

ययाति ने उसे बायीं बाँह में भींच कर कहा, "अपने आपको तुच्छ मत समझो शर्मिष्ठा, तुम राज्यकन्या हो? तुम्हारे पिता वृषपर्वा दैत्यों के राजा हैं।" उसके कपोल पर ययाति ने कई चुम्बन अंकित कर दिये।

"एकांत!" ययाति ने जोर से कहा।

सरोवर की समस्त सुन्दरियाँ प्रकोष्ठ में चली गयीं।

ययाति केलि-क्रीड़ा करने के लिए उद्यत हुए ही थे कि दासी ने आकर बताया, "महाराज की जय! महारानी देवयानी जी आ रही हैं।"

ययाति का उन्माद रेत के घर की तरह ढह गया।

ययाति ने शर्मिष्ठा की ओर तीखी दृष्टि से देखकर कहा, "देवयानी! बिना पूछे इधर क्यों आ रही है? यह तो अनुशासन भंग करने की स्थिति हुई?"

शर्मिष्ठा और ययाति सरोवर से बाहर निकले। एक चौकी पर मुलायम कालीन बिछा था। ऊपर पीपल के वृक्ष की छाया थी। वहाँ दोनों भीगे तन बैठ गये।

देवयानी ने आकर प्रणाम किया।

ययाति ने प्रथम प्रश्न किया, "आप हमारी बिना आज्ञा के यहाँ कैसे आयीं?"

"मैंने सोचा कि आप वहाँ अकेले होंगे। मुझे क्या पता था कि आपके साथ मेरी कुटिल दासी शर्मिष्ठा भी होगी।"

ययाति ने त्यौरियाँ चढ़ाकर कहा, "देवयानी! बार-बार किसी का अपमान करना भी एक तरह का दमन होता है। दमन की परिणति श्रेयस्कर नहीं होती। जानती हो, शर्मिष्ठा मेरे शिशु की फिर माँ बनने वाली है। तुम्हें इसका सम्मान करना चाहिए।"

देवयानी ने उग्र-भाव से चेहरे को रूखड़ बनाकर कहा, "मैं इसकी स्वामिनी हूँ। स्वामिनी अपनी पद-प्रतिष्ठा से ही जीती है। महाराज! आप भोगी व्यक्ति हैं। भोगी व्यक्ति प्यास लगने पर गंगा और गंदे नाले में कोई अन्तर नहीं समझता। वह तो आसक्ति के अधीन उन्मत्त होता है। विवेकहीन होता है।"

ययाति उसके कटु संवादों से अधीर हो उठे। तड़पकर बोले, "देवयानी! तुम्हें यह नहीं भूलना चाहिए कि तुम अपने पति राजा ययाति से बात कर रही हो? हर समय मर्यादा और शिष्टता का उल्लंघन हितकर नहीं होता। अपनी औकात को समझे रखना दीर्घ सम्बन्धों की कुंजी होता है। मैं मानता हूँ कि तुम दैत्युगुरु शुक्राचार्य की बेटी हो।...वे महान शक्तिशाली और संजीवनी विद्या को जाननेवाले हैं। पर कच ने अब अनन्य गुरुभक्ति से तुम्हारे पिताजी से यह विद्या सीख ली है। अब उनका एकाधिपत्य समाप्त हो चला है। अपने दर्प को सीमाबद्ध रखो।"

देवयानी महाराजा ययाति की तनिक कोपजनित ताम्रवर्णी आकृति से सहम गयी।

राजा ययाति फिर बोले, "इस सृष्टि के आरंभ से लेकर आज तक क्षण-क्षण

स्त्री-पुरुष अपनी पूर्णता की तलाश कर रहे हैं। जबी जब पूर्णता मिलती है, तब-तब मनुष्य तनाव मुक्त होता है। यौन जैसी दूसरी आनंददायी चाहत इस पृथ्वी पर कहाँ है? देवयानी! मैंने तुम पर उपकार करके कुँए से निकाला था और तुम तत्क्षण मुझपर आसक्त हो गयी थीं। क्यों? उत्तर दो। उस संवेगात्मक स्थिति में अप्रत्याशित यह विचार तुम्हारे मन में क्यों जागा?...इसलिए ही तो कि तुम्हें मैं पसंद आ गया।" इसे ही प्रथम दृष्टि प्रेम, नहीं-नहीं आसक्ति कहते हैं। देवयानी हठात बोली, "क्या आपने मुझे पसंद नहीं किया?"

"नहीं। प्रेम मेखला नहीं होता। वह पलभर में किसी को बाँध नहीं सकता। हमारे बीच के सम्बन्ध तो प्रवाह है। रेत पर तड़पती मछली है। पल में आबद्ध करनेवाली भावना, केवल वासना होती है। पलभर में हड़प जाने वाली वासना। स्त्री-पुरुष को देखकर तुरन्त आसक्त होती है और पुरुष स्त्री को, इसे वासना ही कहते हैं। यह वासना दोनों को संसर्ग के लिए अधीर करती है। हम दोनों के बीच यही सच उत्पन्न हुआ था तब। अतः मेरा अनुरोध है कि वस्तुस्थिति को समझ कर कदम उठाया करो।"

"आप तुच्छ दासी के समक्ष मेरा अपमान कर रहे हैं। मैं शुक्राचार्य की बेटी हूँ"। उसने धमकी दे डाली और क्रोध में फुत्कारती चली गयी।

कुछ क्षणों के लिए प्रशान्त मौन फैल गया।

शर्मिष्ठा ने उस सहमे हुए मौन को भंग किया, "आप देवयानी को बार-बार नाराज करके ठीक नहीं कर रहे हैं। यह क्रोध में भला-बुरा नहीं सोचती।"

ययाति ने प्रकोष्ठ की ओर अग्रसर होते हुए कहा, "मैं इसकी चिंता नहीं करता। वह बार-बार अग्निबाण क्यों छोड़ती है कि मैं शुक्राचार्य जी की बेटी हूँ। यह वाक्य कई बार मुझे अपमान की अथाह पीड़ा से दग्ध कर देता है। पूरे अन्तस को ज्वलनशील बना देता है।"

शर्मिष्ठा ने अपने गीलेगात पर दृष्टि डाल कर प्रसंग बदला, "महाराज! आप माधवी का स्वयंवर क्यों करते हैं? उसकी जरा भी इच्छा नहीं है।"

ययाति गंभीर हो गये। अपने कक्ष में प्रवेश करते हुए उन्होंने कहा, "शर्मिष्ठा! क्या मैं अपनी बेटी को अपने घर में बिठाए रखूँ?...क्या राजा ययाति इतना निर्धन और अक्षम्य है कि वह अपने गौरव मंडित कुल की श्रेष्ठ परम्पराओं का भी पालन नहीं कर सकता?...शर्मिष्ठा! यह शत-प्रतिशत सही है कि मैं कामान्ध हूँ। स्त्री मेरी बड़ी दुर्बलता और अनिवार्यता है पर मेरे पराक्रम और क्षमता में कमी थोड़े ही आयी है?"

"लेकिन वह चार बेटों की माँ है। उसका सतीत्व बार-बार भंग हुआ है।" ययाति के शरीर को पोंछती हुई शर्मिष्ठा ने कहा, "उन अरुचिपूर्ण स्थितियों ने उसके नारीत्व की दीप्ति को भी म्लान कर दिया है। वह अपने को दूषित समझती है।"

"वह तो अभी भी चार संतानों को जन्म देकर कौमार्य की पावनता की कांति से दीप्त है। उसे तो वेद-ऋषि का वरदान है। एक ऋषि का वरदान झूठा थोड़े ही होता है। शाप और वरदान...? यह अगम और अज्ञेय सिद्धियाँ हैं। इसके प्रभाव और कुप्रभाव को हम देख ही रहे हैं। काल के ये सत्य हैं। इनकी पृष्ठभूमि में दीर्घ तप, साधना और मंत्र-शक्ति हैं। विकट, विषम तंत्र साधना की ये अपराजेय शक्तियाँ हैं। जल, अग्नि, पृथ्वी, आकाश और वायु को नियंत्रित करने का भीषण प्रयास है।... उन्हें मिथ्या कैसे मान लिया जाय? माधवी को भी काल के सत्य को स्वीकार करना चाहिए। काल के नैतिक मूल्य, धर्म और व्यवस्था को जानना चाहिए। उसे अपने को कदापि कलुषित नहीं समझना चाहिए। राजवंश की प्रतिष्ठा की रक्षा ही उसकी प्रतिष्ठा की रक्षा है।"

शर्मिष्ठा निरुत्तर रही। ययाति और शर्मिष्ठा अपने-अपने निवास स्थलों में चले गये।

माधवी ने जब ययाति से मिलना चाहा तो उन्होंने स्वीकृति दे दी।

जब माधवी ययाति के कक्ष की ओर आ रही थी तब प्रासाद-प्रांगण में राजपंडित मिल गये।

माधवी ने चरण-स्पर्श कर प्रणाम किया। पंडित जी ने आशीर्वाद दिया, "दूधो नहाओ, पूतो फलो।"

"पूजनीय! यह आशीर्वाद मुझ अभागी को क्यों?" माधवी के मुखमंडल पर उदासीनता पसर गयी।

"देवी! आपका स्वयंवर होनेवाला है। ऐसी कुंवारी को अन्य आशीर्वाद उचित नहीं।"

"पूजनीय! मैं तो चार पुरुषों द्वारा चार पुत्रों की माँ बन चुकी हूँ।"

"पितृ-आज्ञा मानना संतान का श्रेष्ठ धर्म है। काल का धर्म सर्वश्रेष्ठ धर्म होता है। देवी! पाराशर और मत्स्यगंधा से उत्पन्न महर्षि व्यास के पश्चात मत्स्यगंधा शांतनु की पत्नी बनी।...देवी! ये इस धर्म-व्यवस्था में पाप नहीं है। सहर्ष स्वयंवर में पति का चुनाव कर गृहस्थी बनो। गृहस्थ धर्म के पालन के बिना मोक्ष संभव नहीं।"

पंडित चले गये। माधवी को आभास हुआ कि सारे के सारे व्यक्ति प्रचलित परम्पराओं से आबद्ध हैं।

वह ययाति के कक्ष में पहुँची। प्रणाम करके वह उनके समीप बैठ गयी।

ययाति ने उस पर दृष्टि फेंककर कहा, "माधवी! हस्तिनापुर के राजा ययाति की प्रतिष्ठा सर्वोपरि है। जैसे तुमने गालव ऋषि के समक्ष अपना आत्मचिंतन त्याग

कर मेरी प्रतिष्ठा की रक्षा की, उसी तरह तुम्हें स्वयंवर करके मेरे स्वप्नों को साकार करना चाहिए। मैं समझता हूँ कि तुमने जो कुछ भोगा है, वह असह्य हो सकता है। लेकिन अपने पिता के वचनों की रक्षा तो पुत्र-पुत्री प्राण न्यौछावर करके भी करते हैं और संसार में यश प्राप्त करते हैं। जब सर्वत्र ऐसा ही हो रहा है तब तुम्हें किस बात की हिचक है। मेरी इस आज्ञा को तुम अपने तर्कों, विचारों और विवशताओं से नहीं काटोगी।"

माधवी भाव विह्वल सी होकर बोली, "क्या परम्पराओं व रूढ़ियों में परिवर्तन की संभावना नहीं! महाराज! सारी परम्पराएँ, नियम और आदेश व्यक्ति से ऊपर नहीं। सदैव विद्वानों व दार्शनिकों ने परिवर्तन किये हैं। मैं जब व्यक्तिगत रूप से विवाह करना नहीं चाहती तो आप मुझे क्यों बाध्य कर रहे हैं? आपके हठपूर्ण रवैये के कारण मुझे लगता है कि मैं आपकी बेटी नहीं हूँ। आप अपने पूर्वजों की सौगन्ध खाकर कहिए कि वास्तव में आपकी बेटी हूँ? कौन है मेरी माँ?"

ययाति ऐसे चौंके जैसे माधवी ने उन पर कोई भयंकर आघात किया हो? वे क्रोध से भर उठे। एकाएक क्रोध शमन करते हुए वे बोले, "यह संदेह तुमने किस आधार पर किया?"

"पिताजी! संदेह की उत्पत्ति कभी भी निराधार नहीं होती। स्थितियाँ और वास्तविकताएँ इसका आधार होती हैं। जब विश्वामित्र के स्नातक शिष्य गालव ने गुरुदक्षिणा देने के लिए हठ पकड़ा और उनके गुरु ने आठ सौ श्यामकर्ण अश्वमेधी अश्व माँगे तो इतिहास के परिप्रेक्ष्य में जाकर आपको कहना चाहिए था कि इतने अश्व तो पृथ्वी पर भी नहीं हैं। पता नहीं, ऋषिवर ने यह माँग क्यों की? ऋषि तो सदैव गायें, भूमि, हवन सामग्री और तपस्थल ही माँगते हैं। विश्वामित्र ऋषि ने यह विचित्र माँग क्यों की?" उसने पल भर रुककर पुनः कहा, "विश्वामित्र जी के पिता राजा गाधि ने भी ऋषि ऋचीक से अपनी बेटी के बदले एक हजार श्यामकर्ण अश्व माँगे थे। यह कौन-सा धार्मिक कन्यादान है? यह तो निपट सौदा है। क्या यह वंश रोगग्रस्त है? महाराज आप तो ज्ञानी हैं आपको पता है कि ऋचीक ने तो वरुण से प्रार्थना कर गंगाजल से सहस्र श्यामकर्ण अश्व उत्पन्न करा लिये। आपने गालव ऋषि से यह क्यों नहीं कहा कि वे अपनी अलौकिक व चमत्कारी विद्याओं से अश्व उत्पन्न कर लें या फिर वे किसी देवता को प्रसन्न करके अश्व माँग लेते?"

"माधवी! गालव मेरे यहाँ याचक बनकर आये थे? याचक की माँग को पूरा करना हर श्रेष्ठ राजा का कर्तव्य और धर्मसेतु है।"

माधवी कटु स्वर में बोली, "अपनी श्रेष्ठता और दानशीलता की रक्षा के लिए आपने अपनी आत्मजा को दाँव पर लगा दिया? क्यों नहीं, आपने अपना राजपाट दाँव पर लगाया? आपके गौरवशाली कुटुम्ब में मैं ही एक अभागी थी? बोलिए महाराज?"

ययाति झल्ला पड़े, "फिर तुमने स्वीकृति क्यों दी? मना कर देतीं?"

माधवी ने ललाट में बल डालते हुए गुस्से में कहा, "यदि मैं संग जाने की दुर्वह, चुभन और पतनशील यथार्थ को जानती तो मैं कतई उनके संग नहीं जाती। मैं स्पष्ट अस्वीकार कर देती। हर मनुष्य अनुभवों व अध्ययन से ही अच्छे-बुरे का ज्ञान करता है। मैंने तो सोचा था कि धर्म का ढोल पीटनेवाले, नैतिक आदर्शों की रक्षा करनेवाले विद्वान ऋषि गालव मुझे किसी समृद्ध-समर्थ कुलीन राजा को सौंप कर आठ सौ श्याम कर्ण अश्व प्राप्त कर लेंगे! मैंने इसी कारण विनीत भाव से काल-धर्म के अनुसार आपकी आज्ञा मान ली। स्त्री की यही नियति है कि वह पत्नी और माँ बनकर अपने जीवन को सफल करे। अब मैं सोचती हूँ कि आपने जिस सहजता से मुझे गालव जी को सौंपा, उससे यह बात काँटे की तरह चुभती है, एक संदेह बार-बार कौंचता है कि क्या मैं आपकी अपनी बेटी हूँ?"

"हाँ-हाँ तुम मेरी बेटी ही हो?...क्या तुम ययाति के विराट साम्राज्य से अपने अस्तित्व को बड़ा समझती हो?...उसकी धर्म-पालना और आदर्शों से अपने को महान समझती हो?" दुख की साँस लेकर उन्होंने फिर कहा, "यह सच है कि उस समय मेरी सम्पन्नता भीतर से खोखली थी। कोष में पर्याप्त धन नहीं था। सारी स्थितियों का अध्ययन करके ही मैंने तुम्हें सौंपने का निर्णय लिया था। माधवी! मैं हस्तिनापुर का सम्राट हूँ। उसकी सारी प्रजा पर मेरा अधिकार है। मैं अपनी पृथ्वी के किसी भी व्यक्ति को कुछ भी आदेश दे सकता हूँ और उसका पालन करना उसका धर्म व कर्तव्य है और तुम्हारा भी।"

क्रोधावेश में ययाति का मुख कठोरता से ढक गया। शरीर में क्षीण कम्पन हुआ। आंतरिक दुर्धर्ष संघर्ष से वे काफी विचलित हो गये। उन्होंने मदिरा का चषक भरा और एक साँस में पी लिया। बोले, "जो हो गया, उसे मिटाया नहीं जा सकता। अतीत का विषय-वर्णन ग्रंथों की वस्तु हो जाती है। तुम्हें अपने पिता की आज्ञा का अक्षरशः पालन करके एक बार फिर एक आदर्श बेटी का उदाहरण प्रस्तुत करना चाहिए।...हम सब इस विराट विश्व की तुच्छतम वस्तुएँ हैं अतः जो आदर्श-प्रतीक बन जाते हैं, वे अविस्मरणीय हो जाते हैं। अब तुम जाओ।"

माधवी लौट आयी।

ययाति सुरा पीते रहे। मदिरा का भी आत्मानंद मधुमय होता है। जो शनैः-शनैः आत्मविस्मृति की स्थिति में पहुँचा देता है।

ययाति पलंग पर लेट गये।

थकान तो थी ही वे शीघ्र ही निद्रा-निमग्न हो गये।

माधवी पश्चिमी गवाक्ष में बैठी थी। सूर्य अभी तक उसके कक्ष के प्राची दिशा में था।

शीतल बयार आ रही थी। पल्लवी उसके पाँव दबाने लगी तो माधवी ने उसे मना कर दिया, "पल्लवी! तुम मेरे पाँव मत छूआ करो।"

"क्यों?" उसने हठात् पूछा।

"तुम ब्राह्मणी हो, द्विज-कुल में जन्मी हो। यदि तुम मेरे पाँव दबाओगी तो मुझे पाप लगेगा।" पल्लवी ने अपनी हथेलियों पर तेल डाल कर आपस में हथेलियाँ रगड़ीं। बोली, "देवी! मुझमें अपने जन्म-कुल का गौरव, पवित्रता और रक्त गर्व तनिक भी नहीं है। सब कुछ नष्ट हो गया है। मुझमें अब शुद्धता नाम की कोई वस्तु नहीं है। मैं तो पतिता हूँ। एक क्षुद्र दासी हूँ अतः मैं शूद्र-श्रेणी में आ गयी हूँ।" वह माधवी के मना करने पर भी तेल मालिश करने लगी, "मैं जन्म से कुल-जाति-गौरव को सही नहीं समझती। कर्म से ही व्यक्ति की पहचान होती है। ऋषि विश्रवा का पुत्र होने पर भी रावण अपने कर्मों से और उग्रसेन के श्रेष्ठ कुल में उत्पन्न होकर भी कंस राक्षस कहलाए। सब कुछ कर्म पर ही अवलम्बित है अतः मुझे अपनी विशेष दासी ही समझिए।"

माधवी ने पल्लवी की ओर देखा। उसकी आँखें गीली थीं। माधवी ने सोचा कि इसकी आकृति कितनी सात्त्विक है।

"पल्लवी!" माधवी ने स्नेहसिक्त हाथ उसके सिर पर फेर कर कहा, "लेकिन मुझे यह जरा भी अच्छा नहीं लगता। मैं अपने को पातकी समझती हूँ। मैं कोषाध्यक्ष जी से कहकर एक नयी दासी खरीदकर मँगवा लूँगी। वह तुम्हारे अन्तर्गत कार्य करेगी।"

माधवी ने उच्छ्वास छोड़ा।

पल्लवी ने पूछा, "क्षमा करें देवी। आपने महाराज से क्या तय किया?"

"वे स्वयंवर करने पर अड़े हुए हैं। मुझे भी विवश कर रहे हैं कि मैं कोई विरोध और अवरोध न करूँ। कैसी विवशता है मेरी? अपनी अन्तर्भावनाओं को बार-बार प्रकट करने के उपरान्त भी ये माता-पिता अपनी इच्छाओं, विचारों और निर्णयों को अपनी संतान पर क्यों लादना चाहते हैं?...यह कैसा विधि-विधान है? संभोग क्रिया के नाम से मुझे अब वितृष्णा होती है? मुझे आभास होता है कि मेरा यौवन और काया क्षत-विक्षत और अपावन है। उसकी कोई सार्थक उपयोगिता नहीं रही। सर्वाधिक घृणा और रोष मुझे गालव से है। गुरु दक्षिणा की स्वस्थ सम्पूर्त्ति करने में तो वह असमर्थ रहा। इसके विपरीत उसने मुझे गणिका बना डाला और स्वयं बन गया एक कुटना (दलाल) मानवी कोख का निपुण सौदागर। महापातकी कर्म।"

आकाश की ओर दृष्टिपात करके उसने दीर्घ उश्वाँस लिया। कहा, "चलो पल्लवी, जरा वन-विहार कर आएँ। मन ऊबा हुआ है। कहीं दूर वन-विहार करके शिव मंदिर चलें। वहीं सरोवर में स्नान करेंगे और अर्चन-वन्दन भी। हाँ, धनुष-बाण साथ ले लेना। आखेट का अवसर मिला तो जरूर करूँगी।"

थोड़ी देर के बाद माधवी, पल्लवी और एक अन्य दासी रथ पर सवार होकर उत्तरी वन की ओर चल पड़ीं। सारथी विश्वसनीय व शक्तिशाली था। संकटकाल में रक्षक का काम भी कर सकता था।

रथ शिव मंदिर के पास पहुँच गया। बड़ा मंदिर नहीं था पर उसके बायीं ओर एक कोठरी बनी थी। वे सब उसमें ठहर गये। सारथी दूर नारियल वृक्षों की झुरमुट में चला गया। वहाँ दो-चार जामुन के वृक्ष भी थे। उसने बैल को हरी घास चरने छोड़ दिया। कुछ जामुन तोड़कर छाया में उन्हें खाता हुआ विश्राम करने लगा।

माधवी और पल्लवी ने सरोवर में स्नान किया। वह अच्छा तैरना जानती थी। वह मछली की तरह डुबकी लगाती थी और जल में कछुवे की भाँति हाथ-पाँव चलाती बाहर आती थी। पल्लवी उसका अनुकरण करती थी। पल्लवी का ध्यान माधवी के मुखमंडल पर था। उसे लगता था कि माधवी जो कुछ कर रही है, जबरन कर रही है। उसमें उसकी आंतरिक इच्छा नहीं है। जैसे कई बार मनुष्य अपने आप से भागने तथा जो नहीं चाहता, उसे करने के लिए कुछ करता है। यह सर्वथा आत्मवंचना है।

माधवी सरोवर के किनारे-किनारे जल में चार चक्कर निकालकर श्लथ होकर संगमरमरी घाट पर पसर गयी। एकदम चित्त। अपने चक्षुओं को बंद करके।

पल्लवी उसके सन्निकट बैठ गयी। दोनों के शरीर गीले थे। हवा के झोंके के स्पर्श से गीलापन सुहाता था।

"स्वामिनी! क्या सोचने लगी?"

"सोच रही हूँ कि मनुष्य क्यों जीता है, किसलिए जीता है, किसके वास्ते जीता है, इस रहस्य का सार्थक उत्तर मेरे पास नहीं है। गंभीरता से सोचने पर सर्वस्व निरर्थक नहीं लगता? व्यर्थता का बोध नहीं होता? पल्लवी! मुझे बार-बार यह आभास होता है कि न मैं कोई हूँ, न मेरा कोई है। न मैं मुक्ति हूँ और न बंधन और जो कुछ भी कर रही हूँ, अपनी इच्छा के विरुद्ध कर रही हूँ। मेरे अस्तित्व पर संस्कारों, व्यवस्थाओं व अपने श्रेष्ठ व्यक्तित्वों का नियन्त्रण है।...मेरे विद्रोह-विरोध की जरा सी स्फुलिंग भड़कती है कि बुझा दी जाती है। मैं अपने तन की अपवित्रताओं की अग्नियों में जलकर जीवनान्त क्यों नहीं करती?"

पल्लवी ने उसके हाथ को अपने हाथ में लेकर कहा, "नहीं स्वामिनी! आत्महत्या क्यों करेंगी आप? आपने लोक-दृष्टि में कोई भी पाप व अधर्म नहीं किया है...पितृआज्ञा चाहे वह जघन्य ही क्यों न हो, उसको मनोयोग से पालन करना तो महापुण्य समान होता है।"

"मैं इस जीवन से उकता गयी हूँ।"

"देवी! मैं श्रेष्ठद्विज कन्या हूँ। मेरे पिताजी कहा करते थे कि एक शरीर की समाप्ति दूसरे का आरंभ होता है। आत्मा चिरन्तन है। वह बार-बार देह धारण करती है तभी तो मनुष्य यह विचार कर कि मैं फिर से जन्म लूँगा—मृत्यु को सहर्ष वरण

कर लेता है।"

"पल्लवी! इसका प्रमाण क्या है?"

"स्वामिनी! शिव व विष्णु ने कई अवतार लिये।...यह आत्मांश ही तो हैं। ये अवतार क्या पुनर्जन्म के प्रमाण नहीं?"

"मैं इनकी सच्चाई का अन्वेषण करने में असमर्थ हूँ, मेरे पास वह मेधा नहीं है। शास्त्रानुसार मान भी लें तो एक शब्द और शेष रह जाता है–मोक्ष। पल्लवी! सच मैं तप करके मोक्ष प्राप्त करूँगी। मैं पुनर्जन्म के नाम से आतंकित हो जाती हूँ। ऐसा जीवन भोगने के बाद पृथ्वीलोक में आने की इच्छा ही नहीं होती।" अचानक माधवी उठ बैठी। सूर्य की तेजस्विता को महसूस करके बोली, "चलें, पल्लवी चलें। धूप में तपिस बढ़ रही है।"

पल्लवी ने अन्य दासी को रथ तैयार कराने को कहा। पल्लवी माधवी को वस्त्र पहनाने लगी। उसने गौर से उसके अंगों को देखना शुरू किया–गौरवर्ण, मृगसम चंचल चक्षु, अरुणिम अधर, शुक नासिका, उन्नत उरोज, उदर का मोहक नाभि-छिद्र, पुष्ट नितम्ब, कदली पेड़ जैसी जाँघें...अनुपम। अंग-प्रत्यंग पावन आभा लिये दीप्त थे। वह स्थिर दृष्टि से माधवी को निहारने लगी।

माधवी उसके मनोभावों को समझती हुई बोली, "क्या देख रही हो मुझमें पल्लवी?"

"देख रही हूँ कि आप कुंदन की भाँति पवित्र लगती हो आपका अंग-प्रत्यंग अस्पर्श्य हैं।"

माधवी खिलखिलाकर हँस पड़ी। बोली, "तुमने भी सुनी सुनायी बात कह दी। धारणा है न, शिशु जन्म के पश्चात प्रसूता का सौन्दर्य निखर जाता है। पगली! यह कोई सार्वलौकिक सत्य थोड़े ही है? कई बार लोग देववाणी की तरह बात करते हैं और वह जन-मानस में घर कर लेती है। मैं तो चार-चार बार प्रसूता बन चुकी हूँ।"

रथ आ गया था। रथ पर सवार होने के बाद माधवी फिर बोली, "क्या तुम्हें ऐसा आभास होता है कि तुम कुँवारी हो?"

"मैं कैसे यह आभास कर सकती हूँ। दासी हूँ न? हम जैसे क्षुद्र जीव पवित्रता का किस आधार पर आभास कर सकते हैं? हम तो तुच्छ हैं। जूठन और बासी वस्तुओं पर निर्वाह करनेवाले? चरण-धूलि को चंदन की तरह ललाट में लगानेवाले। हमारी कोई वस्तु क्या पुनः अक्षत हो सकती है? पुनः पावन हो सकती है। देवी! मुझे तो किसी वेद ऋषि का वरदान भी नहीं मिला हुआ है।"

माधवी ने उसे पलभर के लिए भावभरी दृष्टि से देखा। अपनत्व से बोली, "सचमुच तुम विद्वान द्विज कन्या हो।...सारथी चलो।" रथ चल पड़ा।

प्रासाद पहुँचकर माधवी ने पल्लवी से भोजन करने की इच्छा व्यक्त की। पल्लवी ने भोजन की व्यवस्था की। भ्रमण के बाद माधवी की क्षुधा अधिक चेतन हो

गयी थी। उसने भरपेट मांसाहारी भोजन किया। सो गयी। गहरी निद्रा में।

अपराह्न में माधवी की नींद टूटी। आलस मरोड़कर उसने जम्हाई ली। पल्लवी ने शीतल-जल का गिलास दिया। पानी पीकर वह गावतकिये पर अर्धशायित हो गयी।

शर्मिष्ठा ने प्रवेश किया। माधवी ने उठकर उसका स्वागत किया। बोली, "कैसे आगमन हुआ? आप अशोक वन गयीं नहीं।"

शर्मिष्ठा ने अपनी बायीं आँख को खुजलाकर कहा, "माधवी! मैं तुम्हें अशोक वन जाने से पूर्व कहना चाहूँगी कि महाराज जो कुछ तुम्हारे संदर्भ में करना चाहते हैं, करने दो। यदि उनकी इच्छा के अनुकूल नहीं होगा तो उनका अहम् भू लुंठित होकर निष्प्राण-सा हो जाएगा। वैसे ही मेरे और उनके बीच गुप्त सम्बन्ध प्रकट होने पर देवयानी भयंकर रूप से रुष्ट है। वह आहत साँपिन की तरह फुत्कारने लगी है। मुझे प्रतीत होता है कि वह महाराजा का कोई अनिष्ट न कर दे। वह बचपन से ही अपने विरोधी के प्रति प्रतिशोधात्मक रवैया रखती आयी है। इस पर यदि तुमने स्वयंवर के लिए स्वीकृति न दी तो देघयानी पिता-पुत्री के बीच कटुता उत्पन्न करा के उनकी चिंताओं में वृद्धि कर सकती है। इसका प्रभाव उनके स्वास्थ्य पर पड़ सकता है।"

माधवी निरुत्तर रही।

"बोलो न माधवी?"

"शर्मिष्ठा! आपकी महाराज के लिए चिंता उचित है क्योंकि आप में दूसरे का दुख समझने की शक्ति है। आप भावनाशील हैं। महाराजा ने ये सारी स्थितियाँ अपने पाखंड की रक्षा और दुर्बलता के कारण उत्पन्न की हैं। अतः मैं समझती हूँ कि उन्हें अपनी दुर्बलताओं का दंड मिलना ही चाहिए ताकि अन्य लोग भी सबक सीखें।"

शर्मिष्ठा ने प्रश्न पर प्रश्न किया, "क्या तुम्हें अपने सद्कर्मों का फल नहीं मिलेगा? अवश्य मिलेगा। इस जन्म में नहीं तो पुनर्जन्म में।"

माधवी के अधरों पर अर्थभरी स्मित रेखा पसर गयी। अपने वक्ष पर पड़ी कुन्तल राशि पर हाथ फेरकर कहा, "तुम क्या पुनर्जन्म मानती हो?"

"मानती हूँ।"

"शर्मिष्ठा! यह गुत्थी अत्यन्त ही विकट है। यही प्रश्न उद्दालक ऋषि के पुत्र नचिकेता ने जब यमराज से पूछा था तब यमराज उलझन में पड़ गये थे। यह प्रश्न अत्यन्त ही सूक्ष्म, दुरूह और अगोचर था। आत्मतत्त्व सम्बन्धी जटिल प्रश्न। यमराज टाल गये। यह प्रश्न संदिग्ध है।...पुनर्जन्म प्रमाणिक रूप से है या नहीं कोई नहीं कह सकता इसलिए मुझे इस बात पर तो तनिक भी विश्वास नहीं है। शुभे! जन्म, शैशव, यौवन, जरा, सुख-दुख, यश-अपयश मित्र-शत्रु, प्रेम-घृणा, उत्कर्ष-अपकर्ष,

धर्म-अधर्म और सर्वस्व यहीं है। इसी धरित्री पर। हाँ, जो मृत्यु की बात करते हैं, वे झूठे हैं क्योंकि कोई मनुष्य अपनी मृत्यु नहीं देखता है। आख्यानों में जो हैं, अपवाद और कपोलकल्पित हो सकते हैं। आपको 'मेदल' (चावल की बनायी शराब) पिलाऊँ।"

"पिला दो।" शर्मिष्ठा ने कहा, "माधवी! दायीं आँख में खुजली सी आ रही है?"

"चिन्ता न करें। मेरे पास श्रेष्ठ काजल, 'सिद्धारंजन' है। आँख की किसी पीड़ा के लिए रामबाण है। पल्लवी! उस स्फटिकपट पर रखी स्वर्ण-पेटिका को ला तो। शर्मिष्ठा के काजल डाल दे। फिर दो चषक 'मेदल' के तैयार कर दे।"

"जो आज्ञा।"

पल्लवी ने चषक तैयार किये। दोनों धीरे-धीरे पीने लगीं...मदहोशी चढ़ने लगी। अचानक शर्मिष्ठा को जैसे कुछ याद आया हो, वह उठकर चल दी। यह कहती हुई कि उसे महाराज के पास जाना है।

माधवी सुरापान करती रही। अपने जीवन के अतीत को कुरेदने लगी। अतीत। दुखों और इच्छा रहित जिया अतीत।

वह सुरा के साथ कुछ लवण लगी अन्न-सामग्री खाने लगी।

उसका अतीत चलचित्र की भाँति उसके समक्ष साकार होने लगा। ऋषि युवा गालव ने उसे अपनी आपबीती सुनायी थी—

गालव ने कहा था— विश्वामित्र मेरे गुरु थे। वे घोर तपस्या कर रहे थे। राजर्षि की जगह ब्रह्मर्षि बनने की तपस्या। एक बार धर्मराज उनकी परीक्षा लेने के लिए वशिष्ठ का रूप धारण करके उनके पवित्र आश्रम में आए और भोजन करने की इच्छा प्रकट की। गुरुदेव के यहाँ भोजन तत्पर नहीं था। वशिष्ठ रूपधारी धर्मराज ने कहा, ऋषिवर! आप भोजन तैयार कराइए। मैं तनिक भ्रमण करके आ रहा हूँ।

धर्मराज गये सो आये ही नहीं। गुरुदेव केले के पत्तों की बनी 'पत्तल' पर भोजन परोसकर उनकी प्रतीक्षा करने लगे। दीर्घकाल तक वे नहीं आए तो मैंने उनको करबद्ध प्रार्थना की—गुरुश्रेष्ठ! आप भोजन करिए। वशिष्ठ जी जब आएँगे तब मैं उन्हें पुनः भोजन बनाकर खिला दूँगा।

गुरु ने कहा, नहीं गालव, जिसके निमित्त जो भोजन परोसा गया है, उसे वे ही खाएँगे, फिर अतिथि के पूर्व आतिथ्य करनेवाला भोजन ग्रहण कर ले तो अतिथि का अनादर होता है।

विश्वामित्र जी अपने अतिथि की प्रतीक्षा करने लगे। एक दिन, दो दिन, माह और वर्ष। युग बीत गया। मैं भी गुरु के सम्मान में भूखा-प्यासा रहा और उनकी सेवा करता रहा। गुरु भूखे-प्यासे फिर शिष्य कैसे खाए-पीए?

आखिर वशिष्ठ रूपधारी धर्मराज जी आए और उन्होंने भोजन करके तृप्त होने की बात कही। उन्होंने गुरुजी के धैर्य और आतिथ्य की भूरि-भूरि प्रशंसा की। फिर

वे चले गये।

मेरे गुरु मुझसे अतीव प्रसन्न हुए। मैं भी प्रसन्न था। जब गुरु ने मेरे धैर्य व त्याग की प्रशंसा की तो मुझे आत्मसंतुष्टि हुई। उन्होंने मुझे समस्त विद्याओं से विज्ञ होने का वरदान दिया। मैं भी अध्ययन में लग गया।

मैं अपनी वैदिक शिक्षा को सफलतापूर्वक सम्पूर्ण कर चुका। गुरु विश्वामित्र मेरी प्रबुद्धता से अत्यन्त प्रभावित थे और मुझे यशस्वी बनने के निरन्तर आशीर्वाद दे रहे थे। मैंने उनके गुरुत्व में समस्त विद्याओं का सूक्ष्मतम अध्ययन किया था। जप-तप की गहनता को आत्मसात किया तथा मंत्र-जंत्र और तंत्र की अन्तर्धाराओं को समझते हुए उनके प्रभावों-कुप्रभावों को समझा था।

गुरु की असीम कृपा से अब मैं जीवन-क्षेत्र में कर्मरत होने हेतु तत्पर था।

उस दिन महर्षि विश्वामित्र व्याघ्र-चर्म पर आसीन थे। उनका मुखमंडल श्मश्रुयुक्त था। फिर भी चौड़े भाल पर तप-श्री की कांति देदीप्यमान थी। उन्होंने आत्मीयता से कहा, "गालव! अब तुम्हारी शिक्षा पूर्ण हुई। अब तुम अपने स्वतंत्र अस्तित्व और शक्ति का उपभोग करने के अधिकारी हो? मैं तुमसे और तुम्हारी अध्ययन प्रवृत्ति से अत्यन्त प्रसन्न हूँ।"

गालव ने चरण-स्पर्श करके विनीत स्वर में कहा, "गुरुदेव! आपकी कृपा बिना विपुल ज्ञान संभव नहीं था। आपके इस दान का प्रतिदान यदि मैंने नहीं किया तो मैं अपने शिष्य धर्म का पालन नहीं कर पाऊँगा।"

"तुम क्या कहना चाहते हो?"

"प्रभु! मैं आपको अपनी इच्छा के अनुसार गुरुदक्षिणा देना चाहता हूँ ताकि आपके ऋण से उऋण हो सकूँ।"

"तुम मुझे गुरुदक्षिणा दोगे?" विस्मय से नेत्र स्थिर करके विश्वामित्र ने पूछा।

"हाँ गुरुदेव, गुरुदक्षिणा के बिना शिष्य का कर्तव्य पूरा कैसे होगा?"

"गालव!" विश्वामित्र ने अपनी दाढ़ी को खुजाते हुए कहा, "तुम्हारी क्या क्षमता है कि तुम मुझे मनचाही दक्षिणा दोगे? महर्षि विश्वामित्र की इच्छानुसार दक्षिणा देना सहज नहीं है। तुम तो मेरे सामान्य शिष्य हो, बड़े-बड़े राजा-महाराजा भी मुझे दक्षिणा देने में बगलें झाँकने लगते हैं। गालव जाओ और जीवन क्षेत्र में कुछ नया करके यशस्वी बनो।"

"नहीं गुरुदेव! क्या मैं दक्षिणा देने के योग्य भी अपने को नहीं बना पाऊँगा तब मैं सृष्टि के दूसरे कार्य कैसे करूँगा? आज्ञा दीजिए।"

विश्वामित्र सोचते रहे। दाढ़ी पर हाथ फेरते रहे। आश्रम के बाहर दूर-दूर तक अपलक निहारते रहे। फिर बोले, "यदि तुम दुराग्रह ही कर रहे हो तो मुझे आठ सौ श्यामकर्ण अश्व लाकर दो।"

"आठ सौ श्यामकर्ण अश्व?" गालव क्षणभर के लिए हतबुद्धि हो गया। मौन?

विश्वामित्र ने कहा, "गालव! मेरी दक्षिणा को सुनकर तुम विमूढ़ कैसे हो गये? कहा था न, हठ न करो गालव। क्या तुम मेरी माँग की पूर्ति कर सकोगे? सुनो, मैं तुम्हें इसके लिए बाध्य नहीं करता। इसी पल माँग से मुक्त करता हूँ।"

गालव विचारमग्न बाएँ पाँव के अँगूठे से जमीन कुरेदने लगा। बहुत ही विचित्र माँग थी। आठ सौ श्यामकर्ण अश्व?...यदि उसने इसे पूरा नहीं किया तो वह गुरु का श्रेष्ठ शिष्य सिद्ध नहीं हो सकता।

"गालव!" विश्वामित्र बोले, "असमंजस में मत पड़ो।"

"नहीं गुरुदेव, मैं आपको गुरु दक्षिणा दूँगा। गालव की गुरुभक्ति की यह परीक्षा है—गुरु दक्षिणा। आठ सौ श्यामकर्ण अश्व।"

"फिर सोच लो।" विश्वामित्र के नेत्र स्थिर हो गये।

"सोच लिया।" दृढ़ स्वर में कहा गालव ने। अपने समूचे ज्ञान और शक्ति से इन अश्वों को मैं प्राप्त करूँगा। उसने विश्वामित्र के चरण छूए, "मुझे आशीर्वाद दीजिए कि मैं अपने मंतव्य में सफल होऊँ।"

विश्वामित्र ने आशीर्वाद दिया। गालव चल पड़ा।

विकट समस्या गालव के समक्ष यह थी कि उसे पथ-निर्देश करनेवाला कोई नहीं था।

ज्ञान उसका परिपक्व था पर अनुभव तो कच्चा ही था। वह क्या करे, कहाँ जाए? ऐसे दुर्लभ अश्व कैसे प्राप्त करे।

उसकी समझ में यह भी नहीं आया कि ऋषि इतने सारे अश्वों का करेंगे क्या? यदि ये राजा होते तो अश्व-सेना बना लेते? यह तो वनवासी हैं। क्या करेंगे इनका। क्या...क्या...क्या...?

गालव ने नीलनिलय की ओर देखकर प्रार्थना की, "हे प्रभु! मेरा पथ प्रशस्त करो।...मेरा मार्ग-दर्शन करो।"

सहसा उसे अपने मित्र विष्णुवाहन पक्षीराज गरुड़ का ध्यान आया। सुख की साँस ली। तुरन्त उसने वन के एकांत पवित्र स्थल मंदिर की चौकी पर बैठकर उसका आह्वान किया।

गरुड़ त्वरा से उपस्थित हुआ। गालव से पूछा, "मित्र! कैसे स्मरण किया?"

गालव सारी बातें बताकर मौन हो गया।

गरुड़ गंभीर हो गया। उसने अपनी आँखों को मिचमिचाकर कहा, "विचित्र हैं विश्वामित्र जी! ऋषि हो गये पर प्रवृतियों में कोई परिवर्तन नहीं। प्रत्येक इच्छा आज भी राजसी ही हैं। जिनका धर्म है—मानव कल्याण, पृथ्वी, आकाश, अग्नि, वायु और जल को नियंत्रित करके इस पुण्य धरा को धनधान्य और सुखों से भरा-भरा रखना और मानव-मात्र को सुख-संतोष देना, उन महर्षि विश्वामित्र जी को अश्वों की क्या आवश्यकता हुई? क्या वे किसी युद्ध की तैयारी में हैं या अश्वमेध यज्ञ करके पृथ्वी

पर विजय पाना चाहते हैं?"

"मित्र गरुड़।" गालव ने बुझे स्वर में कहा, "मैं भी उनकी माँग का स्पष्ट तात्पर्य नहीं समझ पा रहा हूँ। अश्वों की माँग के पीछे उनकी क्या मनसा है, मैं इससे अनभिज्ञ हूँ। लेकिन मुझे किसी भी कीमत पर गुरु दक्षिणा तो देनी ही होगी। उपाय बताने में मेरी सहायता करो।"

गरुड़ सचमुच सोच में पड़ गया। समूची दिशाओं पर दृष्टिपात करके उसने नेत्र ऐसे मूँद लिये जैसे वह समाधिस्थ हो गया हो। फिर उसने दीर्घ निश्वास लिया। कहा, "इस विराट पृथ्वी पर मुझे एक व्यक्ति विशेष दृष्टिगत हो रहा है। वे हैं, सहस्रों यज्ञों को करनेवाले, दानवीर, उदारचेता, वचन-रक्षक हस्तिनापुर के महाराजा ययाति। महाप्रतापी महाराजा नहुष के पुत्र। तुम्हें उनकी शरण में जाना चाहिए। वे तुम्हारी समस्या का अवश्य समाधान करेंगे।"

"मैं आपके परामर्श को शत-प्रतिशत मानूँगा।"

"मेरी शुभकामना है कि तुम्हें अपने कार्य में सफलता मिले।"

गरुड़ आकाश मार्ग से उड़ चले।

देवयानी ने अलस-पलकें खोलीं तो ययाति को गहरी निद्रा में पाया। अधर पर मुस्कान की फीकी रेख उसके अन्तस की घृणा को बताती सी लगी। वह सोचने लगी कि उसने महाराज से विवाह क्यों किया? जिसके पिताजी ने ब्राह्मणों के लिए सुरा-पान निषिद्ध किया है, उन्हें शराबी से बेहद घृणा है, उसकी बेटी का पति ही सुरा में हरदम मदहोश रहता है। उसके जीवन की क्या त्रासदी है?

देवयानी यह सोचते-सोचते दैनिक कार्यों से निवृत्त होने के लिए चली गयी।

स्नानागार में दो हौज बने थे। एक शीतल जल का और एक उष्ण जल का। कई तरह की यंत्रधाराएँ (फव्वारे) लगी थीं। नहाने की कई तरह की प्रसाधन सामग्री थी। सुगन्धित तेल थे। इत्र थे। देवयानी के साथ दो दासियाँ थीं जो उसके वस्त्र लिये हुए थीं।

जब वह स्नानागार के द्वार पर पहुँची तो द्वार बंद था। शर्मिष्ठा की दासी खड़ी थी।

"तू यहाँ क्यों खड़ी है।"

"स्वामिनी नहा रही हैं।"

"स्वामिनी या मेरी दासी।"

दासी चुप रही। वह फर्श की ओर देखने लगी।

"मेरी दासी इधर अनधिकार चेष्टाएँ करने में लिप्त है। कुंडी खटखटाओ। कहो, आपकी स्वामिनी महिषी देवयानी आयी हैं।"

दासी ने देखा कि महारानी क्रोध में हैं। वह असमंजस में खड़ी रही कि देवयानी ने झन्नाटेदार चाँटा मार दिया। निचले अधर पर दाँत चुभाती हुई बोली, "कमीनी! मेरी आज्ञा को पूरी करने में देर करती है।"

देवयानी ने उसे धक्का दिया। फिर लगातार कुंडी खटखटाती रही, "शर्मिष्ठा बाहर निकलो, यह तुम्हारी स्वामिनी की आज्ञा है।..."

शर्मिष्ठा ने उसकी कोई चिंता नहीं की। देवयानी आहत साँपिन की भाँति फुत्कारती रही, चिल्लाती रही।

काफी अन्तराल के बाद शर्मिष्ठा सामान्य रूप से बाहर आयी। उसने तपाक से कहा, "आपको इतना शोर नहीं मचाना चाहिए।"

"शोर की बच्ची।" देवयानी भड़क पड़ी, "तुम्हारी हिम्मत कैसे हुई हमारे स्नानागार में नहाने की। पता नहीं, यह स्नानागार केवल महाराजा और महारानी का है।"

"मुझे पता है।" उसने शांति से कहा।

"तू अपनी औकात नहीं जानती। मेरी दासी है तू।" वह बहुत उत्तेजित थी।

"मैं अशोकवन में रहनेवाली इस प्रासाद में महाराजा की आज्ञा से ही आती हूँ। मैं उनके दो पुत्रों की माँ हूँ। फिर उनकी संतान की माँ बनूँगी। यदि आपको मेरा नहाना बुरा लगा तो क्षमा चाहती हूँ। वैसे इस संदर्भ में आपको महाराजा से बात करनी चाहिए। मैं इस प्रासाद में जो भी करती हूँ उनकी आज्ञा से करती हूँ।"

वह घृणा से बोली, "एक दिन महाराजा को यह विकट कामाग्नि दग्ध कर देगी। एक बात का ध्यान रखो कि भविष्य में तुम किसी भी क्षेत्र में मेरी बराबरी नहीं करोगी। करोगी तो उसके दुष्परिणाम का दायित्व तेरा होगा। बस, एक ही बात याद रखो कि तुम मेरी दासी हो। और मैं दैत्यगुरु शुक्राचार्य की बेटी हूँ।"

शर्मिष्ठा सत्वरता से चली गयी।

देवयानी स्नानागार में प्रविष्ट होते हुए बड़बड़ायी, "सबको सबक सिखा दूँगी। मेरे क्रोध की अग्नि भड़क गयी तो बुझेगी नहीं।"

शर्मिष्ठा माधवी के कक्ष की ओर जा रही थी। महाराजा ययाति के पुत्रों की माँ बनने के बाद उसमें विरोध-विद्रोह की भावना जन्म गयी थी। आखिर वह राजकन्या थी। दैत्यराज वर्षपूर्वा की बेटी। तो भी वह देवयानी के स्वभाव को जानकर संयम बरत रही थी।

माधवी मिल गयी। शर्मिष्ठा ने पूछा, "सुबह-सुबह कहाँ प्रस्थान कर रही हो?"

"आखेट पर जाने की सोच रही हूँ।" माधवी ने बताया।

"मैं भी चलूँगी। तनिक प्रतीक्षा करो।"

"सच।"

"हाँ।"

"मैं अश्वों को तैयार कराती हूँ। तुम अपना धनुष और बाण ले आना।"

"ठीक है।"

"पर।" माधवी ने शंका जतायी।

"पर क्या?"

"शर्मिष्ठा! आप गर्भवती हैं। मैं आपको आखेट पर नहीं ले जाऊँगी। क्षमा करें। हाँ आप अपने अशोक वन जाइए। विश्राम कीजिए। आपके विश्राम के दिन आ गये हैं।"

माधवी त्वरा से तीर की तरह निकल गयी।

वह अपने श्वेत अश्व पर सवार होकर प्रस्थित हो गयी। निपट अकेली। नगर सीमा के खत्म होते ही घनघोर वन प्रांतर आरंभ हो गया था। झाड़-झंखाड़। देवदार, शीशम, जामुन, नीम, नारियल, कहीं-कहीं पीपल। अनेक तरह के वृक्ष। पौधों से उलझी काँटेदार झाड़ियाँ।

थोड़ी दूर जाने पर उसे शून्य अरण्य मिला। यहीं से जंगली जानवरों का निवास शुरू होता था। खूँखार पशु व्याघ्र, बाघ, सूअर मिलते थे और हरिण, नीलगाएँ, बारहसिंह भी दिखायी देते थे। माधवी चतुर्दिक दृष्टिपात करती हुई आगे बढ़ रही थी। उसने अपने धनुष पर बाण लगा रखा था। एक ऊँची चट्टान पर जाकर उसने देखा कि एक बाघ हिरण को फाड़ कर खा रहा है। उसने ध्यान से देखा कि वह बाघ नहीं, बाघिन है।

माधवी ने अपना बाण चलाया। बाण बाघिन के पिछले हिस्से में लगा। वह उछलकर भागी। माधवी ने उसका पीछा किया। बाघिन की योनि से रक्तस्राव हो रहा था। फिर भी वह भाग रही थी। भीषण वेग के साथ। घने जंगल में जाकर वह बाघिन अदृश्य हो गयी।

इतना घना जंगल था कि माधवी उसमें प्रवेश नहीं कर पायी। खड़ी होकर सोचने लगी कि क्या पता इसमें कौन से वनैले जीव व विषधारी जानवर हों? डर गयी माधवी। उसका हृदय काँप उठा, यह सोच कर कि उसका बाण बाघिन की योनि में लगा। क्या उससे पाप हो गया? यह तो अनजाने में करुणाहीन दुष्कर्म हो गया। आखेट के भी अपने धर्म-नियम होते हैं। जैसे यदि कोई पशु अपने शावक को दूध पिला रहा हो, पशु गर्भ धारण किये हुए हो, मैथुन रत हो, उनका शिकार करना अवैध पापयुक्त होता है। कहीं बाघिन इस संघातक आघात से मर गयी तो?

उसे प्रतीत हुआ कि उसके भीतर अग्नि दहक उठी है और समस्त शरीर में जलन हो रही है।

उसने अपने घोड़े को प्रासाद की ओर मोड़ा। तीव्र गति से वह प्रासाद पहुँची। श्रांत-क्लांत। उसके ललाट पर स्वेदकण चमक रहे थे।

पल्लवी ने पूछा, "क्या बात है स्वामिनी?"

"मुझसे पाप हो गया?"

"पाप?...कैसे?"

सारी बात बताकर माधवी ने कहा, "यह अनायास दुर्भाग्यवश हुआ है। मैं निशाना चूक गयी। मारनेवाली मैं माधवी क्यों निशाना चूक गयी। अवश्य ही कोई अशुभ घटेगा।"

"आपने अनजाने में यह पाप किया है। अनजाने में किया हुआ पाप पाप नहीं कहलाता। धर्मग्रंथों में भी उसे क्षम्य माना है। आप अपना मन छोटा न करें। चिंता से दूर रहें।" पल्लवी ने उपदेशक की भाँति कहा।

माधवी के मुख पर संतुष्टि के क्षीण भाव परिलक्षित हुए। वह बिस्तर पर लेट गयी। भोजनोपरान्त वह सो गयी।

ययाति को अशोकवन के शयनकक्ष में शर्मिष्ठा उन्हें अंगूर की बनी सुरा 'प्रसन्ना' पिला रही थी। सन्निकट बैठकर उसने कहा, "आपने क्या सोच कर देवयानी से विवाह किया?"

ययाति ने घूँट भरकर कहा, "बिना सोचे ही उससे विवाह कर लिया। यह शरीर ईश्वर का है। इसमें मन-बुद्धि भी ईश्वर की है। उसने किस जन्म का यह दंड दिया है कि मुझे भयंकर रूप से कामातुर बना दिया। क्यों मैं किसी भी स्त्री को देखते ही आसक्त हो जाता हूँ। उस काल संयोगवश निर्जन स्थल में स्त्री का क्रन्दन सुना। पता लगाया कि कुएँ में एक स्त्री चिल्ला रही है। मैंने उसे कुएँ से निकाला। प्रथम दृष्टि में ही मैं देवयानी पर मुग्ध हो गया और वह मुझ पर। वह विवाह के लिए आग्रह क्या, दुराग्रह करने लगी। मैं स्त्री दुर्बल प्राणी मना नहीं कर सका। उसका क्या स्वभाव है, मैं अब धीरे-धीरे जान रहा हूँ। द्वेष से भरी है यह नारी। माना कि उसका पिता महासिद्धियों व शक्तियों का स्वामी है लेकिन अपनी पुत्री के प्रति उनका अगाध अंध ममत्व उचित नहीं। अपनी पुत्री के अस्थिर और क्रोधी मन पर उन्हें अंकुश लगाना चाहिए।"

शर्मिष्ठा ने उनकी बात का समर्थन किया, "आप सही कह रहे हैं, पिता के समर्थन से ही वह अपने को बहुत ज्यादा समझने लगी है। वह आप से सख्त नाराज हैं। आप मुझे अशोक वन से प्रासाद में बुलाकर उचित नहीं करते। देवयानी का विचार यही था कि मैं आपकी दृष्टि से दूर रहूँ।...लेकिन भाग्य के लिखे को कौन मिटा सकता है? देवयानी के चाहने के विपरीत ही सब हो रहा है। मैं आपके तीसरे बच्चे की माँ बननेवाली हूँ। सारा विधि का विधान है मगर एक बात पर आप ध्यान दीजिएगा कि वह आपसे भयंकर रूप से असंतुष्ट और रुष्ट है। कहीं वह अनर्थ की न सोच ले?"

ययाति भड़क उठे, "वह मेरा क्या अनर्थ करेगी।...देवयानी मुझे जान से नहीं मरवा सकती। मेरा साम्राज्य विनष्ट नहीं कर सकती। वह मेरा कुछ भी अहित करेगी, उसकी भागीदार वह भी तो होगी। यदि मुझे अपार दुख होगा तो उसे भी किंचित तो होगा ही। मेरी मृत्यु उसका सुहाग नहीं उजाड़ेगी?"

शर्मिष्ठा ने विकल-भाव से कहा, "देवयानी की समस्त कुंठाएँ व उन्माद कच के प्रेम में पराजित होने की प्रतिक्रिया है। हताशा जीवन में फूल की जगह शूल उत्पन्न कर सकती है। भग्न प्रीति की व्यथाएँ सहजता से विस्मृत नहीं की जा सकतीं।...देवयानी असामान्य स्थितियाँ उत्पन्न करके उन्हें भुलाना चाहती है पर वे और भी मुखर-प्रखर हो जाती हैं।"

ययाति ने प्रसंग बदला। बोले, "शर्मिष्ठा! तुम्हारी सेहत तो अच्छी है।"

"हाँ महाराज।"

"कब तक बच्चा होगा।"

"अभी तो दो-तीन माह लग ही जाएँगे। फिर यह सब ईश्वर के अधीन है। जन्म-मरण का दायित्व उस पर ही है।"

"मेरा मन कहता है कि तुम्हारे फिर बेटा होगा।"

"शुभ-शुभ।" शर्मिष्ठा की आकृति पर कोमल लज्जा के भाव तिर उठे।

ययाति जैसे अपने आप से बोले, "देवी! मैं अत्यन्त ही भोगी हूँ। भोग की लिप्सा में मैं उचित-अनुचित का ध्यान नहीं रखता। श्रेष्ठ-अश्रेष्ठ पात्रों का अन्तर भी नहीं करता जिससे यौन-कर्म कर रहा हूँ, वह कुलीन है या अकुलीन इसका भी विश्लेषण नहीं करता। अन्ततोगत्वा इसका फल तो मुझे भोगना ही पड़ेगा।"

शर्मिष्ठा ने उनके हाथ को अपने हाथ में लेकर कहा, "महाराज! जब आप अपनी दुर्बलता पर इतनी गंभीरता से सोच रहे हैं तो उस पर संयम रखना चाहिए। उसकी अतिरेकता पर अंकुश लगाना चाहिए। ज्ञानी पुरुष उसे ही तो कहते हैं जो अपने दुर्गुणों व दुष्कर्मों का विश्लेषण करके उन्हें संयमित करे।"

"कई बार अपने पर ग्लानि होती है कि मैं हर स्त्री का यौन-शोषण करता हूँ, वह इसलिए ही तो करता हूँ क्योंकि मैं सत्ता का धनी राजा हूँ। समर्थ हूँ। शक्तिशाली हूँ।...पर है तो यह पाप ही।"

शर्मिष्ठा ने जैसे सूक्ति उगली, "स्वभाव को देनेवाला ईश्वर है। मनुष्य उसके आगे असहाय है।...आप व्यर्थ ही चिंतित न होइए। विधि के विधान और उसके लिखे के सामने किसी का जोर नहीं चलता। आप विश्राम कीजिए। अपने को संयमित कीजिए।"

शर्मिष्ठा उनका सिर दबाने लगी।

उसी समय विशेष दासी 'समीरा' किसी अज्ञात युवती को लेकर आ गयी।

शर्मिष्ठा शर्म से सिर झुकाए नतनयन किये बाहर निकल गयी। ययाति को

बहुत ग्लानि हुई। कि अपने को कटार भोंकने की उनकी इच्छा हो गयी। उसने उस युवती व समीरा को जाने को कह दिया। फिर सुरा में डूब गये वे।

प्रासाद में दीप प्रज्वलित हो गये थे। गोधूलि वेला रात्रि के तिमिरांचल में लुप्त हो गयी थी। समस्त कक्षों में तनिक हलचल व्याप्त थी। गलियारों में दास-दासियों का आवागमन बेसी हो गया था।

माधवी पल्लवी से उसकी शेष आपबीती सुन रही थी।

पल्लवी बता रही थी—मैं अपना सभी तरह का शारीरिक मानसिक और आर्थिक शोषण कराती हुई चम्पानगरी में पहुँची। ब्राह्मण कुल की सौन्दर्य आभा थी मुझमें। वहाँ एक राजकुल के सदस्य ने मुझे एक व्यापारी से क्रय किया था।

उसने दूसरे दिन अपराह्न वेला ललित-गोष्ठी का आयोजन किया। उसमें राजकुल या सम्पन्न कुल के सदस्य ही आ सकते थे। सात आठ सदस्य थे। एक उद्यान की हरीतिमा से आच्छन्न भू-भाग पर यह गोष्ठी हुई। मुझे खूब सज्जित किया गया। आभूषण पहनाए गये। वक्ष पर स्वर्ण तारक जड़ित वस्त्र तथा कटि के नीचे अधोवस्त्र। मैं जैसे कठपुतली की तरह उनके आदेशों का पालन कर रही थी। वे सब मिलकर क्रीड़ा कौतुक करने लगे।

एक गौरवर्णी युवक ने मुझे अपनी गोद में बिठाया। दूसरा तात्पर्यहीन छाता खोलकर खड़ा हो गया। तीसरा मेरे केशों में फूल लगाने लगा। चौथा मेरे पाँवों पर महावर लगाने लगा। पाँचवाँ, मेरे आगे भिश्ती की तरह पानी का छिड़काव कर रहा था।

मैं मन्थर-मन्थर गति से चल रही थी। मेरा स्वामी मुझे विचित्र ढंग से चलने का आदेश दे रहा था जिससे मेरे नितम्ब उत्तेजक रूप से हिल रहे थे। मैं उनके आदेश का पालन करने के लिए विवश थी। दासत्व में दास का अपना स्वतंत्र अस्तित्व होता ही नहीं है। वे लोग अश्लील क्रीड़ाएँ करते रहें। मैं लज्जा से पानी-पानी हो रही थी। क्या करती। उन दुर्वह यंत्रणाओं को सहती रही। जानती हूँ—पापों के अनंत दंड हैं। जन्म-जन्मान्तर पाप सताते हैं।...मेरा स्वामी मुझे शयन कक्ष में ले गया।...स्वामिनी। भोग के अनगणित दुष्परिणाम होते हैं। एक तृष्णा कई तृष्णाओं को जन्म देती है। अनेक व्यसनों को उपजाती है।...मेरा स्वामी चंद दिनों में रोग ग्रस्त हो गया और मैं अमंगलकारी समझकर व्यापारी को बेच दी गयी...पल्लवी अल्पकाल के लिए चुप रही। फिर माधवी के पवित्र शास्त्रीय ग्रंथों पर दृष्टिपात करके बोली, "दुख क्या है, सुख क्या है, सुख से सुख की उत्पत्ति होती है या दुख से दुख की अथवा सुख से दुख की और दुख से सुख की ये प्रश्न निर्णय के रूप में अनुत्तरित हैं। स्वामिनी! आप ही बताइए कि आखिर मुझे सुखमय स्थिर जीवन क्यों नहीं मिलता?"

माधवी गंभीर हो गयी। राजसी वैभव में पली और बड़ी हुई माधवी पूर्णरूप से तब परम्परागत संस्कारों से ग्रस्त थी। आदिम अंधविश्वासों व विश्वासों पर उसकी मानसिकता निर्भर थी। बोली, "सब पूर्व जन्मों के फल हैं। प्राणी न जाने किस जन्म के पापों का फल पाता है, यह कोई नहीं जानता।"

"स्वामिनी! यदि हमारे पीछे पाप की छायाएँ हैं तो मैं फिर विप्र-कन्या क्यों हुई? पापिन इतने कुलीन कुल में कैसे जन्म ले सकती है? मुझे तो फिर कीट-पतिंगा होना चाहिए।...ब्राह्मण कुल में कई पुण्यों से जन्म मिलता है।"

माधवी ने अपने चेहरे पर आयी केशराशि को हटाया और कहा, "इस बारे में मेरा अपना कोई गहन अनुभव और ज्ञान नहीं है—इन सब बातों को सही रूप से समझने का। जो ऋषि मुनि और ज्ञानीजन कहते आये हैं, वही मैं कह रही हूँ। मैंने तो राजकुमारी का जीवन बिना बाधा और अभाव के जिया है। वैभव और अनुशासन में जिया है मैं इसके बारे में कुछ नहीं कह सकती।"

"मैं बार-बार चित्त को इन सभी प्रश्नों को लेकर शांत करती हूँ पर चित्त उद्विग्न होता रहता है और इन्हीं में मैं उलझती रहती हूँ।"

माधवी ने गवाक्ष से बाहर देखा घना अँधेरा छा गया था। तारे टिमटिमाने लगे थे।

माधवी ने कहा, "इस प्रासाद में आने के बाद तो तुम्हें कोई कष्ट नहीं है?...हाँ, पल्लवी! पेट पूजा तो कराओ।"

पल्लवी उठी। बोली, "मैं यहाँ सुखी हूँ। अभी भोजन लाती हूँ।"

वह रसोईघर से रजत-थालियों में भोजन ले आयी।

माधवी भोजन करके लेट गयी। पल्लवी उसके पाँव दबाने लगी। दीप घर के उजास के आगे एक पतिंगा मँडरा रहा था।

माधवी ने कहा, "पल्लवी! मैंने बाघिन को आहत किया है, क्या यह पूर्व निश्चित था कि ऐसा दुष्कर्म होना ही था।"

"नहीं स्वामिनी, मैं नहीं जानती।"

कोई रात्रि पखेरू जोर-जोर से बोल रहा था। एक उलूक गवाक्ष के सामने आकर बैठ गया। पल्लवी ने उसे उड़ा दिया।

माधवी को निद्रा आने लगी थी। वह पलकें बंद करके सो गयी। देखते-देखते उसे गहरी नींद आ गयी।

पल्लवी भी उसके पलंग के दायीं ओर सो गयी। उसने गवाक्ष व दरवाजों के पर्दे लगा दिये थे।

माधवी ने निद्रा में स्वप्न देखा—

वह अपने अश्व पर आरूढ़ होकर घनघोर जंगल में शिकार के पीछे भाग रही है। उसके आगे बाघिन भाग रही है। भयावह जंगल। प्रशांत मौन के मध्य अश्व की

हिनहिनाहट और टापों की आवाज। तीव्रगामी अश्व था। उसने बाघिन और अपने बीच की दूरी कम की।

माधवी ने तीर छोड़ा। तीर उसके पाँव में लगा। उसके भागने की गति कम हुई। उसने दूसरा तीर छोड़ा। वह उसके पीछे लगा। दो तीर लगने के बाद भी बाघिन अदृश्य हो गयी।

माधवी बड़ी देर तक उसे खोजती रही। वह भी थक चुकी थी। कोई शिकार हाथ नहीं लगा था। तनिक निराशा हुई। झरने के सन्निकट जाकर वह अश्व से उतरी। स्वयं हाथ-मुँह धोकर जल पिया। अश्व ने भी अपनी प्यास बुझायी।

तत्क्षण बाघिन प्रकट हुई।

एकदम वाचाल और तड़पती हुई। उसकी पिछली टाँगें और हिस्सा लहूलुहान था। उसकी आँखों में अश्रु थे। क्रोधाग्नि भी। माधवी भय से एकबारगी थर्रा उठी।

बाघिन ने घृणा से कहा, "माधवी! तूने मेरी कोख को क्षत-विक्षत किया है। मेरा शावक बहुत ही छोटा है और मेरी मृत्यु सन्निकट है। अल्पकाल में मेरी साँसों का सार्थ समाप्त हो जाएगा। मैं अभी युवा हूँ और मेरा बाघ मुझे प्रचुरमात्रा में चाहता है। बिना माँ के शावक मर जाएगा और बाघ मेरे वियोग में। ऐसी स्थिति में मैं तुम्हें शाप देती हूँ कि तुम्हें पुत्र और पति का संग नहीं मिलेगा।" तुम्हें स्वस्थ और आनंददायक दाम्पत्य सुख नहीं मिलेगा। निद्रा में निमग्न माधवी कसमसायी। "नहीं-नहीं, ऐसा भयंकर शाप मत दो...मत दो।" कहकर वह जाग पड़ी।

पल्लवी गहरी निद्रा में थी। माधवी ने उसे पुकारा, "पल्लवी...पल्लवी... उठो...।"

पल्लवी हड़बड़ाकर उठी। सन्निकट आकर बोली, "क्या हुआ स्वामिनी? आप पसीना-पसीना कैसे हो गयीं? क्या कोई भयानक सपना देखा था?"

"बहुत भयानक?" उसने पल्लू से अपने ललाट का पसीना पोंछा। पल्लवी शीघ्रता से पानी का गिलास लायी।

"लीजिए, पानी पीजिए।"

माधवी ने पानी पीकर दीर्घ साँस लिया। बोली, "ओह पल्लवी! भयानक सपना। जिस बाघिन को मैंने तीर मारा था, उसने मुझे सपने में शाप दिया है कि मुझे कभी पुत्र और पति सुख नहीं मिलेगा। वह गंभीर रूप से घायल थी अवश्य उसने प्राण त्याग दिये होंगे। उसका शावक और बाघ भी मर चुके होंगे। स्वप्नानुसार उसका पूरा परिवार नष्ट हो चुका होगा।"

पल्लवी ने उसे धैर्य देते हुए समझाया, "स्वामिनी! स्वप्न कभी सच नहीं होते? आप चिंतामुक्त होकर सोइए।"

"पल्लवी! यह स्वप्न संदर्भहीन नहीं है। मैंने आखेट में बाघिन को घायल किया था। मेरा कलेजा काँप रहा है। आज नहीं तो कल अवश्य ही कोई अशुभ घटित

होगा।"

"नहीं स्वामिनी, नहीं। कोई अशुभ नहीं होगा। आपने तो क्षत्रिय धर्म निभाया है। आखेट करना आपका धर्म है। क्षत्रिय पुरुष हो या स्त्री, वह शिकार किये हुए पशु का मांस खाकर गर्वित होता है।"

"फिर मैं क्यों आशंका से ग्रस्त हो रही हूँ। आखेट तो मैं दीर्घकाल से करती आ रही हूँ लेकिन ऐसा द्वन्द्व मुझमें कभी भी उत्पन्न नहीं हुआ।"

"यह स्वाभाविक है। कई बार हम स्वप्न देखते ही भूल जाते हैं और कई बार हम सहस्रों प्रयासों के बाद भी उसे भुला नहीं पाते। आप चिंतातुर मत होइए।"

पल्लवी बार-बार उसे समझाती रही पर माधवी की उद्विग्नता बढ़ती ही जा रही थी। अंत में पल्लवी ने उसे ढेर सारी सुरा पिलाकर सुला दिया।

प्रभात-प्रत्यूष की रश्मियाँ प्रासाद के सूर्य मंदिर के स्वर्णकलशों को झिलमिलाने लगी थीं। सूर्य की धूप के बढ़ने के साथ-साथ कोलाहल बढ़ रहा था।

पल्लवी तड़के प्रभात उठकर कार्य में लग गयी थी। माधवी अब भी गहन निद्रा में थी। पल्लवी उसे निहारने लगी। उसकी देहयष्टि बहुत ही आकर्षक थी। पूर्ण यौवन से भाराक्रांता। रूप-रस जैसे उसकी देह से बूँद-बूँद रिस रहा था। ऐसा उसका मादक सौन्दर्य था। फिर? पल्लवी ने पलभर अपने विचारों को रोक कर सोचा, फिर इन्हें विवाह कर लेना चाहिए।...भगवन्! यह काया का कौन-सा तत्त्व है जो पुरुष का प्रेम चाहता है, उसका संग चाहता है, सहशयन चाहता है और कामना करता है कि वह अपने 'पुरुष' के संग जीवन पर्यन्त रहे।

पल्लवी भी उसी अनुभूति-गंध से घिर गयी थी। उसकी वह चेतना उभर आयी जिसने उसे भाँति-भाँति पुलकनों से भर दिया। मनुष्य न जाने कितने रहस्यमय आस्वादों से सहसा घिरा रहता है। वह उसे व्याख्यायित नहीं कर सकी।

माधवी ने आँखें खोलीं। पल्लवी को आदमकद दर्पण के सम्मुख खड़ी देखकर मुसकरायी। बोली, "पल्लवी! क्या बात है? अपने में क्या देख रही हो?"

"स्वामिनी! अपने को पहचानने की चेष्टा कर रही हूँ।...सोचती हूँ कि क्या कोई अपने से भी कई बार अपरिचित होता है?"

माधवी ने लपककर उसे अपनी बाँहों में भर लिया। कहा, "तुम्हारे संग विधाता ने क्रूर उपहास किया है। तुम वास्तव में विचारशील हो। तुम्हारे संस्कार विप्र के हैं।"

"नहीं स्वामिनी, मैं कहाँ हूँ विप्र? अपने धर्म-कर्म से वंचित मैं तो क्षुद्र-शूद्र हूँ।...स्वामिनी! जब आप निद्रा में निमग्न थी तब मैंने आपके सुषुप्त सौन्दर्य को देखा था। मुझे लगा कि सम्पूर्ण यौवन की दीप्त पावनता को समेटे कोई देवांगना

सोयी हो। एक अनुरोध करूँ?"

"करो।"

"अब आप अपनी पसंद के युवक से विवाह कर लीजिए।...हर वस्तु समय पर कुछ पृथक चाहती है।"

"तुम सुबह-सुबह कौन-सी निरर्थक बातें ले बैठीं। चलें, दैनिक कार्यों से निवृत्त हो आएँ।"

माधवी जब अपने कक्ष में पल्लवी के संग लौटी तब कक्ष के बाहर 'अंगिका' नाम की दासी बैठी थी। उन्मन।

माधवी को देखते ही उसने चरण-स्पर्श किये।

"क्या बात है अंगिका? तुम क्यों इतनी रोयीं कि तुम्हारी आँखें सूज गयीं?" उसकी सूजी हुई आँखों में अपूर्व माधुर्य था। प्रेमाग्नि की स्फुलिंगें थीं।

"आपसे प्रार्थना करने आयी हूँ।"

"आओ, भीतर आओ।"

माधवी के समक्ष पल्लवी ने फल काटकर रख दिये। एक फाँक खाते हुए वह बोली, "बोलो अंगिका।"

"देवी करुणे! मुझ पर आपकी दया चाहिए।"

"समस्या क्या है?"

"समस्या यह है कि मैं अरूप से प्रेम करती हूँ। अरूप को तो आप जानती ही होंगी। जो श्रेष्ठ वीणा वादक है किन्तु वह इतना कुरूप और भयावह है कि मेरे घरवाले तनिक भी नहीं चाहते कि मैं उससे विवाह करूँ?...लेकिन मैं उसके प्रेम के बिना अपने को व्यर्थ समझती हूँ। मैं उसमें हूँ और वह मुझमें। अपार सौन्दर्य है उसके वीणा वादन में,...उसके कलाकार में, इसीलिए मुझे उसमें कुरूपता के दर्शन ही नहीं होते? मैं जानती हूँ—उसकी देह में निहित अनंत वैभव को हमें देखना है। वह अनदेखा, अज्ञेय और अस्पर्श्य है। देवी! वह भी मुझे सच्चा प्रेम करता है। आत्मा की गहराई से। समुद्र की अन्तहीन लहरों जैसा।...कहता है—तुम मेरा जीवन हो प्रेम हो, कला हो। मैं उसको मन से वर चुकी हूँ।"

"बाधा क्या है!" माधवी ने पूछा।

"मेरे माँ-बाप दरिद्र हैं। वे किसी श्रेष्ठि से पाँच सौ स्वर्ण मुद्राएँ लेकर मुझे बेचना चाहते हैं। उनका मानना है कि अरूप तो साक्षात दानव समान है।"

पल्लवी ने बीच में कहा, "हाँ याद आया कि वह अत्यन्त कुरूप है। उसे देख कर डर लगता है। उसकी कुरूपता के कारण वह दरिद्र भी है। कोई उसे सम्मेलन, आयोजन और उत्सव में बुलाता नहीं।"

"देवी! मैं कहती हूँ कि देह की कुरूपता कुरूपता होती ही नहीं? कुरूपता तो भीतर की होती है। क्या हम नृशंस, हत्यारे, व्यभिचारी मानव-मांसखोर को सुन्दर

कहेंगे। हम उनसे घृणा नहीं करेंगे?...अरूप की आत्मा की सुन्दरता बेजोड़ है। मुझे वह अत्यन्त ही सुन्दर सलोना लगता है।"

"सब कहते हैं कि वह बहुत ही कुरूप है।"

उसने भावावेश भरे स्वर में कहा, "सबकी देखने की अपनी-अपनी दृष्टि होती है। माँ और प्रेमिका की दृष्टि सारी दृष्टियों से भिन्न होती है माँ का बेटा कितना ही कुरूप हो पर माँ को अन्य बेटों के मध्य अपना ही बेटा सुकुमार सुन्दर लगेगा। प्रेमिका के लिए उसका अपना प्रेमी ही सुंदर होता है। मैं आपको ईश्वर की सौगंध खाकर कहती हूं कि अरूप अपार रूपवान है। मुझे तो उसमें कहीं भी कुरूपता दिखायी ही नहीं देती। आप मेरे प्रेम की रक्षा कीजिए।"

अगाध प्रणय की स्फुलिंगें दहक रही थीं अंगिका के लोल लोचनों में। माधवी उसे विचारमग्न अपलक निहारती रही।

पल्लवी भी उसके प्रणय-दीप्ति से दपदपाते मुख को देखती रही। कैसी अज्ञेय शक्ति है प्रेम। उसकी गहन अतल गहराई की थाह केवल सुन कर नहीं, आत्मसात करके ही पायी जा सकती है। अंगिका की विकलता और अधीरता अपरिमित है। उसकी सच्चाई से कोई भी अभिभूत हो सकता है।

माधवी ने पल्लवी से कहा, "प्रधान अमात्य से कहो कि राजकुमारी माधवी ने अंगिका की समस्या का उसके पक्ष में समाधान करने हेतु आदेश दिया है। अंगिका को अरूप मिल ही जाना चाहिए।"

"जो आज्ञा।"

पल्लवी अंगिका को लेकर चली गयी।

माधवी सोच रही थी। माधवी क्या उसके आस-पास का सारा वातावरण सोच रहा था। सृष्टि सोच रही थी। त्रिलोक सोच रहा था—प्रेम क्या इतनी संवेगात्मक, संवेदात्मक और सशक्त शक्ति है। भावना है। अनुभूति है। हाँ,...प्रेम एक विराट शब्द है। सम्पूर्ण सृष्टि है प्रेम।

माधवी के अन्तःस्थल में सुषुप्त प्रेम भावना अंगिका के प्रेम के प्रकटीकरण और आत्मिक सौन्दर्य के प्रति गहन आसक्ति ने उसे सहसा प्रेममय बना दिया। यौवन से भाराक्रांत तो वह थी ही। लालसाएँ व तृष्णाएँ भी उसमें उद्वेलित थीं। केवल थी तो प्रेम के क्रियान्वित रूप से ही अपरिचित वह।

दीर्घ अन्तराल के पश्चात जब पल्लवी लौटी तो माधवी ने निर्णय सा ले लिया था कि वह प्रेम करेगी। इस अकूत आनंददायक भावना का अनुभव करेगी।

पल्लवी ने आकर बताया, "अमात्य ने कहा है कि वह अंगिका की समस्या का समाधान कर देंगे। राजकुमारी जी को कहिएगा कि वे चिंता न करें।"

माधवी को आत्मसंतुष्टि का आभास हुआ।

उसने पल्लवी से पूछा, "सखि! कई बार तुम्हारी आत्मीयता के कारण तुम्हें

सखि कहने का मन होता है।...एक बात सच-सच बताना कि तुमने कभी प्रेम किया है?"

"नहीं स्वामिनी! मुझे अवसर ही नहीं मिला। प्रेम का पथ सरल भी है और कठिन भी। प्रेम स्त्री-पुरुष में होता है। इसके पीछे रूप, गुण, स्वभाव, सान्निध्य, अनुकूलता, समविचार धारा और काम-वासना होती है। कोई विपरीत यौन की किस विशिष्टता से प्रभावित होकर उसका अंतरंग हो जाय, हम नहीं जानते?...यह मैंने केवल ज्ञान से अनुभव किया है। अनुभव-काल आने के पूर्व ही मेरी सुकोमल कल्पनाओं के पखेरुओं के पंख निर्ममता से नोच डाले गये। अनुभव नहीं कर सकी।"

"लेकिन मैं प्रेम करना चाहती हूँ। अंगिका के भावप्रवण और समर्पित प्रेम ने मेरे मन में प्रेम के प्रति जिज्ञासा और उत्सुकता जगा दी है। अनुभव करना चाहती हूँ कि प्रेम क्या है? वह स्त्री-पुरुष को कितने हद तक भावुक व दुस्साहसी बना सकता है।"

पल्लवी ने मुसकराकर कहा, "मैंने सुना है कि प्रेम या तो स्वतः ही हो जाता है या फिर करने से होता है। आप भी अपना कोई प्रेमपात्र ढूँढ़िए।"

"कैसे ढूँढूँ?"

पल्लवी ने बताया कि एक बार एक गाँव में एक प्रेमी-पागल ने सबको सम्बोधित करके कहा, "प्रेमपथ अग्निमय होता है। उसका पथ दुर्गम और शूल भरा है। वह अनवरत अग्रसर होता रहता है। उसका स्वरूप व प्रकृति दिन-दिन परिवर्तित होती रहती है। कभी माधुर्य बरसाता है, कभी विषदंत चुभोता है। जब तुम सब परीक्षाओं में उत्तीर्ण हो जाओ तब प्रेम को प्रभु समझ कर समर्पण कर दो। तुम्हारा प्रेम सुखद और शाश्वत हो जाएगा। वह सदैव अमृत वर्षण करेगा।...स्वामिनी! विचित्र ओजस्वी और तेजस्वी वाणी थी उसकी। मैं मंत्रमुग्ध सी सुनती रही। ईश्वर! आपको ऐसा ही प्रेम दें।...आप अपनी समस्त इंद्रियों से ऐसे प्रेम को खोजिए। आपकी मनोकामना अवश्य पूरी होगी।"

"मैं झूठ नहीं बोलूँगी। मेरा मन प्रेम के लिए व्यग्र हो गया है।"

"ईश्वर पर भरोसा रखिए। आपकी जोड़ी भी इन्हीं जोड़ियों की भाँति बनेंगी। जैसे अगस्त्य-लोपामुद्रा, राम-सीता, बृहस्पति-तारा, सत्यवान-सावित्री, पुरुरवा-उर्वशी, कृष्ण-रुक्मणि। स्वामिनी! आप यत्र-तत्र सर्वत्र भ्रमण कीजिए। विभिन्न देशों की यात्राओं में आपको अपने सपनों का राजकुमार मिल ही जाएगा।"

माधवी पुलकित होकर बोली, "तुम्हारे मुँह में घी-शक्कर। मैं प्रेम करना चाहती हूँ। अपने प्रेमी पति के साथ जीवन व्यतीत करना चाहती हूँ। ईश्वर मुझे यह शुभ अवसर दो।"

"ईश्वर कृपालु होता है। वह आपकी इच्छा पूर्ति करेगा।"

और पल्लवी भोजनादि की व्यवस्था करने चली गयी।

उस दिवस की संध्या जरा माधवी के लिए मादक थी। वास्तविक पात्र के अभाव में भी वह प्रेमिल स्थितियों को अन्तस-आँगन में उत्पन करने लगी। स्वप्न देखना कितना रुचिकर होता है। कितना कल्पनाशील होता है। कोई भी किसी से स्वप्न में नाता जोड़ सकता। स्वर्ग-पाताल और मृत्युलोक का भ्रमण कर सकता है। कानन-वन व देवलोक के ऐश्वर्य को प्राप्त कर सकता है। माधवी अपनी मधुर कल्पनाओं में खोयी थी। उसके मुख की उज्ज्वलता को देख कर पल्लवी ने पूछ लिया, "स्वामिनी! क्या बात है? आज आपकी प्रसन्नता अंग-प्रत्यंग से छलक रही है। नयनों में विचित्र-सा मदभाव है।"

"पल्लवी! अपने प्रेमी के बारे में मैं कल्पना कर रही हूँ। सोच रही हूँ कि मेरे भाग्य में कौन-सा प्रेमी होगा?"

पल्लवी ने पूछा, "आपको ऋषि या ऋषि पुत्र पसंद है।"

"नहीं, मुझे दाढ़ी-मूँछों से ढके मुख और जटाधारी पसंद नहीं।"

"देव।"

"नहीं, देव मनुष्य से स्वभाव, गुण, व्यवहार और शक्तियों में पृथक होते हैं। देवता प्रणम्य होते हैं। उनमें मनुष्य जैसी प्रकृतिजन्य ऊर्जा व व्यवहार नहीं होता।"

"फिर कोई युवराज।"

"हाँ, मैं गुणी, वीर और धीर युवराज को प्रेमी के रूप में चाहूँगी। जो मुझे एकनिष्ठ प्रेम करे। वह मेरे पिता की तरह कामातुर न हो और एक पत्नी ही रखे।"

पल्लवी प्रसाधन सामग्री रखी जानेवाली पट्टिका को व्यवस्थित करती हुई बोली, "और वह अत्यन्त ही प्रेममय सामान्यजन हुआ तो? कहीं अंगिका की तरह वह विरूप और धनहीन हुआ तो? क्योंकि प्रेम अत्यन्त प्रबल धारा है जिसकी चपेट में आने के पश्चात व्यक्ति बहता ही रहता है और भीषण थेपेड़ों को सहता हुआ चट्टानों से टकराता रहता है। वह किसी भी धर्म, जाति, बन्धन, ऊँच-नीच को नहीं मानता। प्रेम को इसलिए अंधा भी कहते हैं?"

माधवी ने गंभीर होकर सोचा। फिर कहा, "मैं प्रेम की स्वतंत्र सत्ता को मानती हूँ पर मुझमें एक भयंकर दुर्बलता है कि मैं अपने पूजनीय पिता की आज्ञा की अवज्ञा नहीं कर सकती।...पल्लवी! तुम तो जानती हो कि मुझे राजा ययाति ने विपुल वैभवशाली जीवन दिया है तो एक पिता के रूप में अनुराग के अथाह सागर मुझे दिये हैं। मेरे पालन-पोषण और वात्सल्य में उन्होंने कोई कमी नहीं रखी।"

पल्लवी दीपघर को साफ करती हुई बोली, "फिर आप प्रेम न करें तो उत्तम। प्रेम अंधा होता है। होने के बाद वह मर्यादाओं और परिवार की प्रतिष्ठा को खंडित करके धूमिल कर देता है।"

माधवी सुनहली रंग-बिरंगी छत को निहारने लगी। सोचने लगी कि वह कितने विचित्र अन्तर्द्वन्द्व में व्यर्थ ही फँस गयी है। न उसने प्रेम किया और न प्रेम-पथ पर

चली। केवल मन की धरा पर उसने चंद सपने सँजोये हैं। कहीं कुछ अनहोना हो गया तो?...महाराज क्या कहेंगे?...समाज-धर्म क्या उसके किसी स्वतंत्र कदम को सहन करेगा। वह उपयुक्त प्रेमी की खोज में किसी शक्तिशाली देवता, ऋषि या असुर द्वारा बलात दबोच ली गयी तो?...वे सब परा-शक्तियों के स्वामी होते हैं। न उनका कोई विरोध कर सकता है और न उनके विरुद्ध कोई विद्रोह।

पल्लवी ने पूछा, "क्या सोचने लगी स्वामिनी?"

माधवी ने अपनी दोनों हथेलियों से मुख को रगड़ा। कहा, "वास्तव में प्रेमपथ बड़ा कठिन है।"

"हाँ स्वामिनी! प्रेम पथ कठिन और विकट है। इसलिए कहा गया है कि प्रेम करने वाले को निपट निडर होना चाहिए। उसे न गुरु, न माता-पिता, न मंत्र-तंत्र, न शास्त्र नियम, किसी से भी नहीं डरना चाहिए।"

माधवी के मन की प्रसन्नता अवसन्न हो गयी। वह बोली, "मैं अनुभवहीन हूँ। प्रेम को लेकर कोई अनायास आपदा आ गयी तो? किसी विजातीय व नीच कुल के सुदर्शन व्यक्ति ने मुझे सम्मोहित कर लिया तो? मैं प्रतिरोध नहीं कर पाऊँगी। इस विषय में मैं दुर्बल हूँ। इस पर महाराजा ययाति की किसी भी उचित-अनुचित आज्ञा की अवज्ञा करना संभव नहीं। समझती हूँ कि मुझमें जो कुछ भी है जैसे अदम्य साहस, प्रखर प्रतिभा का प्रयोजन, तार्किक शक्ति का उपयोग, क्षमताएँ, सबकी सब अनुभवों के बिना निरीह हैं। यह निरीहता ही मुझे बार-बार बेचैन बनाती है।"

पल्लवी ने कहा, "आपने अपनी सामर्थ्य का सही आकलन किया है। जीवन साथी के चुनाव में जल्दबाजी श्रेयस्कर नहीं। आपको पता ही है इसी शीघ्रता के क़ारण देवयानी ने महाराज के चित्त को बेचैन कर रखा है। वह राजमाता तक का अनादर कर देती है। शर्मिष्ठा को तो सौतिया डाह के कारण सुख की साँस भी नहीं लेने देती।"

वे दोनों बातचीत करती रहीं। अपनी और परायी।

उस रात माधवी अचानक जाग गयी। वह अत्यन्त ही आकुल थी। उसके ललाट पर स्वेद-कण थे जो दीये के उजास में अपना अस्तित्व बता रहे थे।

पल्लवी गहरी नींद में सोयी हुई थी। उसको देख कर माधवी ने सोचा कि जीवन अपने अच्छे-बुरे गंतव्य पर आकर निश्चिंत हो जाता है। चिंता रहित। पल्लवी को यही जीवन जीना है अतः वह वैचारिक, शारीरिक, आर्थिक रूप से सीमाबद्ध हो गयी है।

उसने पुकारा, "पल्लवी...पल्लवी।"

पल्लवी जैसे गहरी निद्रा में भी जाग रही हो। कदाचित उसके दासत्व की यह

सच्चाई हो।

वह उठकर बोली, "क्या है स्वामिनी? आप पसीना-पसीना कैसे?"

"पल्लवी मुझे फिर बाघिन का स्वप्न आया।" उसने बुझे स्वर में कहा, "बाघिन अपने अभिशाप को बार-बार दोहरा रही थी कि तुझे पुत्र व पति सुख नहीं मिलेगा।"

"आप निष्कारण चिंतित मत होइए। वह बाघिन है, कोई ऋषि-देवता नहीं जिनका शाप सच हो। आप व्यर्थ ही स्वप्न के जंजाल में पड़ रही हैं। सो जाइए।"

माधवी सो तो गयी पर उसे शीघ्र नींद नहीं आयी।

देवयानी अत्यन्त रोष में थी। उसने मद्यपान किये ययाति को चेतावनी दी, "आप सुरापान व भोग लिप्सा के कारण प्रतिष्ठा का बार-बार हनन करते जा रहे हैं "मेरी धूलरज और चरणदासी शर्मिष्ठा को बार-बार प्रासाद में क्यों बुलाते हैं, उसे मेरी इच्छानुसार अशोक वन में क्यों नहीं रहने देते?"

"देवयानी। वह मेरे पुत्रों की माँ है। उसे प्रतिष्ठा दो।"

"आप सुरापान व वासना की मदहोशी और उन्माद में जिस-तिस को पुत्रों की माँ बनाते रहेंगे और वे सब मेरे समकक्ष होने का दंभ भरेंगी, इसे मैं नहीं सह सकती। मुझे सुरा से घृणा है। मुझे आपकी दुश्चरित्रता असह्य लगती है।"

"देवयानी!" अत्यन्त संयम से ययाति ने कहा, मेरी दुर्बलताएँ मेरी अपनी नहीं हैं। सब ईश्वर प्रदत्त हैं। लेकिन तुम्हारा दंभ तो स्वयं का उत्पन्न किया हुआ है। मेरा बार-बार अनादर करना क्या एक पत्नी को शोभा देता है। मेरे श्लील-अश्लील यथार्थ तुम्हारे समक्ष अनावृत हैं, दुर्बलताएँ तुमसे छुपी हुई नहीं हैं। तुम्हारा रूखा व्यवहार ही तो मुझे सहन नहीं होता। अब तुम जाओ। मेरी रात को खराब मत करो। इस सच्चाई को जानो कि विवाह के लिए तुमने ही मुझे बाध्य किया था।

देवयानी आहत साँपिन-सी फुत्कारती चली गयी। ययाति क्षण भर के लिए चिंतित हो गये। फिर मद्यपान करने लगे। उसी समय उनकी विशेष दूती प्रदत्तिका किसी युवती को लेकर आ गयी। सौष्ठव शरीरवाली युवती। ययाति की तृष्णा-तृप्ति। पर न जाने क्यों उस दिन ययाति नपुंसक हो गये। उनकी वासना का झंझा किसी अज्ञात आंतरिक अवरोध से ठहर-सा गया।

ययाति अपने मानसिक उद्वेग व द्वन्द्व से मुक्ति पाने के लिए ध्यान-धारणा में लीन हो गये। दीर्घ प्राणायाम करने लगे। पद्म-पालथी मार कर वे बीज मंत्र का जप करने लगे। ॐ ऐं हिं क्लिं चामुण्डाय विचै।

जब वे इस कार्य से निवृत्त हुए तो अमात्य ने सिर झुकाकर निवेदन किया,

"महाराज! कोई युवा ऋषि गालव आपसे भेंट करना चाहते हैं। वे अपने को विश्वामित्र जी का शिष्य बता रहे हैं। किसी विशेष कार्य हेतु आये हैं।"

"उन्हें अतिथि-गृह में बिठाइए। स्वागत कीजिए। फल-मेवे का आहार दीजिए। मैं थोड़ी देर में आ रहा हूँ।"

"जो आज्ञा।" अमात्य चलते-चलते फिर बोला, "महाराज क्षमा करें। गालव जी के साथ विष्णुवाहन गरुड़ जी भी पधारे हैं। मैं कहना भूल गया। पुनः क्षमा।"

"गरुड़ भगवान भी आये हैं। यह तो हमारे लिए बड़े गौरव की बात है। चलिए, शीघ्र चलिए।"

वे दोनों त्वरा से प्रासाद के तोरणद्वार आये। देखा—गरुड़ और गालव खड़े हैं।

ययाति ने उन्हें हाथ जोड़कर कहा, "यह मेरा धन्यभाग्य है कि आप पधारे। आप मेरे अतिथि-गृह में चलकर विराजिए और इस तुच्छ सेवक को आज्ञा दीजिए।"

मुक्तामणियों से बनी झालरें अतिथि-गृह के दरवाजों पर लटक रही थीं। ययाति ने स्वयं उन्हें हटाकर अतिथियों को आसनों पर बिठाया। अमात्य ने जल, मेवों व फलों को रजत थालों में सजाकर उनके समक्ष रखा।

आसन ग्रहण करते ही गरुड़ ने कहा, "अनेक यज्ञों का अनुष्ठान करनेवाले, दानवीर, वीरशिरोमणि नरेशों में सर्वश्रेष्ठ महाराजा ययाति को यह जानकर हार्दिक प्रसन्नता और गौरव का आभास होगा कि मेरे साथ जो ऋषिश्रेष्ठ पधारे हैं, वे राजर्षि विश्वामित्र जी के शिष्य हैं। सर्वज्ञ हैं। ज्ञानी हैं। स्वनाम धन्य ऋषि गालव हैं और मेरे परम मित्र भी।"

"मैं दोनों उत्तमोत्तम महान हस्तियों को पुनः प्रणाम करता हूँ। सोचता हूँ कि आपके पवित्र चरणों के स्पर्श से मैं, मेरा कुल और मेरा देश पवित्र हो गया। सब विपदाओं से हमें मुक्ति मिल गयी। कृपा करके आगमन का हेतु तो बताइए।"

"आये तो किसी विशिष्ट उद्देश्यपूर्ति हेतु ही। मान लीजिए, याचक बनकर आये हैं गालव जी।" गरुड़ ने ययाति पर दृष्टि जमा कर कहा, "और याचक आपके यहाँ से कभी भी खाली हाथ नहीं गया है चाहे उसकी माँग कोई भी हो।"

ययाति ने गर्व का आभास किया और बोले, "यह शत-प्रतिशत सही है। मेरे यहाँ से याचक ही क्यों, देव व ऋषि भी हताश होकर नहीं लौटे हैं। लेकिन एक बात मैं स्पष्ट करना चाहता हूँ।" सहसा ययाति गंभीर हो गये।

"कहिए महाराज?" गरुण ने कहा।

"मैं इन दिनों वैभवहीन हूँ। मेरी सम्पन्नता क्षीण है और मैं असामान्य याचना को पूर्ण नहीं कर सकूँगा। मैं गर्वोक्ति नहीं करना चाहता कि मैं त्रिलोक की समस्त सम्पदा आपके चरणों में रख दूँगा। फिर भी आपके फलदायक आगमन को निष्फल नहीं करना चाहता। अपनी समृद्धि के अनुसार गालव जी की याचना पूरी करने का प्रयास करूँगा। याचित वस्तु को मैं देने में सक्षम हुआ तो अपने समस्त वैभव व

धन के बदले उसे पूर्ण करूँगा।"

गरूड़ का संकेत पाकर गालव ने विनीत स्वर में कहा, "मैं अपने पूजनीय गुरु महर्षि विश्वामित्र जी को गुरु दक्षिणा देना चाहता हूँ और उन्होंने जो वस्तु माँगी वह है आठ सौ श्यामकर्ण अश्व। यह तो आप जैसे राजा ही दे सकते है।"

ययाति चंद पल विमूढ़ से हो गये। गरुड़ व गालव उन्हें प्रश्नभरी दृष्टि से देखने लगे।

ययाति ने दीर्घ निःश्वास लेकर कहा, "यह माँग भी वंशानुसार है।...जब विश्वामित्र जी के पिता गाधिं से ऋषि ऋचीक ने उनकी पुत्री सत्यवती से विवाह करने की इच्छा प्रकट की तो राजा गाधि ने उनसे भी एक सहस्त्र श्यामकर्ण अश्व कन्या सत्यवती के बदले माँगे थे। एक ऋषि कहाँ से लाते श्यामकर्ण अश्व। ऋषि ऋचीक ने अपने तपोबल से वरुणदेव को प्रसन्न किया। वरुणदेव ने अपनी सिद्धियों से गंगाजल से एक सहस्त्र श्यामकर्ण अश्व उत्पन्न किये। वे अश्व अब कहाँ मिलेंगे?"

गरुड़ ने अर्थभरी मंद मुस्कान अपने होठों पर लाकर कहा, "तभी तो हम सर्वगुण सम्पन्न और सर्वशक्तिमान भक्त अम्बरीष के पौत्र और नहुष के पुत्र ययाति के पास आए हैं। प्रखर प्रचंड सूर्य सम समस्त सृष्टि को आलोकित करनेवाले सूर्यवंशी ययाति के दरवाजे से कोई याचक निराश और खाली हाथ लौटा है? सम्राटों के सम्राट उदारमना और करुणावतार क्या हमें हताश करेंगे?"

ययाति ने पल भर के लिए नेत्र मूंद कर कहा, "मैं सच कहता हूँ कि मेरे पास श्यामकर्ण अश्वमेधी एक भी घोड़ा नहीं है। आप अधीर मत होइए। मैं तेजोमय तपस्वी गालव जी को हताश नहीं लौटने दूँगा। कोई न कोई साधन अवश्य जुटाऊँगा। इधर आठ सौ अश्व क्रय करने के लिए मेरे पास अपार सम्पदा भी नहीं है और यह भी सच है कि मैं महर्षियों, देवताओं व असुरों की भाँति अलौकिक सिद्धियों तथा चमत्कारों का स्वामी भी नहीं हूँ, जो चुटकी बजाते ही मनचाही वस्तु उत्पन्न कर लूँ। आप अन्यथा न लें तो गरुड़ भगवान मैं विनम्र विनती करूँ?"

"करिए महाराज?"

"गालव जी तो महाशक्तियों के स्वामी विश्वामित्र जी के शिष्य हैं। क्या वे ऋचीक की भाँति अपनी अपरिमेय अद्‌भुत मानसी-शक्तियों से अश्व उत्पन्न नहीं कर सकते?"

गालव ने झट से कहा, "ऐसी अपूर्व योग्यता मुझमें होती तो मैं दीनयाचक थोड़े ही बनता?...यह कार्य इतना सहज होता तो गुरुजी ऐसी दक्षिणा माँगते ही नहीं। जो अप्राप्य है, उसे ही तो माँगा जाता है ताकि कठिन परीक्षा में शिष्य उत्तीर्ण हो।"

"ऋषिवर! आप उत्तेजित मत होइए। शांति व धैर्य से मेरी विवशता पर विचारिए। मैं आपसे प्रतिज्ञा करता हूँ कि आपकी माँग की पूर्ति अवश्य करूँगा।

चाहे उसके लिए मुझे कुछ भी करना पड़े।" ययाति जैसे अपने आप से बोले, "विधि का विधान विचित्र है। कब वह अपनी भृकुटि बदल ले और प्राणी को जटिल समस्या में डाल दे।" उन्होंने क्षण भर के लिए नेत्र मूँदकर पुनः कहा, "अति प्रसिद्धि भी कई बार दुखदायी हो जाती है। कभी वह अग्नि परीक्षाओं में डालती है और कभी सुमन शय्या देती है। मेरा विश्वास है जो समस्या देता है वही उसका समाधान प्रस्तुत करता है।"

तत्क्षण ययाति की पुत्री ने प्रवेश किया।

ऐसा प्रतीत हुआ कि रूप-रश्मियाँ विकीर्ण हो गयी हों। अत्यन्त ही कमनीय कोमल गात और सौष्ठव अंग-प्रत्यंग।

सबकी दृष्टियाँ उस पर स्थिर हो गयीं।

ययाति ने उसका परिचय कराया, "यह मेरी बेटी माधवी है। धर्मपरायण और मेरी आज्ञाकारिणी। विदुषी भी है और राज्यकन्या के सारे गुण हैं इसमें। बेटी! ये गरुड़ भगवान हैं और ये विश्वामित्र जी के श्रेष्ठ शिष्य गालव मुनि।"

माधवी ने उन्हें प्रणाम किया। उन दोनों ने आशीर्वाद दिया, "सुखी व चिरंजीव रहो।"

माधवी चली गयी।

शास्त्रों में धर्मपरायण, दानी-उदार महाबली, यज्ञकर्त्ता दयालु कहलाने वाले राजा ययाति को इतनी निकृष्ट सोच कैसे अचानक आयी, जो कल्पनातीत थी।

ययाति उत्साहपूर्वक बोले, "ऋषिवर! मेरे मन में इस विकट समस्या का एक समाधान दृष्टिगत हुआ है।"

"बताइए महाराज।" गालव ने कहा।

"मेरी यह पुत्री सर्वगुण सम्पन्न है। देवकन्या सी है। इसमें नारी की समस्त शक्तियाँ और ऊर्जाएँ हैं। इस पर किसी भी जाति-धर्म का छोटा-बड़ा व्यक्ति आसक्त होकर इसे तुरन्त पाने की इच्छा करेगा। आप इसे ग्रहण करके इसके बदले में कुछ भी प्राप्त कर सकते हैं, आठ सौ श्यामकर्ण अश्व क्या, कोई भी राजा-महाराजा, देव असुर अपना सब कुछ इसके बदले में प्रदान कर सकता है।"

ययाति की बात सुनकर गरुड़ व गालव दोनों स्तब्ध हो गये। एकदम विचारहीन। घूरते रहे राजा ययाति को।

राजा ययाति ने बिना हिचक के फिर कहा, "मेरी सम्पन्नता क्षीण है। इतना धन नहीं है कि मैं उन अमूल्य अश्वों को खरीद सकूँ। ऐसी परिस्थिति भी नहीं है कि उन राजाओं से मैं घोड़ों को पाने के लिए युद्ध करूँ? जब देश में स्थिरता और शांति हो तब युद्ध से अपने को बचाना चाहिए। व्यर्थ की समस्या खड़ी नहीं करनी चाहिए।...आप हैरान मत होइए। मेरी बेटी मेरी आज्ञाकारिणी है, वह मेरे किसी भी तुच्छ से तुच्छ निर्णय को स्वीकार कर लेगी। पिता की आज्ञा को वह देवाज्ञा मानती है।"

"लेकिन महाराज, आप अपनी बेटी से तो पूछ लीजिए। यह कार्य आम कार्य से अलग है। इसमें नारी के परम्पराबद्ध जीवन से सब कुछ हटकर हो सकता है।" गालव ने गंभीर स्वर में कहा, "क्या पता कोई अश्व-स्वामी इसके साथ कैसा व्यवहार करे? यह पटरानी, महारानी और क्रीतदासी भी हो सकती है?"

ययाति ने परास्त भाव से कहा, "मुनिवर! जो विधाता ने इसके भाग्य में लिख दिया है, वह तो इसे भोगना ही पड़ेगा। विधि के नियम अटल होते हैं। ब्रह्मा, विष्णु, महेश यानि त्रिदेवों को भी विधि के विधान को मानना पड़ा।"

"आपका कहना ठीक है पर माधवी की इच्छा को जाने बिना हम आपकी बात नहीं मान सकते।" गरुड़ ने तीक्ष्ण स्वर में कहा।

ययाति ने दास को पुकारा। माधवी को बुलाकर लाने को कहा। किंचित अंतराल के बाद माधवी आ गयी। उसने तीनों को प्रणाम करके पूछा, "मुझे क्या आज्ञा है।"

गालव ने तुरन्त कहा, "आज्ञा तुम्हारे पिता देंगे?..."

माधवी ने सप्रश्न ययाति की ओर देखा। ययाति ने प्रशंसात्मक शब्द उगलते हुए कहा, "पुत्री! तुम हमारे कुलवंश की ऐसी कन्या हो जो कुल-मर्यादा के लिए सर्वस्व विसर्जन कर सकती हो, अपने पिता की आज्ञा का पालन करने के लिए अपने प्राण भी विसर्जन कर सकती हो।"

"आप सही कह रहे हैं। मेरे लिए पिता की आज्ञा ईश्वर की आज्ञा के बराबर है। उस आज्ञा का मैं बिना कोई तर्क-वितर्क किये, पालन करूँगी।" उसने विनम्रता से कहा।

ययाति ने माधवी के इस उत्तर को सुनकर अहंकार भरी दृष्टि से गालव-गरुड़ की ओर देखा। बोले, "यह कन्या कुंदन है। आप इसके माध्यम से अपनी माँग पूरी करके मुझे अपने ऋण से उऋण कीजिए। मुनिवर! इसके रूप-सौन्दर्य-यौवन पर मुग्ध होकर कोई भी अपना सर्वस्व दे देगा, आठ सौ श्यामकर्ण अश्व तो कुछ भी नहीं।"

माधवी उन संवादों को नासमझ की तरह सुन रही थी। वह उनका अर्थ स्पष्ट नहीं समझ पा रही थी।

"इस माधवी का शुल्क अकल्पनीय है," ययाति ने हर्ष से कहा।

"पिताजी! आप अपनी बात स्पष्ट कीजिए कि मुझे यहाँ क्यों बुलाया गया है!" माधवी ने गंभीरता से जरा तेज स्वर में पूछा।

"पुत्री! ऋषियों में महान तपस्वी गालव मुनि मेरे द्वार पर याचक बनकर आये हैं। संग आए हैं विष्णुवाहन पक्षीराज गरुड़। आठ सौ श्यामकर्ण अश्व देने के लिए मैं अभी सर्वथा असमर्थ हूँ अतः मैं तुम्हें अश्वोपलब्ध के साधन के बदले प्रदान कर रहा हूँ। गालव जी तुम्हें किसी राजा या देवता को देकर उनके बदले में आठ सौ अश्व

प्राप्त कर लेंगे।"

माधवी विमूढ़ और सुन्न। वह कुछ बोले, इसके पूर्व राजा ययाति ने फिर कहा, "राजा ययाति के दरबार से कोई भी खाली हाथ नहीं लौटा है। फिर गरुड़ भगवान जिसके सहयोगी बनकर आये हैं, वे निराश होकर तो नहीं जाएँगे?" एक पल रुककर पुनः बोले, "और बेटी, मुझे अटूट विश्वास है कि तुम किसी तरह शंका, आशंका, पाप-पुण्य, हित-अहित, लाभ-हानि, उत्कर्ष-निष्कर्ष, सुख-दुख के बारे में सोचे बिना पिता की आज्ञा को सर्वोपरि समझ समर्पित भाव से इनके साथ चली जाओ।"

माधवी क्या बोलती? पितृाज्ञा के सामने वह निस्सहाय थी। वह विमूढ़ थी। कुछ भी कहने की स्थिति में नहीं थी। वस्तु-विनिमय के रूप में वह दूसरे को दी जा रही थी।...घोड़ों के बदले मानवी?...कहाँ का न्याय? कहाँ का धर्म? कहाँ की रीत? लेकिन पितृाज्ञा।...जैसे राज्य प्रासाद की रूढ़ संस्कृति, अनुशासन और खोखले अहंकार से वह अदृश्य रूप से बँधी हुई थी। जैसे उस काल-धर्म की यही नियति, प्रतिष्ठा और विसर्जन था। अनुभवहीन माधवी सांसारिकता के छद्मछल, यथार्थ और आदर्श मानदंडों के तहत मानवीय शोषण को नहीं जानती थी। नहीं जानती थी राजशाही और सामन्तशाही के तले पिसती मानवीयता और पिसते मनुष्य को। पितृाज्ञा या राजाज्ञा। द्वन्द्व सा उभरा उसके अन्तस में। उसने गीली आँखों से ययाति की ओर देखा। सृष्टि की सारी पीड़ाएँ उसकी आँखों में झिलमिलायीं। अस्पष्ट स्वर में पूछा, "यह पितृाज्ञा है या राजाज्ञा?"

"दोनों।" ययाति ने कहा, "दशरथ राजा भी थे और पिता भी। बेटी! तुम्हें तो वेद ऋषि का वरदान है कि तुम कभी भी अपवित्र नहीं होगी। सर्वदा पावन रहोगी। कौमार्य का ही सदैव अनुभव करोगी। अब सहर्ष गालव जी के संग चली जाओ। पिता की आज्ञा का पालन कर यश के शिखर को स्पर्श करो।"

"आइए। राजकुमारी जी।" गालव ने अनुरोध किया।

गरुड़ ने गर्वित स्वर में कहा, "महाराजा ने कौलपूर्ति का साधन आपको दे दिया है। अब उपयोग करने का बुद्धि-कौशल आपमें होना चाहिए। महाराजा ययाति आपका यश धर्मपरायणों में अमर रहे।"

जब वे चलने लगे तो माधवी ने दयार्द्र दृष्टि से ययाति की ओर देखा।

ययाति की आकृति पर कोई प्रतिक्रिया नहीं हुई। अपितु उन्होंने गालव और गरुड़ की ओर अहंकार से देखकर कहा, "यह मेरी पुत्री माधवी है। यह पितृाज्ञा के लिए कुछ भी कर सकती हैं।...मेरी लाडली बिटिया, तुमने अपने राजा पिता के वचनों की रक्षा करके अपने कुल का गौरव बढ़ाया है और मुझे मोक्ष का अधिकारी बनाया है।"

माधवी ने चाहा कि उसका पिता उसे गले लगाकर विदा करे पर ययाति तने हुए खड़े रहे। उसने उनका चरण-स्पर्श किया। ययाति ने उसे सुखी रहो की जगह

यह आशीर्वाद दिया— "तुम अपने पिता की आज्ञा को निष्ठा से पूर्ण करो और सृष्टि में एक नया दृष्टांत उपस्थित करो।" पलभर रुककर कहा, "मुनिवर! आप मेरी बेटी को कष्ट नहीं देंगे। जिस वस्तु व साधन की जरूरत हो, ले लीजिए।" माधवी रो पड़ी। निःशब्द था उसका रोदन। आत्मविकलता। कोटि-कोटि नारियों की निस्सहायता थी उसकी आँखों में। उसे किंचित भी अनुमान नहीं था कि उसकी यह यात्रा किन-किन पड़ावों से गुजरेगी। उसे लगा कि उसकी दायीं आँख फुरकने लगी है। क्या कोई अशुभ और त्रासदपूर्ण घटेगा? सारा पथ कंटकाकीर्ण होगा?...या वैभव-विलास की वीथियाँ उसके पाँव तले होंगी?...कोई निर्णय नहीं? अस्पष्ट था समस्त भविष्य।"

थोड़ी दूर चलते ही उसे थकान महसूस हुई। लगा कि उसकी सुकोमल काया का रोम-रोम कुम्हलाने लगा है। यह कैसी विडम्बना है कि उसके पिता, नहीं-नहीं, महामहिम महाराजा ययाति ने यह सोचा भी नहीं कि उसकी प्रजा—बेटी को कितना कष्ट और संताप होगा—पदयात्रा से। वह सर्वथा मनहीन चल रही थी। उसके ललाट पर स्वेद-कण उभर-उभर कर चेहरे पर प्रवाहित हो रहे थे। कोई-कोई तो पसीने की धारा चेहरे से होती हुई वक्षस्थल को स्पर्श कर रही थी।

गालव और गरुड़ भी मौन चल रहे थे।

कदाचित गरुड़ को माधवी के कष्ट का ध्यान आ गया हो; उसने गालव से कहा, "माधवी को पूछो तो सही कि उसे कोई कष्ट तो नहीं हो रहा है!"

"पूछने की कोई दरकार नहीं। कष्ट तो हो ही रहा है।"

थोड़ी दूर पर वट-वृक्ष आया। उसके नीचे आते ही स्वच्छ स्थल पर बैठ गये। गरुड़ ने उससे विदा लेते हुए कहा, "मित्र गालव! अब मैं लौट रहा हूँ। अब तुम सहजता से आठ सौ श्यामकर्ण अश्व इस रूपसी के बदले प्राप्त कर सकते हो। तुम्हें यह साधन प्राप्त हो गया है। प्रभु विष्णु तुम्हें ध्येय में सफलता प्राप्त करें।"

"मित्र! मैं भी तुम्हारा हार्दिक रूप से कृतज्ञ हूँ। अब तुम्हारे दर्शन कब होंगे!"

"जब तुम स्मरण करोगे।" और गरुड़ उड़ गया।

माधवी और गालव फिर चल पड़े। गालव मुनि ने माधवी की ओर देखकर कहा, "तुम्हें भूख-प्यास लगे तो बता देना। थक जाओ तो कह देना। हम सर्वप्रथम अयोध्या नरेश के पास चलेंगे। उनके पास चतुरंगी सेना है। वे मेरी माँग को तुम्हें देखकर अवश्य मान लेंगे। सच, अद्भुत सौन्दर्य की स्वामिनी हैं।"

हस्तिनापुर से अयोध्या। लम्बा रास्ता। रास्ते में नदियाँ और पहाड़। वनैले पशु। माधवी सुखों में पली कन्या थी। चलते-चलते अब वह बिल्कुल थक गयी। वृक्ष की घनी छाया तले बैठ गयी। बोली, "मुनिवर! मैं तो थक गयी हूँ। मुझसे अब नहीं चला जाता। प्यास भी बहुत लगी है। पानी पिलाइए।"

गालव ने उस पर दृष्टि डालकर कहा, "देवी! आप विश्राम कीजिए। मैं अभी आपके लिए जल लाता हूँ।"

माधवी पाँव फैलाकर अपने दोनों हाथों से पिंडलियाँ दबाने लगी। उस निर्जन-वन की शून्यता में वह टुकड़ों-टुकड़ों में सोचने लगी—क्या अयोध्या के साथ उसे सीता की याद आयी। वनवास प्रस्थान में उसने भी ऐसे ही कष्ट भोगे थे। क्या अयोध्या नरेश उसे अपनी पटरानी बनाएँगे या रानी अथवा क्रीतदासी? अनेक पत्नियों के स्वामी क्या उसके बदले आठ सौ घोड़े दे देंगे? चुभनशील प्रश्न। उसने अपनी विचारधारा को बदला। अंगिका की रोमांचक प्रेम कथा सुनने के पश्चात उसमें उत्पन्न हुई प्रेम करने की प्रबल इच्छा मरणासन्न होने लगी। अब वह अपने मनपसंद युवक से कभी भी प्रेम नहीं कर पाएगी। वह प्रेमिल-मधुर स्वप्नों में लीन नहीं हो पाएगी। न जाने उसके भाग्य में क्या लिखा है? तत्काल उसे स्वप्न में दिखायी दी बाघिन और उसके शाप का स्मरण हो उठा। कितना भयंकर त्रासद शाप था? लग रहा है कि वह सच की ओर अग्रसर हो रहा है। क्या उसे पुत्र व पति का सुख नहीं मिलेगा? उसका रोम-रोम सिहर उठा।

गालव आ गया था। वह अपने कमण्डल में जल और उत्तरीय के छोर में फल बाँधकर लाया था। उसके मटमैले ललाट पर पसीने की बूँदें थीं। थका-थका सा लग रहा था। प्रतीत होता था कि वह काफी दूर से फल लेकर आया है।

“माधवी! लो शीतल जल पीओ तथा फल खालो। अभी बस्ती काफी दूर है। बस्ती के बिना भिक्षा की व्यवस्था नहीं हो सकती।” गालव ने बैठते हुए कहा। सहजता में वह ‘तुम’ पर आ गया।

माधवी ने ओक से पानी पिया। मुख पर जल छिड़ककर उसे अपने दुपट्टे से पोंछा। कहा, “मुनिवर! हमें साँझ होते-होते किसी बस्ती में आश्रय ले लेना चाहिए। मैं कष्ट-क्लेश तो अनचाहे सह सकती हूँ पर भूख को सहना कठिन है। चाहे सामिष हो या निरामिष, भोजन तो चाहिए ही।”

गालव ने विश्वास दिलाया, “बस्ती थोड़ी दूर ही है। सूर्य के ढलते-ढलते हम बस्ती में पहुँच जाएँगे।...तुम्हें किसी तरह की असुविधा नहीं होगी।”

थोड़ी देर विश्राम करने के बाद वे दोनों चल पड़े।

गालव आगे-आगे और माधवी पीछे-पीछे। दोनों अपने आप में निमग्न। अचानक माधवी चिल्लायी, “साँप...साँप...।”

गालव तुरन्त उस ओर लपके। देखा—एक काला साँप लहराता माधवी की ओर आ रहा। गालव ने एक पल ध्यान किया और अपने हाथ को संकेत किया। तीन बार फूँक मारी। साँप वहीं पर निश्चल हो गया। माधवी का भयाक्रांत मुख शनैः-शनैः सामान्य हो गया।

“चलो माधवी चलो। तुम्हें भयभीत नहीं होना चाहिए। तुम गालव के साथ हो।” माधवी व्यंग से मुस्कुरायी। सोच बैठी कि यह क्षुद्र गालव अपनी शक्ति का दंभ भर रहा है। छिः और वे दोनों फिर चल पड़े।

गालव ने पगडंडी पर चलते हुए कहा, “माधवी! आपको जरा भी उद्विग्न और चिंतित नहीं होना चाहिए। अन्तर्बाह्य आपदाओं से मुक्त होने की शक्तियाँ मेरे पास हैं। बस्ती पहुँचकर मैं आपके लिए किसी वाहन की व्यवस्था कर दूँगा।”

माधवी मौन रही। भविष्य के बारे में वह कुछ नहीं जानती थी। उसे अन्धकार की परत के सिवाय कुछ भी दिखायी नहीं पड़ रहा था क्या उसे उसके मन के अनुकूल जीवन मिलेगा। प्रेम...पति और परिवार!...बस्ती आ गयी। समृद्ध बस्ती थी। ब्राह्मण, वैश्य, क्षत्री और शूद्र चारों वर्णों के लोग रहते थे उसमें?

वे संयोग से एक अट्टालिका के सम्मुख पहुँचे।

द्वारपाल से पूछा, “यह भवन किसका है!”

“श्रेष्ठी जयवर्धन का।”

“उन्हें कहो कि एक ऋषि आपके द्वार पर आये हैं। महर्षि विश्वामित्र के पट्टशिष्य गालव।”

किंचित अन्तराल के बाद श्रेष्ठी जयवर्धन दरवाजे पर आया। उसने हाथ जोड़कर कहा, “आज मेरे भाग्य धन्य हुए। मेरा भवन पवित्र हो गया। आपके चरणस्पर्श से मैं पापमुक्त हो गया। पधारिए, ऋषिवर, पधारिए।”

गालव ने माधवी के साथ भवन के अतिथि-गृह में प्रवेश किया। भव्य था अतिथि-गृह। सारी सुख-सुविधाएँ थीं उसमें।

श्रेष्ठ के भृत्य ने मृगछाला बिछायी। हाथ जोड़कर कहा, “ऋषिवर! आप आसन ग्रहण कीजिए।” फिर माधवी की ओर देखकर कहा, “आप...?”

गालव ने जरा सिर ऊँचा करके कहा, “श्रेष्ठिवर! यह राजाओं के राजा धर्मपरायण, दानवीर और वचनपालक महाराजा ययाति की सुपुत्री माधवी हैं।” फिर संक्षिप्त में सारी बात बताकर गालव ने कहा, “अपने वचनों के पालन के लिए तथा याचक हताश न जाए, इसके लिए उन्होंने इतना अपनी पितृाज्ञा को मानकर महान त्याग किया है।”

सामन्ती संस्कारों के अनुसार श्रेष्ठि ने माधवी को प्रशंसात्मक वाक्यों से घेर लिया, “यह पुत्री पुण्यसलिला है। कुलतारणी है। इस युग में इतनी आज्ञाकारिणी पुत्री बिरल ही प्राप्त होती है। मैं राजकुमारी जी के निवास की व्यवस्था रनिवास में कर दूँ।”

“यही उचित रहेगा।”

माधवी ने भी स्वीकृति दे दी। श्रेष्ठी उसे अपनी पत्नी के पास ले गया। उसका परिचय कराया, “भद्रे! यह राजकुमारी माधवी हैं और यह है मेरी पत्नी सुपर्णा।... प्रिये! इसके भोजन और सोने की श्रेष्ठतम व्यवस्था होनी चाहिए। इनके साथ ऋषि गालव भी आये हैं।”

“आप निश्चिंत रहें। मैं गृहस्थ धर्म का पालन करना जानती हूँ श्रेष्ठिवर!”

शयन करने के पूर्व सुपर्णा ने पूछा, "आप क्षमा करें राजकुमारी जी, आप सुखरूपी फूलों पर चली हैं, इच्छित भोजन किया है, बिना वाहन कदाचित कभी चली ही नहीं होंगी। फिर इतना लम्बा काँटों भर रास्ता कैसे तय कर रही हैं? क्या आपको कष्ट नहीं होता?"

माधवी गावतकिये पर दाएँ हाथ का सहारा लेकर बोली, "भद्रे झूठ बोलना ठीक नहीं। इस यात्रा में मुझे अपार कष्ट हो रहा है। भूमि पर एक-एक पाँव रखते समय लगता है कि मैं गिर पड़ूँगी। धूप की तपिस से तो भयंकर दग्धता का आभास होता है। सोचती रहती थी कि चंद पहरों में तो मैं इस जीवन से ही मुक्त हो जाऊँगी। वस्तुतः इसके पूर्व मुझे दुख, कष्ट, कठिनाइयों, धूप-ताप और भूख-प्यास का अनुभव ही नहीं था। अब अनुभव हो रहा है कि जीवन का यह भी एक रंगरूप है।"

"आप अपने पिताजी से रथ-भोजनादि की सुविधाएँ माँग लेतीं?"

माधवी ने दृढ़ता से तपाक कहा, "मागूँ क्यों? यह तो पिताजी को सोचना चाहिए था। माना कि एक राजा इतना कोमल नहीं हो सकता कि वह दान दी हुई वस्तु के बारे में सोचे पर एक पिता तो अपनी पुत्री के लिए कोमलतम हो सकता है। मैं पिता की निंदा नहीं कर रही हूँ। आलोचना भी नहीं, क्योंकि जन्म देने वाले का केवल स्तुति गान ही करना चाहिए लेकिन अब न मैं पूर्णरूप से गहनता से समझ रही हूँ कि यह आज्ञा मेरे पिता ने अपनी पुत्री को नहीं, एक राजा ययाति ने अपनी प्रज्ञा-पुत्री को दी है। इसका पालन करना मेरा धर्म है। और मैं उसे प्राण देकर भी करूँगी।"

"मैं श्रेष्ठिवर से आपके लिए रथ की व्यवस्था कराऊँगी। मैं आप जैसी सुकोमल कन्या पर यह ज्यादती नहीं होने दूँगी।"

"नहीं-नहीं, आप ऐसा नहीं करेंगी।"

"सबको अपना स्वतंत्र निर्णय लेने का अधिकार है।" सुपर्णा उठते हुए बोली, "आप बहुत थकी हुई हैं। विश्राम कीजिए।...शुभरात्रि!"

सुपर्णा चली गयी।

प्रभातकालीन पक्षियों के कलरव से वातावरण आनंदमय हो रहा था। गवाक्ष के समक्ष सेम वृक्ष की टहनी पर शुक-सारिका बैठे हुए चोंचें लड़ा रहे थे। माधवी उन्हें देख रही थी—मुग्ध-भाव से।

सुपर्णा ने आकर कहा, "देवी! गालव जी प्रतीक्षा कर रहे हैं।"

माधवी ने उसके सन्निकट आकर कहा, "आपके अपनत्व भरे आतिथ्य को मैं सदैव स्मरण रखूँगी।"

"हम भी इस महत्त्वपूर्ण दिन को स्मरण रखेंगे।"

माधवी जब द्वार के बाहर आयी तो देखा—रथ खड़ा है। दो श्वेत बैलों वाला रथ।

"इसकी क्या आवश्यकता थी?" माधवी ने दृष्टि जमाते हुए कहा।

गालव ने आदेश भरे स्वर में कहा, "यह मेरी आज्ञा और इच्छा है। मैं तो वनवासी ही हूँ। चलिए देवी।"

माधवी जानती थी कि गालव की आज्ञा मानना ही उसका अब धर्म है। वह रथ पर बैठ गयी। रथ चल पड़ा।

अयोध्या भव्य नगरी थी। उसके राजप्रासाद दूर से दिखायी दे रहे थे। प्रासाद के ऊँचे-ऊँचे स्वर्ण कलश भास्कर की किरणों से दपदपा रहे थे।

जैसे ही रथ अयोध्या की सीमा पर पहुँचा। प्रतिहारी ने उसे रोका और पूछा, "श्रीमन्! आप कहाँ से आये हैं और किस उद्देश्य से नगर-प्रवेश करना चाहते हैं।"

गालव ने उसके सन्निकट जाकर कहा, "भन्ते! मैं महर्षि विश्वामित्र का शिष्य गालव हूँ। यह महाराजा ययाति की कन्या राजकुमारी माधवी हैं। हम विशेष उद्देश्य से ही अयोध्या नरेश से भेंट करना चाहते हैं।"

"आपका स्वागत हैं। मैं आपकी कोई सहायता करूँ?"

"नहीं। हम स्वयं राजप्रासाद पहुँच जाएँगे।"

"हाँ आपको कोई असुविधा नहीं होगी। यह पथ सीधा राजप्रासाद पर ही समाप्त होगा। वैसे कोई असुविधा हो तो किसी भी नागरिक से पूछ लीजिएगा। वह आपको अवश्य दिशा-निर्देश करेगा।"

"धन्यवाद।" गालव ने सारथी को संकेत किया। रथ ने नगर प्रवेश किया। आकर्षक नगर था। सारे मकान पंक्तिबद्ध बने थे। जातिगत चत्वर थे।...द्विज चत्वर, वैश्य चत्वर, क्षत्रिय चत्वर और शूद्र चत्वर। सम्पन्नता के हिसाब से आकर्षक घर-भवन बने थे। अनेक छोटे-बड़े मार्ग थे। मार्गों के मध्य पगडंडियाँ थीं।

गालव प्रासाद मार्ग पर रथ के साथ चल रहे थे।

प्रासाद का तोरणद्वार अत्यन्त ही मनमोहक लग रहा था। महीन फूल पत्तियों की नक्काशी। श्वेत संगमरमर की फूल पत्तियों में कई अद्भुत रंग भरे हुए थे जिन्हें कोई ऋतु प्रभावित नहीं कर रही थी। देखने पर ऐसे लगते थे, मानो इनका निर्माण अभी ही हुआ है।

प्रासाद के द्वार के दाएँ-बाएँ दो द्वारपाल शस्त्रों से सज्जित थे। उनके हाथों में भाले थे।

रथ को देखकर वे चौकन्ने हुए। एक द्वारपाल ने गालव के समीप आकर विनम्रता से सिर झुकाकर पूछा, "श्रीमन्त! आप कहाँ से आये हैं। किससे मिलना

चाहते हैं।"

"मैं गालव मुनि हूँ। विश्वामित्र जी का शिष्य। मेरे संग रथ पर महान राजा ययाति की पुत्री माधवी है। हम धर्मावतार और वैभव किरीट श्री दृढ़ाश्वनंदन, महाराजा हर्यश्व से भेंट करना चाहते हैं।"

"अति उत्तम।" कहकर द्वारपाल भीतर गया। उसने बायीं ओर कक्ष में बैठे प्रासादरक्षक को यह समाचार सुनाया।

रक्षक ने एक अन्य द्वारपाल संचेती को बुलाया जो मुख्य द्वारपाल था। उसे कहा, "महाराजा को समाचार दो कि ऋषि गालव जी और महाराजा ययाति की सुपुत्री माधवी आपसे भेंट करना चाहते हैं। उन्हें कोई आवश्यक कार्य है। तब तक मैं उन्हें अतिथि-गृह में ठहराता हूँ।"

संचेती सिर झुकाकर रनिवास की ओर चला। वह जानता था कि अभी तक महाराजा जागे ही नहीं होंगे। देर रात तक भोग विलास में लिप्त रहनेवाले राजे-महाराजे निद्रा में निमग्न ही रहते हैं। उन्हें जगाना तो अक्षम्य अपराध है। फिर क्या किया जाय? हाँ, उनकी विशेष निजी परिचारिका को सूचित कर देना चाहिए।

वह परिचारिका 'अवन्ती' के पास गया। अवन्ती कई दासियों से रनिवास के कार्य करा रही थी। संचेती को देखकर वह मुस्कुरायी। समीप आकर पूछा, "क्या बात है संचेती, आज सुबह-सुबह मेरा मुख-दर्शन करने की मन में कैसे आ गयी!"

"भगवान ऐसा कभी न करें कि मैं सुबह-सुबह तेरा मुख देखूँ और मेरा सारा दिन किसी न किसी निरर्थकता में बीते।"

अवन्ती उरोजों को झटका देकर बोली, "संचेती! तू ऊपर से मुझसे हर समय झगड़ा करता रहता है और भीतर से प्रेम करता रहता है।"

"प्रेम और तुझसे? छिः तू प्रेम करने लायक है क्या?"

"क्यों? मैं क्या सुन्दर और युवा नहीं हूँ।"

"बात यह नहीं है। बात है कि यहाँ की हर परिचारिका अपना कौमार्य दूषित कर चुकी है।"

अवन्ती ने हवा में हाथ उछालते हुए कहा, "फिर तो तू कुँवारा ही रहेगा। यहाँ तो तुझे अक्षत यौवना मिलने से रही। अरे! जो कोई भी दासी यहाँ आती है, सर्वप्रथम वह अमात्यों तथा अधिकारियों का ही प्रसाद बनती है। अभी तो महारानी जी मुझ पर कृपालु हैं, मुझे विवाह की आज्ञा भी मिल सकती हैं। संचेती! सच में तुझे सच्चा प्रेम करती हूँ। बहुत प्रेम।"

संचेती कुछ क्षणों के लिए विचारमग्न हो गया। वह जानता था कि किसी भी दास का इस प्रासाद से कभी छुटकारा नहीं होगा। यदि वह छुटकारा पा भी ले तो खाएगा क्या? दास का समस्त जीवन दासत्व ही करना है। एक से मुक्ति और दूसरे का दासत्व? पेट भरने का अन्य साधन भी नहीं है। मुक्ति के बाद तो संकट और

बढ़ जाएँगे। यही उसकी काल-नियति है। यह भी कटुसत्य है कि कोई भी दासी सतीत्व के मामले में अक्षत नहीं है। पवित्र नहीं है। दास का जीवन संकटों से भरा है। पृथ्वी का सबसे दीन प्राणी है दास। गुलाम।

"क्या सोचने लगे मेरे मनमीत?"

"मुझे अभी क्षमा कर। मेरा दिमाग कहीं और उलझा हुआ है। हाँ, महाराजा को यह संदेश देना है।" उसने संदेश कह सुनाया।

अवन्ती ने कान पकड़कर कहा, "मैं उन्हें जगाने का दुस्साहस नहीं कर सकती। हाँ, जैसे ही वे जागेंगे, मैं उन्हें यह संदेश दे दूँगी। अच्छा तो यह होगा कि तुम यह संदेश प्रधान अमात्य जी को दे दो।"

"हाँ, यही उचित रहेगा।" संचेती ने स्वीकृति दी।

"और संचेती, विवाह करने की इच्छा हो तो बता देना। मेरी ओर से स्वीकृति ही समझना।" वह मुस्कुराती हुई रनिवास में चली गयी। जाते हुए वह संचेती को आकर्षित करने के लिए गजगामिनी की तरह मंथर-मंथर चल रही थी।

संचेती ने प्रधान अमात्य को सूचना दी।

वह तुरन्त अतिथि स्थल पहुँचा। उसने माधवी और गालव के रहने की समुचित व्यवस्था की। दोनों को पृथक-पृथक कक्षों में ठहराया गया। महाराजा हर्यश्व मध्याह्न में मिले। बहुत देर से जागते थे वे।

उन्होंने गालव के चरण स्पर्श करके कहा, "मुनिवर! आपका हार्दिक स्वागत है। आपको थोड़ी प्रतीक्षा करनी पड़ी क्योंकि किसी भी परिचारिका और परिचारक को मुझे जगाने की अनुमति नहीं है। इस अपराध के लिए मृत्युदंड तक दिया जा सकता है।" चंद पल रुककर वे पुनः बोले, "कैसे पधारे मुनिवर! महाराजा ययाति नंदिनी को संग लाने का उद्देश्य?"

गालव को हर्यश्व के कथन में दंभ झलकता लगा। बोला, "समय के परिवर्तन से उत्पन्न सच को जानना हर राजा का कर्तव्य होता है। पूर्वकाल में राजे-महाराजे प्रजा के कार्य करते-करते थककर चूर हो जाते थे तब एकांत में विश्राम करते थे। पर वर्तमान काल में समस्त धरणीश्वर भोग-विलास से थककर विलास कक्षों में विश्राम करते हैं। श्लथ पड़े रहते हैं।"

"क्षमा, मुनिवर क्षमा!" हर्यश्व ने हाथ जोड़ दिये। विनीत स्वर में बोले, "कुपित मत होइए। मनुष्य दुर्बलताओं का आगार है। वह इन्द्रियों के वश में है। उसकी विवशता को आप जैसे ज्ञानी-मुनि को अपने अहम् से नहीं टकराना चाहिए।"

"मैं आपसे तनिक भी कुपित नहीं हूँ पर न जाने क्यों इधर राजा-महाराजा अपने कर्तव्य के प्रति उदासीन होते जा रहे हैं?"

"मैं आपसे बार-बार क्षमा चाहूँगा और प्रार्थना करूँगा कि मेरे राज्य को अपने आगमन से गौरवान्वित करने का क्या कारण है।...महाराजा ययाति की सुपुत्री को

यहाँ किस उद्देश्य से आप लाये हैं। आपके स्वागत-सम्मान में तो कोई कमी नहीं रही।"

"उससे मैं पूर्ण संतुष्ट हूँ।" गालव ने उत्तर दिया, "मैं किसी विशेष कारण से ही आया हूँ।"

"मुझे आपकी सेवा करके आंतरिक अपार प्रसन्नता होगी।"

गालव ने अपनी बात को गंभीर रूप से प्रकट करके कहा, "महाराज! मेरे परम तपस्वी महर्षि गुरु विश्वामित्र ने गुरु दक्षिणा में आठ सौ श्यामकर्ण अश्व माँगे हैं। मुझे महाराजा ययाति से पूरी आशा थी कि वे मेरी माँग को पूरी कर देंगे पर उन्होंने स्पष्ट रूप से इधर-उधर की बातें न करके कहा कि उनका वैभव क्षीण हो चुका है साथ ही वे मुझ जैसे याचक को निराश भी लौटाना नहीं चाहते हैं इसलिए उन्होंने अपनी अतीव सुन्दर कन्या माधवी को मुझे इस हेतु प्रदान किया है। यह कन्या कुलवर्धिनी और धर्म परायण है। मुझे गरुड़ जी से मालूम हुआ है कि आपके पास चतुरंगी सेना है और उनमें आठ सौ श्यामकर्ण अश्व तो होंगे ही। मैं चाहता हूँ कि आप माधवी के बदले मुझे अश्व दे दें ताकि मैं गुरु के ऋण से उऋण हो जाऊँ।"

"माधवी कहाँ है।" हर्यश्व ने संकोच से पूछा जैसे वह कुछ भी खर्च करने के पूर्व माल देखना चाहते हैं।

तुरन्त माधवी को बुलाया गया। हर्यश्व प्रथम दृष्टि में ही उस पर आसक्त हो गया। अपूर्व सुन्दरी है यह माधवी। अपने मन के उद्वेग को संयत करके हर्यश्व ने कहा, "मुनिवर! मैं आपको सच-सच एक बात कहना चाहता हूँ।"

गालव ने कहा, "बताइए।"

माधवी उनके संवादों के मर्म से अभिज्ञ नासमझ युवती की तरह थोड़ी दूर पर बैठ गयी।

अयोध्या नरेश बोले, "मेरे पास श्यामकर्ण अश्व आठ सौ नहीं हैं, केवल दो सौ हैं।"

गालव ने पश्चात्ताप भरे स्वर में कहा, "ओह! इससे तो मेरी समस्या का समाधान नहीं होगा।"

नरेश ने अपनी जानकारी बताते हुए कहा, "मैं जहाँ तक जानता हूँ, आठ सौ अश्व एक राजा के पास शायद ही मिलेंगे।"

"आपका अनुमान सच है?"

"हाँ मुनिवर मैं व्यर्थ का अनुमान क्यों बोलूँ? किसी समय वरुण जी ने गंगा जल से एक सहस्र अश्व उत्पन्न किये थे। ये श्यामकर्ण अश्व उसी वंश के हैं। यह मैं अपनी जानकारी के अनुसार ही कह रहा हूँ।"

गालव की आकृति मलीन हो गयी। लगा कि उसकी तेजोमयता का सूरज अचानक मेघाच्छन्न हो गया है। अपने को संभालकर वह बोला, "अब इस समस्या

का समाधान कैसे हो?"

"मुनिवर! पहली बात यह है कि बूँद-बूँद से घड़ा भरता है। एक-एक सिक्का एकत्रित किया जाय तो सहस्र सिक्के एकत्रित हो सकते हैं। सौ-दौसौ अश्व करके ही आप आठ सौ अश्व एकत्रित कर सकते हैं। मैं इस रूपकोशा को देखते ही मोहित हो गया हूँ। मैं इसके परिवर्तन स्वरूप दो सौ अश्व देने को तैयार हूँ।"

माधवी उनके वार्तालाप के अर्थ को अब किंचित समझी। वह चौंककर बोली, "मेरे परिवर्तन में? क्या तात्पर्य?"

गालव ने दृढ़ता से कहा, "हाँ देवी! जब इस पृथ्वी पर किसी एक व्यक्ति के पास आठ सौ अश्व हैं ही नहीं तो उन्हें प्राप्त करने का साधन टुकड़ों में ही होगा। हाँ महाराज!" गालव ने चतुर व्यापारी की तरह लाभ-हानि का हिसाब लगाकर कहा, "आप मुझे दो सौ घोड़े दे सकते हैं। फिर आप माधवी का उपभोग एक पुत्र होने तक कर सकते हैं।" इसके उपरान्त मैं इसे वापस ले जाऊँगा। यह चार तेजस्वी पुत्रों को जन्म देनेवाली है।

"और यदि पुत्री हुई तो?" हर्यश्व ने आशंका जतायी।

"नहीं, यह पुत्रवती ही होगी क्योंकि महाराज ने इसे कुल स्थापना करनेवाली कहा है। मेरा ज्ञान-बल भी यही कहता है।" गालब ने विश्वास से कहा।

"मैं अपने वचन का पालन करूँगा। पुत्र होते ही आपको राजकुमारी को सौंप दूँगा।" हर्यश्व ने माधवी को कामलिप्सा भरी दृष्टि से देखा। उसने मन ही मन सोचा कि यह सौदा बहुत सस्ता है।

गालव ने उठते हुए कहा, "देवी। मैंने आपको अपनी गुरुदक्षिणा को देने के लिए शुल्क और साधन के रूप में प्राप्त किया है। आपके पिता राजा ययाति ने मुझे साधिकार कहा था—मेरी आज्ञाकारिणी और धर्मपरायण बेटी के बदले आप अपनी गुरुदक्षिणा के अश्व प्राप्त करें। अब आप अयोध्या नरेश के पास पुत्र होने तक रहिए। यह मेरा आदेश है।"

गालव ने उसके उत्तर की प्रतीक्षा नहीं की। उठ खड़ा हुआ मुनि। राजा के उन्मुख होता हुआ बोला, "मैं अपनी ज्ञान-दृष्टि से पुत्र होने का पता चला लूँगा। तब आपको तुरन्त इन्हें मुक्त करना पड़ेगा।"

"मैं वचन देता हूँ।"

माधवी को समूची वस्तुस्थिति का ज्ञान हो गया। क्या उसका उपयोग इतना निकृष्ट कोटि का होगा।

वह चीख पड़ी, "यह सब क्या है! मुनिवर?"

गालव ने बाहर निकलते हुए कहा, "अपने पिता की आज्ञा का पालन करके अपने धर्म को निभाइए और यशस्वी बनिए। मेरा आशीर्वाद है कि आप अपनी इस परीक्षा में सफल हों। जयगुरु।" वह सत्वरता से बाहर निकलकर दृष्टि ओझल हो

गया। जैसे वह इस विकट स्थिति से पलायन करना चाहता हो।

रात्रि-वेला।

महाराज हर्यश्व के काम विलास कक्ष को विशेष रूप से सजाया गया था। इत्र के सुवासित दीये जलाये गये थे। गवाक्षों के पर्दों पर भी इत्र लगाया गया था। स्वर्णपलंग पर मखमली बिछौनों पर गुलाब चमेली के पुष्पों की पंखुरियाँ बिखेरी गयी थीं। सुहागरात की सज्जा।

दिन भर माधवी असमंजस की स्थिति में रही। भाँति-भाँति की अनागत आशंकाओं से चिंतित वह थक गयी। वह सुखों के ढेरों में अत्यन्त दुखी थी। उसके सारे मधुर व श्रेष्ठ स्वप्न धूल धूसरित हो रहे थे। कहाँ प्रेमिका व रानी-पटरानी बनने के सपने और कहाँ वह एक क्रीतदासी की तरह राजा की वासना का शिकार होने जा रही है। कब पुत्र होगा और कब मुक्ति मिलेगी। वह अपने राजा-पिता को मन ही मन कोसने लगी कि क्या वह अपनी बेटी को बाजारू स्त्री बनने के लिए इस कुटना मुनि को सौंपा है? वह विमूढ़ मरणासन्न सी अन्न-जल ग्रहण किये बिना रात्रि की प्रतीक्षा करने लगी। उसने आवेश में कुछ प्रश्न भी सोच लिये जिन्हें वह नरेश के समक्ष रखेगी।

आखिर रात आयी।

माधवी को सज्जित करके कामविलास कक्ष में पहुँचाया गया। उसे स्मरण हो आया—अपने पिता की आज्ञा का पालन करके अपने धर्म को निभाओ और यशस्वी बनो।

'पिता की आज्ञा' यह शब्द उसके चतुर्दिक वायुमंडल में ध्वनित-प्रतिध्वनित होने लगा। सहसा उसने अपने अन्तर्द्वन्द्व को अपने मस्तिष्क से निकाल दिया और वह नये शिष्य की भाँति दोहराने लगी—पिता की आज्ञा...पिता की आज्ञा।...काल का आदेश...।

तभी दासी ने आकर कहा, "महाराज पधार रहे हैं।"

गोमती द्वार पर नतमस्तक खड़ी हो गयी। माधवी ने कोई भी आवभगत की क्रिया नहीं की। वह जड़वत शय्या के बाएँ छोर पर बैठी रही।

चंद ही पलों में सुवास बिखेरते हुए महाराजा ने प्रवेश किया। संयोग से पवन का हल्का झोंका आया जिससे कक्ष सुवासित हो गया। पहले से ही कक्ष में इत्र के दीये जल रहे थे। पर्दे भी सुवास बिखेर रहे थे। कई सुगन्धों का मिश्रण विचित्र-सा प्रभाव छोड़ रहा था।

हर्यश्व का कामदेव के अवतार जैसा रंग-रूप नहीं था। सामान्य व्यक्तित्व था उनका। बड़ी-बड़ी मूँछों के कारण उनका चेहरा भरा-भरा लग रहा था। नेत्र बड़े-बड़े

थे। बाल कंधों को छू रहे थे। उन्होंने रेशमी वस्त्र पहन रखे थे। दासी ने उनके जूते खोले। माधवी के विपरीत छोर पर बैठकर उन्होंने गोमती से कहा, "मदिरा और नृत्य की व्यवस्था करो।...पुष्पासव मदिरा चाहिए।"

गोमती त्वरा से चली गयी। दो परिचारिकाएँ बाहर खड़ी थीं। माधवी अभी भी मौन थी। निश्चल। कटी-कटी।

"क्या बात है राजकुमारी। आप किसी विशेष मदिरा का शौक रखती हैं। हमारे यहाँ हर प्रकार की मदिरा उपलब्ध है।"

माधवी ने राजा की ओर देखा वे ओठों पर जिह्वा फिरा रहे थे। माधवी को उनकी यह क्रिया अत्यन्त अरुचिकर लगी।

"आप संकोच न करें। बोलिए तो सही।"

"समझ में नहीं आता क्या बोलूँ? मैं इस समय क्या हूँ। मेरा क्या हेतु है? मैं यहाँ क्यों हूँ। किसलिए हूँ? बस, यही सब सोच रही हूँ।"

दासी मदिरा के पात्र भरने लगी।

महाराजा ने मदिरा का स्वर्णचषक हाथ में लेकर एक घूँट लिया और कहा, "माधवी! आप अभी पिता की आज्ञा हैं, हेतु है उसकी पालना।...अपने को अधिक प्रश्नों के घेरे में आबद्ध न करो। प्रश्न आपको अपने उद्देश्य की अतिभ परिणति तक नहीं पहुँचने देंगे। आपके पिता का दिया वचन मिथ्या हो जाएगा और वे गालव मुनि के शाप से शापित भी हो सकते हैं। आपके पिता ने आत्मिक अटूट आस्था और विश्वास के साथ यह कार्य किया है कि वे गालव मुनि की माँग को पूरा करेंगे।...साधन के रूप में आप ही तो हैं...मदिरापान कीजिए। मदिरा की अति हृदय को पहले उन्मादित करती है और बाद में अपने से पृथक्। पीजिए...मेरे सन्निकट आइये। पिता की आज्ञा के पालन का श्रीगणेश कीजिए और इस त्रिलोक में यशस्वी बनिए।"

माधवी यंत्रवत हर्यश्व के सन्निकट आ गयी। महाराज ने उसे मदिरा पात्र पकड़ा दिया। उसने पात्र को लेकर कहा, "महाराज! यदि आप अनुचित न समझें तो कुछ निवेदन करूँ?"

"सहर्ष करें।"

"आप मेरे साथ सहशयन करेंगे। क्या कुँवारी स्त्री के साथ यह धर्मोचित है? आप मुझसे विवाह क्यों नहीं कर लेते? मैं राजकन्या हूँ। सौन्दर्य और गुण में भी मैं पूर्ण हूँ। कुलीना कुल में जन्मी हूँ।"

महाराजा विहँस पड़े। बोले, "यह तो तनिक भी संभव नहीं है। माधवी! आपने जो भी कहा, वह अक्षरशः सत्य है, लेकिन अभी आप अपने पिता की आज्ञा मात्र हैं और अश्व विनिमय की वस्तु है। आपका धर्म है कि आप अपने कर्तव्य को पूरा करके मुनि को दो सौ घोड़े प्राप्त कराएँ।"

"आपको पापानुभूति नहीं होगी।"

"तनिक भी नहीं, हमने सौदा किया है। सौदे में हमने जो वस्तु यानि आपको प्राप्त किया है, उसका उपयोग-उपभोग करने में हम स्वतंत्र हैं।"

उसी समय अर्ध-नग्न नर्तकी आ गयी। उसने नृत्य के संग उत्तेजक भाव-भंगिमाएँ दिखानी आरंभ कीं। वाद्यहीन यह नृत्य कोई विशेष आनंद की वस्तु नहीं लग रहा था लेकिन नर्तकी का नृत्य आकर्षक था। मदिरा की समाप्ति के साथ नृत्य भी समाप्त हो गया।

एकांत।

हर्यश्व ने माधवी को अपनी बाँहों के आलिंगन में ले लिया। वे मदिरा में मतवाले थे। माधवी मदिरा में मदहोश।...जब महाराजा ने उसे पर्यंक पर बिछाया तो उन्हें लगा कि माधवी मरणासन्न हो गयी है।...लेकिन जो कामासक्ति में लीन होकर भोगानंद ही लेना चाहते हैं उन्हें मात्र स्त्री की आवश्यकता होती है। मदिरा के भयंकर नशे ने माधवी को तत्क्षण की वस्तुस्थिति और क्रिया से बचाये रखा। वह नशे में बड़बड़ायी, "पितृाज्ञा। पिता की आज्ञा।"

एक माह शनैः-शनैः सरक गया।

माधवी ईश्वर से प्रार्थना करती रहती थी कि उसे तुरन्त गर्भ रह जाय पर वह ऋतुमती हो गयी। इससे वह उदास और खिन्न हो गयी।

वर्षा का आगमन हो गया था। जलभरी नीली, पीली, कजरारी और अरुणिम आभा लिये घटाएँ दिग्दिगन्त में कहीं फुहारें और कहीं मूसलाधार वर्षा कर रही थीं।

सारे वृक्ष और लताएँ नहाये-नहाये से लग रहे थे। उनका हरापन निखर आया था। माधवी विलास कक्ष के गवाक्ष में बैठी-बैठी प्रकृतिजन्य मनोरम दृश्यों को देखती रहती थी। कभी पपीहों की पिउ-पिउ, कभी-कभी घटाओं को देखकर उल्लसित हुए मयूरों का नृत्य, कभी सतरंगा इन्द्रधनुष देखकर वह आनंदित होती थी। फिर अपनी वस्तुस्थिति को स्मरण करके वह उन्मन्न हो जाती थी कि वह अत्यन्त भाग्यहीन है। उसे प्रतीत हुआ कि भीगी हुई शीतल बयार उसे दग्ध कर रही है। उसके तन में अंगारे दहका रही है।...

उसने गोमती से कहा, "मैं वर्षा-स्नान करना चाहती हूँ। इन ठंडी-ठंडी फुहारों में स्नान करके शीतलता का आभास करना चाहती हूँ। नहीं जानती कि मेरे भीतर क्या जल रहा है?...पर जल जरूर रहा है। चलो, खुली छत पर। शायद यह वर्षा ठंडक दे दे।"

गोमती ने तुरन्त कक्ष का दायाँ दरवाजा खोल दिया।

खुली छत। एक काली घटा में बिजली कड़की। वर्षा तेज हुई। माधवी भीगने

लगी। उसकी झीनी साड़ी जो रेशम की थी, भीगने से चिपककर उसे और सुन्दर व उत्तेजक बनाने लगी। वह इन स्थितियों से परे वर्षा का आनंद ले रही थी। भीगते-भीगते उसे याद आंया कि वह ऐसे मौसम में घोड़े पर सवार होकर दूर-दूर तक घनघोर वनवीथियों में घुड़सवारी करके हर्षोल्लास मनाती थी। कई बार वह वर्षा के जल को हथेलियों में इकट्ठा करके पीती थी।...कई बार वह नदी की ओर जाते जल-प्रवाह के बीचोंबीच अपने घोड़े को खड़ा कर देती थी। घोड़ा प्रवाह को अपनी पूर्ण शक्ति से रोककर खड़ा रहता। एक विचित्र उत्तेजक उल्लास।

न जाने क्यों, उसने अपनी हथेलियाँ फैला दीं। बौछारों का पानी इकट्ठा किया। पी लिया। उसे ठंडक की प्रतीति हुई।...जो अन्तर्ज्वाला जल रही थी, वह कम हुई। वह बार-बार वर्षा की अमृतमयी बूँदों का पानी पीती रही।

गोमती ने आकर कहा, "अब बस कीजिए देवी, बहुत नहा चुकीं आप। कहीं अस्वस्थ हो गयी तो?"

माधवी ने एक पल गोमती को देखकर कहा, "गोमती! तन भले ही स्वस्थ रहे पर मन अस्वस्थ ही रहेगा। यह अस्वस्थता मृत्युपर्यन्त बनी रहेगी। तुम तो स्त्री हो, जानती होगी स्त्री के मन की पीड़ा। अबोली पीड़ा।...अपने मन के अनुसार थोड़ा ही जी ले पर वह अनंत-अनंत तक स्मरण रहता है। जो अब मैं जी रही हूँ, वह तो व्यर्थ ही नष्ट हो रहा है।...कोई अर्थ नहीं, कोई ध्येय नहीं, कोई तड़प नहीं, बस जी लो...चूँकि हम इस जीवन को नष्ट नहीं कर सकते, इसलिए जीते जाते हैं। ओह! यह जीने का सम्मोह, उसकी पिपासा।"

गोमती चुप।

माधवी कक्ष में आ गयी।

उसने वस्त्र बदले। भूख लग गयी थी इसलिए उसने गर्मागर्म हिरण का मांस खाया। थोड़ी मदिरा पी। फिर वह गावतकिये के सहारे पाँव पसारकर सोचने लगी, यही जीवन है, यही सृष्टि है तो व्यर्थ है। मनुष्य-मनुष्य को क्यों दास बनाता है। क्यों अपने तन-धन बल से दूसरों की अस्मिता को बर्बरता से कुचलता है। क्यों ऋषि-देवता ऊटपटाँग श्राप वरदान देते हैं। क्यों विश्वामित्र ने अश्व माँगे? वह प्रश्नों से बिंध गयी।

गोमती ने आकर बताया कि महाराज पधार रहे हैं।

माधवी सचेत हो गयी। पाँव इकट्ठे करके वह द्वार की ओर एकटक देखने लगी।

हर्यश्व ने प्रवेश किया। आते ही बोले, "आज मौसम कितना अच्छा है। वर्षा से प्रकृति और पुरुष दोनों नये-नये और निर्मल लग रहे हैं।"

माधवी ने कहा, "सही है पर सदैव पुरुष ने प्रकृति के सौन्दर्य को विनष्ट किया है।"

"यह प्रकृति का नियम है।"

गोमती ने मदिरा चषक भर दिया था।

शीतल झोंके गवाक्ष के पर्दों को हिला-हिलाकर आ रहे थे।...आकाश में दामिनी इतने जोर से कड़कड़ायी कि महाराजा ने कहा कि अवश्य इसने पृथ्वी पर कहीं गिर कर विनाश किया होगा।

"हाँ महाराज।"

"मदिरा नहीं पीओगी।"

"नहीं।"

महाराजा ने उसे अपनी अंकशायिनी बना लिया।

माधवी दिनरात बस एक ही माला जपती थी कि वह शीघ्रातिशीघ्र गर्भवती बने ताकि उसे इस भोग भरे जीवन से मुक्ति मिले। वह इस बात की भी ईश्वर से सदैव प्रार्थना करती थी कि अब की बार गालव मुनि किसी ऐसे राजा के पास ले जाए जिसके पास छः सौ श्यामकर्ण घोड़ें हो! यह दुखद सिलसिला तो समाप्त हो?

गोमती ने बताया कि महाराजा की एक रानी ऐसी है जिसे वे हृदय से चाहते हैं पर वह अभी तक माँ नहीं बनी। सुना है कि महाराज एक-दो साल में पुत्रेष्टि यज्ञ कराएँगे।...पुत्र की कामना भी हर स्त्री के लिए कितनी आसक्तिपूर्ण होती है।

"ऐच्छिक हर वस्तु सहर्ष ग्रहण की जाती है। लादी हुई हर बात पीड़ादायक होती है। मुझ पर तो सब कुछ बलात हो रहा है। जब महाराजा मुझे आलिंगन में लेते हैं तब मैं क्यों अपने आपसे कट कर पृथक हो जाती हूँ। वस्तु की भाँति जड़। जब वे अश्वों के बदले एक पुत्र प्राप्त होने तक मुझपर अधिकार जताते हैं तो मुझे प्रतीत होता है कि मैं वास्तव में क्रीतदासी हूँ। कोई नगरवधू या फिर पितृ आज्ञा।"

उस दिन माधवी आत्मविभोर हो गयी। कारण था कि वह गर्भवती हो गयी थी।...वह बार-बार ईश्वर को धन्यवाद देती थी। वहाँ कोई ईश्वरीय प्रतिमा तो नहीं थी पर आकाश, पृथ्वी, वृक्ष, सूर्य, अग्नि और शीतल बयारों का आभार मान रही थी कि वे उस पर तुष्ट रहें। अब वह पूर्ण प्रसन्न है।

आज समय के पूर्व अँधेरा छाने लगा। क्योंकि काली घटाएँ नभ मंडल में आच्छादित हो गयी थीं। सूर्य मेघाच्छन्न हो गया था। वैसे तो जब धूप होती थी तब गोमती उसके बढ़ने-घटने को देखकर समय का हिसाब बता देती थी कि इतना पहर दिन रहा है।

वह महाराजा की बेचैनी से प्रतीक्षा कर रही थी।

महाराजा उस रात आये ही नहीं। मालूम पड़ा कि उत्तरांचल की आभीर जाति के लोगों ने विद्रोह कर दिया है। वे आभीर स्वाधीनता की माँग कर रहे हैं। उन्होंने

महाराजा के लगान वसूली करने गये हुए अधिकारियों तथा सैनिकों की हत्याएँ कर दी थीं।

पाँच दिनों के उपरान्त महाराजा अपनी सेना के साथ लौटे।

माधवी भीषण जयजयकार का नाद सुनकर गवाक्ष में आयी। देखा—विजयोल्लास में मतवाले सैनिक भालों पर शत्रुओं के मुंडों को लटकाए हुए प्रासाद में प्रवेश कर रहे हैं।

माधवी उन नर-मुंडों को देखती रही और सोचती रही कि यही तो तामसी वृत्ति है! राक्षसी प्रवृत्ति।...पहले नरसंहार और बाद में नरमुंडों का आतंक के रूप में प्रदर्शन।...माधवी के अन्तस में जुगुप्सा सी जन्मी। वह आकर पर्यंक पर लेट गयी। आंतरिक संघर्ष के कारण वह तनावग्रस्त रही। सोचने लगी कि इन सभ्य-सुसंस्कृत लोगों में कितनी आदिम बर्बरता है?...नर-नारी का स्वभाव कभी भी पशुहीन नहीं हो सकता।

महाराजा निशीथ पहर आये। मद्यपान किये हुए थे। जरूरत से ज्यादा।

माधवी ने उठकर उनका स्वागत किया—नतमस्तक होकर। हर्यश्व ने पूछा, "कैसी हो माधवी?"

"पिछले पाँच दिनों से आपको एक शुभ समाचार सुनाने के लिए आतुर हूँ।" उसने व्यग्रता से कहा।

"शुभ समाचार? कैसा शुभ समाचार।"

माधवी लजा गयी। उसके कपोलों पर रक्तिमा दौड़ गयी। पलकें झुक गयीं।

"आप तो लजा गयीं।" उसकी ठोड़ी को जरा ऊँची उठाकर कहा, "बोलिए, क्या शुभ समाचार है।"

माधवी एक बार स्त्री सुलभ लज्जा से फिर घिर गयी। अचानक माँ बनने की वास्तविकता को याद करके वह निःशंक सी बोली, "मैं माँ बनने वाली हूँ।"

"यह तो वास्तव में शुभ समाचार है।" महाराजा ने उसे अपनी दायीं बाँह में भरते हुए कहा, "जब हम विद्रोहियों का सर्वनाश कर रहे थे, एक-एक विद्रोही को मौत के घाट उतार रहे थे तब सोचा था कि भविष्य में शुभ-ही-शुभ होगा। हमने विद्रोहियों के क्षेत्र को ही नष्ट कर दिया। उनके घरों को जला डाला। स्त्रियों को दास बना लिया। बच्चों को कत्ल कर दिया। उनके पास लूट की प्रचुर सम्पदा थी, वह हमने हथिया ली।...माधवी! सफल राजा वही होता है जो शत्रु का जड़ से विनाश कर दे और उसका अस्तित्व ही मिटा दे।"

"निर्दोष स्त्री और बच्चों...।"

"न रहेगा बाँस और न बजेगी बाँसुरी।" वे चौंककर बोले, "अरे! ये बातें आपके क्या काम की। तो आप गर्भवती हो गयीं? यह शुभ संवाद है। कल हम वृद्धा दाई तेजिका से जाँच कराएँगे। वह आँखों के रंग को देखकर सही-सही स्थिति को बता

देती है कि पुत्र होगा या पुत्री।"

माधवी ने कुछ भी नहीं कहा। महाराज वासना की तृप्ति करके सो गये। माधवी फिर हर्यश्व की बर्बरता के बारे में सोचने लगी कि इनके सैनिकों ने निर्दोष व निरीह बच्चों को क्यों मारा? स्त्रियों को राजमहल में ले आये हैं। क्या वे फिर नये बच्चे पैदा नहीं करेंगी? एक अलग तरह के दास। सोचते-सोचते माधवी को नींद आ गयी।

दूसरे दिन दाई तेजिका ने माधवी को देखकर तथा उसकी आँखों में झाँककर बता दिया कि माधवी गर्भवती है और उसके पुत्र होगा। माधवी ने ईश्वर को धन्यवाद दिया।

इसके बाद हर्यश्व ने माधवी के पास बिल्कुल आना छोड़ दिया। जिस तरह कुक्कुर कुक्कुरी के गर्भवती होने के बाद उसकी ओर देखता नहीं, वही स्थिति माधवी की हुई।

घोर एकांत रूपी सर्प की दंश-पीड़ा भोगने लगी माधवी। उसने गोमती द्वारा महाराजा को बुलाने का कई बार अनुरोध भी कराया पर महाराजा नहीं आये। वह तड़पने लगी। घुटने लगी। मौन क्रन्दन करती थी कि उसे किस निष्ठुर का यह शाप लगा है। पिता की आज्ञा का मानना कितना मर्मान्तिक वेदनापरक है? यह तो स्वयं से निर्वासन हुआ? उसका एक-एक पल रोते-कलपते बीतने लगा।

इस एकांत में उसे बार-बार उस बाघिन का स्वप्न-शाप स्मरण हो जाता था जिसने उसे शाप दिया था कि उसे पति व पुत्र का सुख नहीं मिलेगा। तब वह काँप कर स्थिर हो जाती थी। बाघिन के स्वप्न को स्मरण करके वह अपने को निस्सहाय समझती थी। वह किसे अपनी व्यथा बताए।...अकेली...एकांत। उस एकांत को तोड़ने के लिए वह वेदों-पुराणों व उपनिषदों का अध्ययन करने लगी। समय सहजता से कट जाता था। हाँ, गोमती का यंत्रवत उसकी आज्ञाओं का पालन करना, ये सब उसके लिए अत्यन्त ही ऊबाऊ थे।...फिर उसने प्रेम करने के कितने मादक और सजीले सपने देखे थे? सब रेत के घर की तरह नष्ट हो गये।..."मेरे मन की सुहावनी, मनभावनी और तरंगों की तरह मचलने वाली इच्छाएँ पिता की आज्ञा के कारण धूल धूसरित हो गयीं।...जरूर मेरे पूर्वजन्मों के पाप हैं जिनसे मुझे गणिका जैसा जीवन मिला।" सोचने लगी कि वह स्वयं अपने हाथों सूली पर चढ़ गयी।

गोमती ने बताया कि महाराजा आभीरों के आक्रमण में लायी गयी एक यौवना को अपनी रखैल बना चुके हैं और वे उसके साथ आमोद-प्रमोद करने में मग्न हैं। भ्रमर-स्वभाव होता है इन राजा-महाराजाओं और भूपतियों का।

एक बार हर्यश्व आए। उलाहने भरे स्वर में माधवी ने कहा, "मैंने निरन्तर

अनुरोध कराया पर आप चंद पलों के लिए भी मेरे पास नहीं आए। ये कैसे सम्बन्ध हैं?"

महाराजा ने रुखाई से कहा, "कोई सम्बन्ध हमारे बीच है ही नहीं। हमारे बीच सौदा हुआ। एक पुत्र और दो सौ अश्व। जब आप गर्भवती हो गयी है, तब आपको पुत्र जन्म तक प्रतीक्षा ही करनी है। माधवी! आप समय की प्रतीक्षा करें।"

माधवी मन मसोस कर समय की प्रतीक्षा करने लगी।...तीन, चार, पाँच, छः, सात, आठ और नौ...। नौवें माह के लगने के ग्यारहवें दिन माधवी को प्रसव पीड़ा सताने लगी। भयंकर असह्य पीड़ा हो रही थी। दाइयाँ सेवा में थीं पर उसका क्रन्दन तीव्र से तीव्रतर हो रहा था।

व्यवस्था में कोई कमी नहीं थी। गोमती भी अपनी स्वामिनी के लिए अत्यन्त विकल थी और वह अनवरत रूप से ईश्वर से प्रार्थना कर रही थी कि उसे प्रसव संकट से उबारें।

जीव से जीव का जन्म अति दूभर होता है। माधवी ने भी पहली बार इसे भोगा। संयोग से उसने पुत्र को जन्म दिया। दाइयों ने एक साथ कहा—पुत्र जन्मा है—पुत्र...बधाई...बधाई...बधाई। दाइयाँ महाराज के कक्ष की ओर भागीं।

गोमती ने माधवी के सन्निकट आकर कहा, "आपके पुत्र हुआ है देवी। रूपवान और तेजस्वी।"

"मुझे अपने पुत्र को दिखा।"

गोमती कोमल वस्त्र में लिपटाकर माधवी के पुत्र को उसके पास लायी। बहुत ही तन्दुरुस्त था वह।

उसे अपनी गोद में लेकर वह ममता से देखती रही। उसकी आँखों से आँसू टपक पड़े। उसने नवजात पुत्र के फूलों के समान कपोलों पर हल्के-हल्के चुम्बन बरसा दिये।

महाराजा ने धूमधाम से नामकरण कराया। नाम निकला 'वसुमना'। तब माधवी ने महाराजा से अनुरोध किया, "मैं आपको क्या सम्बोधन करूँ। मैं आपकी परिणिता नहीं। इसलिए स्वामी की जगह महाराज ही कहूँगी।...महाराज! मैं इस पुत्र की माँ हूँ। मेरा इस पर अधिकार है। क्या आप इसे कुछ बड़ा होने तक मुझे नहीं दे सकते?

"माधवी! आप व्यर्थ की बातें मत किया करें!...कल-परसों तक मुनि गालव आ जाएँगे। मुझे उन्हें दो सौ श्यामकर्ण अश्व देने हैं और आपको उन्हें सौंपना है। अभी तो उन्हें छः सौ घोड़े और एकत्रित करने हैं। आखिर उनकी प्रतिष्ठा का प्रश्न है। उन्हें गुरुदक्षिणा जो देनी है।...आपका पहला कर्त्तव्यांश पूरा हुआ।"

एकदम रूखा उत्तर था।

माधवी चुप।

केवल उसकी अँखियाँ भर-भर आयीं।

कुछ पलों के लिए वह संज्ञाहीन हो गयी। एक स्त्री होने की लाचारी की अथाह पीड़ा ने उसे नरक कुंड की अग्नि की ज्वलनशील वेदना से ग्रस्त कर दिया।

महाराजा चतुर व्यापारी की भाँति बोले, "हमें अपने वचनों से इधर-उधर नहीं होना चाहिए। इससे हमारा वचन भंग और अपयश होगा।"

महाराजा ने उसकी ओर चंद स्नेहिल शब्द भी नहीं कहे। उलटा मुख्य धाय को बुलाकर कहा, "आज से मेरा पुत्र तुम्हारे पास ही रहेगा। इसके लालन-पालन का सारा दायित्व केवल तुम्हारा है।"

बाद में माधवी को उन्होंने आदेशात्मक स्वर में कहलाया कि वह अपने प्रस्थान की तैयारियाँ करें।

उसे भयंकर रोष आया। हृदयावेग से कंठ अवरुद्ध हो गया। वह अपनी वस्तुस्थिति को भंग करना चाहती थी पर पिता की आज्ञा? श्रेष्ठ कर्म का यह दुष्फल। वह पिंजरे में बंद पक्षी की तरह तड़फड़ा उठी।

महाराजा ने सच कहा था। तीसरे दिन प्रातः होते-होते मुनि गालव आ गया। घनी दाढ़ी-मूँछों के मध्य उसके बड़े-बड़े नेत्र अग्नि-स्फुलिंग से दहक रहे थे।

राजा हर्यश्व ने उसका शानदार स्वागत किया। भोजनादि कराके बताया, "आपके दो सौ श्यामकर्ण अश्व अश्वशाला में तैयार खड़े हैं। यदि आप ले जाना चाहें तो मैं उसकी व्यवस्था करूँ।"

"नहीं महाराज! अभी तो मुझे छः सौ घोड़ों की व्यवस्था करनी है। मुझे तो माधवी चाहिए। उसे लेकर मुझे किसी और नृपराज के यहाँ जाना है।" वह इस तरह बोला मानो वह चतुर सौदागर हो।

हर्यश्व ने सेवक से कहा, "जाओ, माधवी को लाओ।..."

सेवक के जाने के पश्चात महाराज ने पूछा, "यहाँ से आप कहाँ जाएँगे?"

"सोच रहा हूँ कि काशी नरेश के पास चला जाऊँ। वे अत्यन्त धर्मात्मा और वैभवशाली नृप हैं। उनके पास अश्व भी हैं।"

"मैं रथ की व्यवस्था कर देता हूँ।"

"यह राजकुमारी के लिए उचित रहेगा।"

थोड़ी देर में माधवी उदास-उदास सी आ गयी।

गालव ने उसे देखकर गर्व मिश्रित उत्साह से कहा, "देखिए, महाराज, यह वेद ऋषि के कारण फिर से कुँवारी हो गयी है। इसके मुख पर कौमार्य की महान पवित्रता दीप्त हो रही है। चलिए देवी।"

माधवी ने गालव के वाक्यों पर ध्यान नहीं दिया। उसने कहा, "महाराज! क्या मैं अपने पुत्र से अन्तिम बार मिल सकती हूँ।"

गालव ने उसे टोका, "यह तुम्हारा पुत्र नहीं है। यह पुत्र है, महाराजा हर्यश्व

का। जिस वस्तु का त्याग करना है, उसके प्रति मोह को उत्पन्न करना कष्टकारक होता है।"

माधवी ने जलती दृष्टि से गालव को देखा। यह धर्म का रक्षक मुनि है या दयाहीन कुटना।

वह गुस्से में रथ पर सवार हो गयी।

रथ चल पड़ा। बैलों के गलों में बँधी छोटी-छोटी घंटियाँ मधुर ध्वनि कर रही थीं।

"अब?"

"अब चलेंगे काशी।"

स्वच्छ जल से ओतप्रोत सरोवर के समीप आम्रवृक्ष की छाया तले बैठे हुए गालव और माधवी भाँति-भाँति के स्वादिष्ट व्यंजनों का आहार ले रहे थे। केलों के पत्तों की बनी पत्तलें थीं।...समीप फल रखे हुए थे।

"और कुछ।" गालव ने पूछा।

"कुछ नहीं, तृप्त हो गयी। अयोध्या नरेश ने अत्यन्त ही स्वादिष्ट भोजन दिया है। क्या सारथी खा चुका।"

"हाँ, वह खा रहा है।"

"हम काशी कब पहुँचेंगे।"

"अब तो एक दिन-एक रात का रास्ता शेष है।" गालव ने उठते हुए कहा, "चलिए, सरोवर से जल पी लें। हाथ धो लें।"

दोनों उठ गये। सरोवर से जल पीकर वे दोनों भागते हिरणों को देखने लगे। हिरण मदमस्त निडर होकर चौकड़ियाँ भर रहे थे।

माधवी ने गुलाब के पौधे से एक फूल तोड़ा। उसकी गंध का आनंद लेकर उसने गालव से पूछा, "क्या आपको यह कार्य अच्छा लगता है?"

"कौन सा?"

"मेरा इस तरह अश्वों के बदले उपयोग करना।"

गालव ने तीक्ष्ण दृष्टि से माधवी की ओर देखा। माधवी गुलाब के फूल को देखने में निमग्न थी। गालव ने उबलते हुए कहा, "हाँ, मुझे यह केवल अच्छा ही नहीं लगता बल्कि इससे मुझे गर्व भी होता है कि मैं गुरुदक्षिणा देने का अपना कर्तव्य निभा रहा हूँ। देवी! आपको भी गर्व होना चाहिए कि आप अपने पिता की आज्ञा के पालने का कर्तव्य निभा रही हैं। जब हम कर्तव्यपूर्ति के साधन बन जाते हैं तब हमें अपने मूल अस्तित्व के बारे में नहीं सोचना चाहिए।"

"मैं बहुत चेष्टा करती हूँ कि मैं क्या हूँ, उसके बारे में सोचूँ ही नहीं। लेकिन स्त्री का होना तो निरन्तर आभास कराता है कि तुम वस्तु नहीं, स्त्री हो?"

"मैं क्या जानता नहीं?" गालव का स्वर तीव्र हो गया, "लेकिन आपको देव

ऋषि का वरदान भी तो है कि पुत्रजन्म पश्चात आप फिर से कुँवारी हो जाएँगी। आप में कौमार्य की पावनता पुनः आ जाएगी।"

"आपको मेरी आकृति कैसी लग रही है!"

"पावन, नितांत पावन।...आप तो देवी की तरह ओजस्वी और तेजस्वी लग रही हो। ऋषियों के वरदानों की परिणति झूठी थोड़े ही होती है। नितांत सटीक होती है।" गालव ने अपने मनोभाव व्यक्त किये और मंतव्य की पुष्टि भी।

"मुनिवर! मेरी अपनी स्त्री को यह सब अनुभव क्यों नहीं होता? मुझे क्यों लगता है कि असंभव संभव नहीं बन सकता। प्रकृतिजन्य सत्य शापों व वरदानों से परिवर्तित नहीं किये जा सकते! भले ही हम आत्मवंचना कर लें। कथाएँ बना लें।"

गालव ने कहा, "तर्क मनुष्य को गंतव्य से भटकाता है। आप मेरी शुल्क हैं। पितृाज्ञा हैं। चलिए...उत्साह से चलिए।" माधवी व्यथित मन रथ पर आरूढ़ हो गयी।

नहीं जानती थी वह अपना अनागत जीवन।

काशी नगरी।

महान पवित्र। महान धर्मात्मा राजा दिवोदास। भिषकाचार्य धन्वन्तरी के पौत्र की नगरी। दयालु और औषध विज्ञान के मर्मज्ञ। ज्योतिर्लिंग विश्वनाथ का नगर।...कथा है कि इन्द्र ने शंबर राक्षस से सौ पुरियाँ विजय की थीं। निन्यानवें को नष्ट कर दिया और एक शेष रह गयी काशी, जिसे दिवोदास को भेंट कर दिया।

दिवोदास ने अपनी धर्मपरायणता और कर्तव्यपरायणता के कारण समस्त अधार्मिक तत्त्वों को हटा कर काशी को स्वर्गीय सुख सम्पन्न नगरी बना दी। सत्य और धर्म नगरी।

वहाँ का जन-जन सातों सुखों का आनंद ले रहा था। वहाँ की प्रजा राजा की कृपा से इतनी सुखी थी कि विश्वनाथ की नगरी काशी में विश्वनाथ को ही भूल गयी। दिवोदास आयुर्वेद का भी ज्ञाता था अतः काशी में रोग-व्याधियाँ भी नहीं थीं। ईश्वर को तो सभी दुख में ही स्मरण करते हैं। सुख में भला कौन करे?...दिवोदास अपनी प्रजा में देव समान पूजित था। विश्वनाथ हाशिए पर चले गये।

ऐसे पुण्यप्रतापी राजा दिवोदास के भव्य प्रासाद के समक्ष माधवी का रथ बढ़ रहा था। काशी गंगा की नगरी है। यहाँ लोक-मानस की जगत् तारिणी गंगा अपनी समूची विराटता से प्रवाहित होती थी।

उस गंगा के किनारे-किनारे रथ हौले-हौले चल रहा था।

माधवी को गंगा के नैसर्गिक प्रवाह ने सम्मोहित कर रखा था। वह अपलक उसे देख रही थी। कोई पाल की नाव जल-प्रवाह के बीचोंबीच जा रही थी। माधवी अपने में इतनी निमग्न थी कि उसे ध्यान ही नहीं रहा कि नगर का प्रवेशद्वार आ

गया है।

सारथी ने धीमे स्वर में कहा, "हम नगर-प्रवेश कर रहे हैं।"

माधवी चौंककर सचेत हुई।

गालव ने अपने दंड-कमण्डल को जरा ऊँचा किया और जोर से जयकार की, "जय शिवशंकर...भगवान विश्वनाथ की जय!" फिर उन्होंने माधवी की ओर देखा। वह ध्यान मग्न थी कदाचित वह शिव को स्मरण कर रही हो।

प्रासाद का मुख्यद्वार आ गया।

गालव ने द्वारपाल से कहा, "अपने महाराजा दिवोदास को जाकर कहो कि विश्वामित्र जी के शिष्य गालव मुनि आये हैं। वे इसी समय भेंट करना चाहते हैं।"

ऋषि विश्वामित्र का नाम प्रसिद्ध था। द्वारपाल ने प्रधान अमात्य को इसकी सूचना दी। प्रधान अमात्य त्वरा से गालव मुनि के पास आया। सविनय प्रणाम किया—अहोभाग्य है हमारा कि आपके चरणकमल हमारी नगरी में पड़े। अचानक अमात्य की दृष्टि रथ पर पड़ी। चौंक कर पूछा, "इस रथ में कौन है?"

"महाराजा ययाति की सुधर्मा-सुकन्या माधवी।"

अमात्य शीघ्रता से रथ के पास गया। नमस्कार करके कहा, "राजकुमारी जी, गैं प्रधान अमात्य आपका स्वागत करता हूँ। पधारिए प्रासाद में पधारिए।"

उसने एक सेवक को विशिष्ट कक्ष में ऋषि और साध्वी को ले जाने के लिए कहा। वह सीधा महाराजा दिवोदास के पास गया। सिर झुकाकर कहा, "महाराज को प्रणाम! महर्षि विश्वामित्र जी के शिष्य गालव जी और महाराजा ययाति की पुत्री माधवी पधारे हैं। मुनि आपसे किसी विशेष हेतु शीघ्र मिलना चाहते हैं।"

दिवोदास ने अपने कंधे पर उत्तरीय रखा। अमात्य से कहा, "आप उनके रहने और भोजन की व्यवस्था उनकी रुचि के अनुसार करें।"

"जो आज्ञा।" अमात्य चला गया।

महाराजा दिवोदास विशिष्ट कक्ष की ओर चले।

तब दोपहर हो रही थी।

भास्कर मेघहीन आकाश में चमक रहा था। तेज और तेज।

विशिष्ट कक्ष के आगे भी उजाला था। सेवक महाराजा की जयजयकार कर रहे थे।

जैसे ही उन्होंने कक्ष में प्रवेश किया, गालव उनके सम्मान या किसी प्रतिष्ठित व्यक्ति के आगमन पर स्वभाववश खड़ा हो गया।

"प्रणाम ऋषिराज! आसन ग्रहण कीजिए।...देवी आप भी आसन ग्रहण कीजिए।"

माधवी के आसन ग्रहण करते ही काशी नरेश ने गहरी आत्मीयता से पूछा, "धर्मावतार और कई यज्ञों के कर्त्ता महाराजा ययाति तो स्वस्थ व प्रसन्न होंगे

राजकुमारी जी।"

"वे अत्यन्त ही स्वस्थ हैं।" माधवी ने बताया। दिवोदास ने पूछा, "आपका आगमन किस उद्देश्य से हुआ है। निःसंकोच बताइए मुनिवर!"

गालव ने अपनी उलझी जटा पर उँगलियाँ फेरीं। फिर वह दाढ़ी को खुजाते हुए बोला, "जिनका कुल गौरव स्तुति के योग्य है। वैसे धन्वन्तरी वंशज काशीनरेश को मैं अपनी समस्या के समाधान का हिस्सेदार बनाना चाहता हूँ।"

"क्या है समस्या मुनिवर।"

गालव ने सारी बात बताकर कहा, "मुझे छः सौ श्यामकर्ण अश्वमेधी अश्व चाहिए। इस विकट समस्या का समाधान आप जैसा वैभवसम्पन्न दानवीर भूपति ही कर सकता है।"

दिवोदास ने एकबारगी आश्चर्य और जिज्ञासा से उसे देखा। वे स्तब्ध गंभीर भी हो गये। फिर बोले, "आपने तो मुझे धर्म संकट में डाल दिया। गालव जी। यह पुण्य सलिला पतितपावनी और सम्पूर्ण आर्यावर्त की तारणहारी माँ गंगा के कूल पर बसी नगरी है। यहाँ यह सामाजिक और धार्मिक रूप से निषेध कार्य कैसे हो सकता है? फिर मेरे पास भी दो सौ अश्व ही हैं जिन्हें मैंने कर्मकांडी विप्रों से खरीदे थे।"

गालव ने तनिक रोष से कहा, "मेरा हेतु समय-धर्म और क्रिया धर्म से भी महत्त्वपूर्ण और सार्थक है। महाराज! माधवी वह पवित्र कन्या है जो कभी किसी भी निषेध कर्म से पापिन और अपावन नहीं होती। जिस तरह आपकी गंगा का जल कभी भी अशुद्ध नहीं होता?...चाहे इसमें कितने ही निषेध फल गिरें या अशुद्ध जल, यह तो पवित्र की पवित्र ही रहेगी। उसी भाँति राजकुमारी की कोख भी कभी भी अपवित्र नहीं होगी। यह वेद ऋषि द्वारा वरदानमयी हैं।"

दिवोदास ने माधवी को भरपूर दृष्टि से देखा। पल भर के लिए दिवोदास को लगा कि अवर्णनीय अपूर्व सौन्दर्य की प्रतिमा है यह माधवी। उनका मन विचित्र मधुर तरंगों से भर गया।

गालव ने किंचित रोष मिश्रित स्वर में कहा, "आपको एक उद्देश्य की पूर्ति के लिए माधवी को अपने पास एक पुत्र होने तक रखना पड़ेगा और इसके बदले में दो सौ श्यामकर्ण अश्व देने होंगे। यह गालव ऋषि का आदेश है। यदि आपने मेरे प्रस्ताव को नहीं माना तो..." गालव की आंतरिक रोष से भृकुटियाँ तन गयीं।

दिवोदास ने सोचा कि ऋषि को नाराज करना उचित नहीं। उन्होंने स्वीकृति देते हुए कहा, "आपको नाराज करने की क्षमता मुझमें नहीं है। फिर जो कुछ हुआ है, हो रहा है और भविष्य में होगा वह ईश्वर की आज्ञा से ही तो होगा। सबकुछ विधि विधानानुसार ही तो होता है।"

"जब सब कुछ ईश्वर की आज्ञा से होता है तो फिर आप पाप-पुण्य को बीच में क्यों लाते हैं। मैं जा रहा हूँ।" गालव ने तुनककर कहा।

"नहीं मुनिवर आपका आदेश मान्य है मुझे। आपको भोजनादि करके ही जाना होगा। और हाँ आपको जिस वस्तु की दरकार हो, वह सहर्ष माँग सकते हैं।"

माधवी मौन बनी उनका वार्तालाप सुन रही थी। उसे लगा कि गालव जी किस तरह की हेय सौदेबाजी कर रहे हैं। एकदम खाये खेले कुटने की तरह।

दिवोदास ने अमात्य से कहा, "राजकुमारी माधवी को रनिवास में ले जाइए। मुनिवर के आतिथ्य की व्यवस्था कीजिए। कहीं कोई चूक नहीं होनी चाहिए।"

गालव ने कहा, "मैं गंगा स्नान करूँगा।"

"अवश्य कीजिए।"

माधवी ने एक शब्द भी नहीं बोला। बोलना व्यर्थ था। उसे पिता की आज्ञा का पालन करना था। नारीसुखानुभूति वंचित उसे चिंतन-मनन तथा विचारहीन होकर केवल उपभोग हेतु पर्यंक बनना था। उसमें निहित अनेक प्रश्नों को गरल की तरह पीना था।

गालव ने गंगा स्नान करके विश्वनाथ के दर्शन किये। फिर प्रासाद में आकर भोजन किया। बिना कुछ लिये-दिये वह चल पड़ा। न जाने किधर? अयोध्या का रथ लौटा दिया। हाँ, चलने के पूर्व उसने कहा, "महाराज! यह मेरी धरोहर है। इसकी सार-सँभाल करना आपका धर्म है।" राजा ने स्वीकृतिसूचक सिर हिला दिया।

"प्रेम?" माधवी ने सुरा के स्वर्ण-पात्र को उठाकर घूँट लिया और कहा, "मेरे लिए प्रेमशब्द अर्थवान होते-होते सदैव के लिए अर्थहीन हो गया।"

"वह कैसे?" दिवोदास ने मुस्कुराकर पूछा।

"महाराज! प्रेम को हम शब्दों में व्यक्त नहीं कर सकते। वह सर्वथा स्वरूपहीन है।...अवर्णनीय है। अपरिभाषित है। वह केवल अनुभव की भावना है और अनुभव का मुझे अवसर मिला ही नहीं। मैं तो उसके बारे में कुछ भी व्यक्त नहीं कर सकती।... महाराज! आप तो भिषगाचार्य धन्वन्तरी के पौत्र हैं? औषध विशेषज्ञ और मर्मज्ञ हैं। सुना है, आपके राज्य में इतना सुख है कि प्रजा शिव को भी विस्मरण कर चुकी है। आपने तो सर्वांग जीवन का अनुभव किया होगा?"

"यह सच है कि प्रेम का आभास अनुभव से ही प्राप्त किया जा सकता है। एक स्त्री एक पुरुष के प्रेम में कितनी तन्मयता और मग्नता से लीन होती है, यह सर्वथा अनुभव की चीज है।...फिर भी यह समझ लेना चाहिए कि प्रेम का चरमबिंदु देह है।...देह के अस्तित्व के बिना प्रेम अर्थहीन और बेमानी हो जाता है।" दिवोदास ने माधवी की देहयष्टि से गिरते अदृश्य यौवन की दीप्ति को देखा। 'यह तो अद्वितीय रूपसी है। इसे तो भोगना परम सौभाग्य होगा।'

"महाराज! आपको अभी प्रेम क्यों स्मरण हो आया।"

"यह मस्तिष्क किसी ब्रह्माण्ड से कम थोड़े ही है। कब इसमें कौन-सी भावना रेंग जाए, यह कोई नहीं जानता।...मैं सोचता हूँ कि प्रेम गुण-दोष, रंग-रूप, दरिद्रता-सम्पन्नता, कुछ भी नहीं देखता। ये सब तत्त्व तो घटते-बढ़ते रहते हैं। प्रेम में आदर्श वाक्यों का प्रयोग प्रेमी-प्रेमिका प्रलाप की सीमा तक करते हैं। यदि तुमने इसके व्यावहारिक पक्ष के बारे में सुन रखा है तो अन्ततोगत्वा यह देह ही प्रेम है।"

"देह...यह देह,...न जाने क्यों देवता और ऋषियों का तपोबल और अलौकिक शक्तियाँ इस देह के समक्ष दीन-लाचार होकर नष्ट हो जाती हैं। महाराज! यदि देह ही प्रेम है तो मैं कहूँगी कि काम-तप सब तपस्याओं से महान है।"

"माधवी सुरापान करोगी।"

"करूँगी नहीं, करना पड़ेगा।" स्वर में बुझापन था।

"क्यों?" चौंक पड़े महाराज।

"इसलिए जब मनुष्य इच्छारहित कार्य करने हेतु बाध्य किया जाता है तो उसे मद्यपान करके अपने को भूल जाना पड़ता है। लाइए, मुझे चषक दीजिए आज मुझे पीना ही पीना है।"

दिवोदास मुस्कुराए। सोचने लगे कि यदि वे आदर्श सूचक वाक्यों में फँस जाते या धार्मिक सिद्धान्तों को गालव मुनि के समक्ष उगलते रहते तो इतनी अनिंद्य सुन्दरी को भोगने का स्वर्णिम अवसर चूक जाते।...वे माधवी को चषक खाली करते देखते रहे। माधवी के एक-एक अंग-प्रत्यंग का अवलोकन करते हुए। उसके सन्निकट आते गये। माधवी ने उन्हें भावहीन आँखों से देखा। कक्ष में तेज प्रकाश था। दिवोदास और माधवी एक-दूसरे के दृष्टि विक्षेपों को समझ रहे थे। उनकी इन्द्रियाँ उत्तेजना की उदधि में नर्तन करने लगीं।...माधवी नशे में अपने को भूलने लगी। वह कुछ बुदबुदाती हुई शय्या पर मुर्दा सी पसर गयी।

दिवोदास औषधियों का मर्मज्ञ। काशी का जन-जन रोगविहीन। फिर दिवोदास अपार पौरुष का स्वामी।...उसके समस्त संयम के पर्वत खंडित होते गये। वे उसे विवस्त्र करने लगे।

माधवी को नशे में भी लगा कि कोई पर्वत-खंड उस पर गिरा है।...फिर मन्थन...साँसों का भीषण आवेग...तत्पश्चात श्लथता की शून्यता। लगा कि सर्वस्व स्थिर हो गया है। मरणासन्न।

जब सुबह मंदिरों में जोर जोर की घंटा ध्वनियाँ और नगाड़ें बजने लगे तब माधवी ने अपने नयन खोले। पर्दों के कारण अभी फीका उजास सा था कक्ष में। दिवोदास गहरी निद्रा में थे। उसने उसे देखा। मन में विचित्र ग्लानि भाव आए। माधवी को लगा कि उसकी धरित्री उसकी स्त्री, उसकी अस्मिता पुनः अपवित्र हो गयी है। महाशक्ति और महाभैरवी की प्रतीक विशुद्ध स्त्री कितनी पापपंकिल हो गयी है कि उसे अपने से ग्लानि हो रही है। क्यों स्त्री को ऊँचे-ऊँचे विश्लेषणों से अलंकृत

किया गया है। उसका जीवन मार्ग दुर्लभ है और वह सामान्य से सामान्य स्थिति भी उसके लिए दुर्लंघ्य है।

"यह धर्मात्मा दिवोदास है। अत्यन्त तेजस्वी और गुणनिधान। जिसकी काशी में सूर्य-चन्द्रमा तक रहते हैं। वही काशीनरेश एक लोलुप श्वान की तरह मुझ क्षत कुँवारी कन्या को घड़ियाल की भाँति निगल गया। मेरे भंग सतीत्व को फिर से भंग कर दिया। क्या परमात्मा इसके इसे अधार्मिक नीच पाप कर्म का दंड नहीं देगा।...ईश्वर! तेरी इस रची सृष्टि में ये कैसे-कैसे खेल-तमाशें है। कैसे-कैसे जघन्य कृत्य हैं।"

दिवोदास की नींद खुल गयी। उन्होंने देखा कि माधवी विचारमग्न सी खड़ी-खड़ी दीवार को देख रही है।

उन्होंने शय्या पर बैठकर कहा, "जय विश्वनाथ।"

कक्ष-द्वार की ओट में खड़ा सेवक यह कहता हुआ दौड़ा, "महाराजा जाग गये हैं...महाराजा जाग गये हैं।"

चंद ही क्षणों में तीन-चार दासियाँ आ गयीं। एक ने महाराजा को नीम का दातुन दिया। महाराजा ने कुल्ले किये। फिर चाँदी के गिलास से गंगाजल पिया।

"माधबी! तुम भी गंगाजल पीओगी।"

"क्यों?"

"गंगाजल से तो तन-मन दोनों पवित्र हो जाते हैं।"

"यह तो विचित्र बात हुई महाराज, पहले अपने को अपवित्र करो और फिर गंगाजल पीकर पवित्र हो जाओ। मुझे तो इन समूची क्रियाओं पर हँसी आती है।"

"क्या तुम्हें गंगा पर श्रद्धा नहीं है।"

"आत्मिक अगाध श्रद्धा है, क्योंकि वह निरन्तर प्रवाहमयी है और इस धरा को उर्वरा बनाये हुए है अन्नदात्री है। लेकिन वह इस तरह पापकर्मों को जल-घूँटों से नष्ट नहीं करती।...यह केवल मन की संतुष्टि है भ्रम भरी संतुष्टि।"

"माधवी! हमारे धार्मिक सांस्कृतिक विश्वासों पर संदेह मत करो। तुम्हारे जैसी ययातिनन्दिनी को, जो पिता की आज्ञा को ईश्वर की आज्ञा मान कर पालन कर रही है, ऐसे कलुषित विचार मन में नहीं लाने चाहिए।...तुमने तो एक नया दृष्टांत प्रस्तुत किया है कि पिता परमेश्वर से भी बड़ा है। तुम तो कुलतारिणी हो?"

"आप मुझे क्यों उपमानों से लाद रहे हैं। मुझे पता नहीं था कि पिता की आज्ञा इतनी जुगुप्सा उत्पन्न करनेवाली होगी। सोचा था कि कोई एक नृप मुझे ग्रहण करके आठ सौ श्यामकर्ण अश्व दे देगा और मैं पतिव्रता का महिमामय जीवन जीऊँगी।"

"आठ सौ श्यामकर्ण अश्व इस पृथ्वी पर एक स्थान पर मिलने संभव नहीं हैं। यदि गालव मुनि की बात को मानने से कोई अस्वीकार करेगा तो मुनि शाप से उसका अहित कर सकते हैं।...क्या पता वे कौन-सा भयंकर शाप दे डालें।"

"शाप और वरदान। कैसा विचित्र द्वन्द्वात्मक खेल है।...पल में शाप और पल में वरदान।...क्या तपस्या का श्रेय और अश्रेय केवल इतना ही है।"

"नहीं, समस्त ग्रंथ साक्षी हैं कि आसुरी प्रवृत्तियों व विकृतियों को ध्वस्त करने के लिए ही देवता और ऋषि गण तपोबल से अलौकिक शक्तियों को प्राप्त करते हैं। माधवी तुम्हें तर्क-वितर्क से दूर रह कर अपने धर्म का पालन करना चाहिए। चाहे तुम्हारा कर्तव्य कितना ही दुखदायक हो, उसे अतीव प्रसन्नता से निभाना चाहिए।"

"वह तो मुझे निभाना ही है।"

"मैं जा रहा हूँ। रात को मिलेंगे।" दिवोदास ने एक दासी को कहा, "मणिका! राजकुमारी की आज्ञा का पालन करना! इन्हें किसी भी तरह का न तो कष्ट हो और न असुविधा।"

दिवोदास चले गये।

माधवी गवाक्ष के झरोखे में आकर बैठ गयी। प्रकृति की सुरम्यता के अवलोकन में भी पीड़ाओं का अहसास करती रही।

मणिका ने सिर झुकाकर कहा, "स्वामिनी! आप स्नान कर लें तो मैं आपके लिए जलपान ले आऊँ।"

"मुझे अभी केवल एकांत चाहिए।"

मणिका चली गयी।

फिर रात्रि आगमन।

कक्ष के चतुर्दिक सन्नाटा पसरा था।

माधवी ने भोजन कर लिया था। कक्ष के आगे खुली छत थी। वहाँ से काशी नगर ही नहीं, गंगा के दर्शन भी हो रहे थे। उसमें तैरती नौकाओं में जलते दीपक झिलमिला रहे थे। किसी बड़ी नाव में मशाल जल रही थी। वह सोच रही थी कि कोई काल हो, धर्म हो, व्यवस्था हो, पर स्त्री पुरुषाधीन ही रही है।...वह क्यों अदृश्य शक्तियों, संस्कारों और अंधविश्वासों के हाथों दबी हुई रहती है। क्यों वह पुरुष के लाभोचित कर्म हेतु अपने को उत्सर्ग करती है।...यह पुरुष आदिम है। स्त्री के समागम के समय पशु-स्वभाववत। वह हर्यश्व था और यह दिवोदास। दोनों धर्मावतार लेकिन व्यवहार में सामान्यजन। स्त्री हेतु सब बराबर।

मणिका ने आकर बताया कि महाराजाधिराज पधार रहे हैं।

माधवी ने कोई प्रतिक्रिया नहीं की। वह उठकर भीतर आ गयी। शय्या पर आकर दीपक को देखने लगी। एक पतिंगा बार-बार दीया घर के शीशे से टकरा रहा था।

दिवोदास ने प्रवेश किया। आते ही उन्होंने पूछा, "कैसी हो माधवी, दिन अच्छी तरह गुजरा न?"

"हाँ महाराज, यहाँ दिन और रातें व्यतीत ही तो करती हूँ। आपकी आज्ञा और इच्छा पर ही तो जीना है। सम्पत्ति हूँ न आपकी?"

दिवोदास उसके सन्निकट बैठ गये। रहस्यमयी दृष्टि से देखने लगे। माधवी नहीं समझ पायी कि इस दृष्टि में कौन-सी भावना और भूख की दहक है।

"माधवी! मैं राजा हूँ। पावन नगरी काशी का नरेश। मुझे पर त्रिदेव प्रसन्न हैं।...तो भी मैं एक दुर्बल व्यक्ति हूँ। मुझसे देवता और तपस्वी शक्तिशाली हैं। उनको नाराज करना मेरी शक्ति में नहीं।"

"लेकिन आप मुझे...।"

"कर्तव्यों को पालन करने का ढंग हर व्यक्ति का पृथक-पृथक होता है मैं झूठ नहीं बोलूँगा कि धर्म के संदर्भ में गालव जी से मैं दीर्घ काल तक वादविवाद कर सकता हूँ पर तुम्हारे अनुपम रूप पर दृष्टि पड़ते ही मैं मुग्ध हो गया। मैंने गालव का प्रस्ताव मान लिया।...सच माधवी तुम्हारे रूप-यौवन के उजालों को अपने से दूर करना अब नहीं चाहता। झूठ बोलना महापाप होता है। वस्तुतः मेरे अन्तर्वर्ती जगत में तुम्हारी देह-पदार्थ को गति देने के लिए मैं वाचाल हो गया हूँ।...विचित्र-सी आसक्ति के तहत जकड़ गया हूँ। मैं सहसा कवित्वमय हो गया हूँ। माधवी! मैंने कई बार सोचा है कि नारी की सुन्दर देह पुरुष की काव्यमय दुर्बलता है।"

दिवोदास ने उसे बाँहों में ले लिया। उसके कपोल, अधर और अंग-प्रत्यंग को वह स्पर्श करने लगा। फिर परिरंभण।

दो रात्रि। तीन-चार...पाँच...छह माह की रात्रियाँ माधवी ने सह लीं।

यह औषधि मर्मज्ञ तो उसे सारी उम्र भोगता रहेगा। ओह! इससे मुक्ति कैसे मिलेगी? प्रभु मेरी सहायता कर..सहायता कर।

उस रात वसन्त पंचमी का उत्सव था। प्रासाद के पीछे की ओर उद्यान में मदिरा में मस्त स्त्री-पुरुष नाच-गा रहे थे। दिवोदास ने माधवी को कई बार आमंत्रण प्रेषित किया लेकिन माधवी का मन ऐसे उल्लासपूर्ण आयोजनों में भाग लेने को तैयार नहीं था। मन तो मुर्दा था। नितांत रसहीन।

जब आधीरात को दिवोदास आए तो वे नशे में धुत थे। माधवी कच्ची नींद में सोयी हुई थी। उन्होंने सामान्य कामातुर व्यक्ति की तरह उसके पृथुल नितम्ब पर जोर की थाप मारकर कहा, "इतनी जल्दी कैसे सो गयीं प्रियतमे।"

माधवी चौंककर उठी। उसने तीक्ष्ण दृष्टि से देखा जिसमें घृणा की दहक थी।

"तुम ऐसे क्यों देख रही हो? माधवी! आज उत्सव में आनंदरस बरस रहा था।

जब नृतिकाओं ने 'वर्षा नृत्य' मृदंग व वीणा की गति पर किया तो दर्शक मुग्ध हो गये। वे मदिरा में मदमस्त थे ही, आत्मविस्मृत होकर अश्लील हरकतें करने लगे।" दिवोदास माधवी की चुप्पी पर झल्ला पड़े, "तुम इतनी चुप क्यों हो? क्या तुम्हारे भीतर की यौन-ऐषणाएँ मर गयी हैं।"

माधवी ने अपना मौन भंग किया, "हाँ महाराज, मेरे भीतर की समस्त इच्छाएँ मर गयी हैं। जिस स्त्री का वस्तु की भाँति उपभोग हो, उसमें कौन-सी इच्छा-ऊर्जा रह सकती है। जिसे गत कई महीनों से ऐच्छिक वस्तु नहीं मिली हो, उसमें कोई इच्छा स्वाभाविक रूप से उमंगित हो सकती है।"

दिवोदास जड़वत। उन्हें लगा कि माधवी की स्त्री वास्तव में जड़ है। देह के अस्तित्व में वह स्वतंत्र चेतना नहीं।

दिवोदास ने उसको पर्यंक पर बिछाते हुए पूछा, "तुम कैसे प्रसन्न रह सकती हो?"

"पुत्र उत्पन्न करने पर। महाराज मुझे पुत्रवती बनाइए। आप तो भिषग हैं। धन्वन्तरी के पौत्र!...मुझे पुत्रवती बनाइए। मुझे मुक्ति दीजिए, मुक्ति इस काल कोठरी से, जो आपका वैभव-विलास कक्ष है।...यह मेरे लिए काल कोठरी है...बंदीगृह है। शोषण-गृह है।"

"इतनी सुख-सुविधा वाले कक्ष को तुम काल-कोठरी कहती हो?" स्वर में कठोरपन उभरा।

"स्त्री का मन कई बार बाहरी अपार सौन्दर्य में भी कुरूपता के दर्शन करता है क्योंकि वह भीतर से दुखी और प्रताड़ित होता रहता है। आप मेरा जिस तरह उपभोग कर रहे हैं, उससे मुझे लगता है कि मैं मानवी हूँ ही नहीं, एक जड़ पदार्थ हूँ।...आप भले ही बुरा मानें, क्या आपको अपने किये हुए पापों के नारकीय दंडों का भय नहीं?...मैं तो दीन परवश हूँ। पर आप?...आप नारी को पूजनीय भी कहते है और उसको पापिन भी बनाते हैं।...यह दोहरा मानदंड क्या आपकी आत्मा के सत्य को कौंचता नहीं?"

दिवोदास का मौन आर्तनाद कर उठा। हवा में हाथ उछालते हुए बोले, "ओह माधवी! शय्या पर आते ही फूल सी कोमल माधवी पत्थर सी क्यों कठोर हो जाती है! मैंने मुनि गालव से सौदा किया है। तुम उसे सौदे की पूर्ति हो, साधन हो, फिर शुल्क वसूलने के लिए मुझे दुखी क्यों करती हो? यदि तुम्हें यह स्वीकार नहीं था तो अपने पिता से विरोध प्रकट करतीं। हमें क्यों सताती हो!"

"यह पितृाज्ञा? मैं क्या जानती थी कि पितृाज्ञा इतनी निकृष्ट होगी। अब कहीं मुझे भी भय लगता है कि ये ऋषि अपने शापों से संकट में न डाल दे।" उसने हाथ जोड़कर रोदन भरे स्वर में प्रार्थना की "महाराज! मुझे मुक्ति चाहिए,...मुक्ति।...पुत्र उत्पन्न करिए, पुत्र।...उसकी उत्पत्ति ही मेरी यहाँ से मुक्ति है। आप मुझे भोगने के

लिए जानबूझ कर गर्भवती नहीं बना रहे हैं। जो समूची रात मेरे साथ निरन्तर सहवास कर सकता है, वह मुझे तुरन्त गर्भवती भी बना सकता है। क्योंकि आप धन्वन्तरी के पौत्र हैं। औषधियों के मर्मज्ञ...” और फूट-फूटकर रो पड़ी। और माध ावी को दूसरे माह लगा कि वह ऋतुमती नहीं हुई है। वह माँ बनने वाली है।

उसने सुख की साँस ली।...अब यहाँ से मुक्ति मिलेगी। भविष्य में किस राजा के वैभवशाली कक्ष में बंदी होना है, ईश्वर ही जानता है...सच, माधवी सोचती है। सोच कर दुखी होती है। अश्रुस्राव करती है।...कहती रहती है कि पुरुष, दैत्य-देवता सबके सब स्त्री को वास्तविक रूप में अपनी भोग्या ही समझते हैं। क्या है यह दिवोदास? धर्मनगरी का स्वामी और कर रहा है अपने ही कक्ष में घोड़ों के बदले स्त्री का उपभोग? यह कुकर्म करते हुए उसकी आत्मा काँपती नहीं? कितनी हेय-वृत्ति के हैं मेरे पिता। अश्वमेध यज्ञ करने वाले मेरे पिता। स्त्री चाहे वह पत्नी हो या माँ, बहिन हो या सखि, रखैल हो या नगरवधू, वह किसी न किसी रूप में पुरुष की वासना को ही तृप्त करती है।...उसकी अधीनता की पीड़ा ही भोगती है।... सत्कर्म-कुकर्म सबके लिए, उसे बाध्य किया जाता है।...यह पुरुष अपनी सुरक्षा और हित के लिए स्त्री का मनचाहा उपयोग करता रहता है। ओह! यह धार्मिक राजा दिवोदास जब उसके साथ संभोगरत होता है तो उसकी तन्मयता और आर्द्रता देखते बनती है।...एक दिन उन्होंने शय्या पर भोग के उन्माद में बुदबुदाया था—यह स्वर्गीय आनंद क्या ईश्वरमय नहीं है? ईश्वर ही है परमानंद! संभोग ही है एकाकार होने की विधि और परमानंद है।

तब वह इस बुदबुदाहट को सुनकर भड़क उठी थी, यह झूठ है, सरासर झूठ। भक्त और भगवान, दोनों का एक ही भावावेश और आनंद की अतिरेकता में तादात्म्य होता है, तभी ईश्वरमयता का उद्‌भव होता है।...मैं तो उस संभोग को अत्याचार मान रही थी।...मैं क्या हूँ दिवोदास के लिए, मैं क्या थी हर्यश्व के लिए और मैं क्या होऊँगी भविष्य में किसी श्यामकर्ण घोड़ों के स्वामियों के लिए?...मेरी आत्मा आर्त्तनाद करती है कि मैं उन भूपतियों के लिए मात्र रात्रि थी, भोग की वस्तु थी, तृप्ति थी। पर्यंक थी।

माधवी प्रसव-काल की उद्विग्नता से प्रतीक्षा करती रही। बीच-बीच में दीर्घान्तराल के पश्चात महाराजा दिवोदास आते थे। उसका कुशलमंगल पूछते थे—वे कम से कम हर्यश्व से तो अधिक संवेदनशील व मानवीय थे कि उसके एकान्त को बीच-बीच में कभी-कभार भंग तो करते थे।...

माधवी सोचती रहती थी कि उसे अपनी पितृाज्ञा को पूर्णता से पालन करने के क्या ऐसे ही फल मिलेंगे?

समय को कौन रोक पाया है।

प्रतीक्षा की घड़ियाँ समाप्त हुईं।

प्रसव का समय आया। श्रेष्ठ दाइयाँ उपस्थित थीं। स्वयं दिवोदास किसी भी बलात आपदा के निराकरण के लिए तत्पर खड़े थे।

प्रसव की पीड़ा भी शब्दों में पूर्णरूप से व्यक्त नहीं की जा सकती। छिपकली की कटी पूँछ की तरह माधवी तड़पती रही। चीत्कारों-सीत्कारों और तड़पों से प्रसव-कक्ष काँप रहा था।

पुत्र उत्पन्न हो गया।

पुत्र...पुत्र...पुत्र। यह शब्द प्रासाद में धीरे-धीरे ध्वनित-प्रतिध्वनि हो गया।

महाराजा ने बधाइयाँ बाँटीं।

माधवी की आँखें भर आयीं।

दिवोदास की आज्ञा से दाई उसके पुत्र को दिखाने के लिए माधवी के पास लायी तो वह अपलक निहारते-निहारते सुबक पड़ी।

दाई उसे वापस ले गयी।

माधवी सोचने लगी कि यह भी अपने पिता का पुत्र है।...अपनी माँ का नहीं।...यह कैसी समाज-व्यवस्था की विडम्बना है।

गालव ने अपने योग-बल से पता लगा लिया कि दिवोदास के घर पुत्र-जन्म गया है। अतः वह तुरन्त काशी पहुँच गया।...काशीनरेश ने उसका स्वागत किया। भव्य आवाभगत की और सहर्ष कहा, "मुनिवर आप पुत्र-जन्म के पश्चात कुँवारी हो जाने वाली सुकन्या माधवी और दो सौ श्यामकर्ण अश्व ले जा सकते हैं।"

"अश्व अभी आप अपने पास ही रखिए। नरेश्वर पुत्र का क्या नाम रखा है।"

"मुनिवर! इसका नाम आप ही रख दीजिए।"

"इसका नाम पृथ्वी पर यश फैलानेवाला प्रतर्दन रख रहा हूँ। माधवी स्वस्थ हैं न?"

"शत-प्रतिशत स्वस्थ है। मुनिवर!" दिवोदास ने गर्व से कहा, "धन्वन्तरी के पौत्र के राज्य में भला कोई अस्वस्थ रह सकता है।"

"हमें शीघ्र चलने की आज्ञा दें। अभी तक इस कन्या के बदले चार सौ अश्व और प्राप्त करने हैं।" गालव की आकृति पर चिंता के भाव आए।

"आप भोजनादि करके ही जाएँगे। यहाँ से आप कहाँ जाएँगे?"

"गरुड़ जी के बताये हुए स्थान भोजनगर ही जाएँगे।"

"मैं रथ, भोजन, जल की व्यवस्था कराये देता हूँ।"

दूसरी सुबह जब गालव माधवी को लेकर चलने लगे तो दिवोदास ने कहा, "विप्रवर! आप अपने उद्देश्य में सफल हों।"

"बैठिए, राजकुमारी जी।" गालव ने रथ की ओर संकेत किया।

माधवी ने गालव की ओर उपेक्षा से देखा। व्यंग से कहा, "मुनिवर, जो आज्ञा।" पर उसने मन ही मन गालव को 'कुटना' कहा। एक प्रतिष्ठित कुटना। एक तपस्वी

के रूप में तुच्छ कुटना।

वह घृणा से भर गयी थी। रथ चल पड़ा।

काशी के सीमान्त पर गालव ने माधवी से कहा, "माधवी! हम काशी के अंतिम छोर पर पहुँच गये हैं। आप गंगा स्नान करना चाहेंगी। मैं तो इस पावन अवसर से वंचित होना नहीं चाहूँगा।"

माधवी ने विहँस कर कहा, "मुझे यह उपाहासास्पद बात लगती है कि जितना चाहो पाप करो और गंगा स्नान करके मुक्त हो जाओ।...मुनिवर। इन तपस्वियों, देवताओं और राजाओं के चरित्रों में जो विरोधाभास हैं, जो भयंकर दुर्बलताएँ हैं, जो लिप्साएँ हैं, उनसे लगता है कि चार्वाक का कहना ही ठीक है कि जो कुछ धरती पर प्रत्यक्ष है, वही सत्य है। उनका कहना है कि न कोई देवता है और न कोई स्वर्ग-नरक।...वेदों में जो कल्पनाएँ की गयी हैं, वे मिथ्या हैं।...मैं भी मानती हूँ कि प्रतिष्ठा के मुखौटे लगाए ये देवता...ऋषि राजा मूल में तुच्छ प्राणी ही हैं।"

"वह तो घनघोर नास्तिक हैं। वे तो भोग को ही सर्वोपरि सत्कर्म समझते हैं। उनका कथन है कि ऋणं कृत्वा धृतं पियेत अर्थात कर्ज लेकर भी घी पीओ।...वस्तुतः वह हमारी वैदिक संस्कृति, देव संस्कृति और आभिजात्य संस्कृति के विरोधी हैं। वे आत्म के अस्तित्व को नकारते हैं।..."

"लेकिन देवताओं व ऋषियों में जो आसुरी वृत्तियाँ हैं, और वे जिस निश्शंकता से दुष्कर्म करते हैं, उनसे तो लगता है कि चार्वाक मुनि अधिक सत्य के सन्निकट और सार्थक हैं। उनका कहना कि जो वस्तु और विचार हमारी कल्पनाओं में आ गये, वे असत्य हैं। काल्पनिक हैं। भ्रम हैं।"

"हम जिस वस्तु या विचार के अस्तित्व को नकारते हैं, इसका सीधा तात्पर्य यह तो नहीं है कि हमने उस अस्तित्व को स्वीकारा है।"

"नहीं मुनिवर, जिस वस्तु और विचार को जन-जन ने स्वीकार कर रखा है, उसका खंडन करने का तात्पर्य सीधा है कि खंडनकर्त्ता प्रचलित बातों का खंडन कर रहा है। न कि वह उन्हें नकारात्मक रूप से स्वीकार कर रहा है।" सहसा जैसे वह स्मरण करके बोली, "मुनिवर, आप गंगा स्नान करके लौट आइए।"

गालव झेंप गया। वह गंगा स्नान करके तुरन्त लौट आया। माधवी इस बीच सोच रही थी कि यह कैसी व्यवस्था है? क्या दोष दुर्बलों का ही देखा जाएगा। उसने दो पुत्र उत्पन्न किये। कोख की असह्य पीड़ाएँ भोगीं और परिणाम शून्य।...उसे उसके पुत्र क्यों नहीं मिले? मानवीय भावनाओं के ये तो नितांत व्यावसायिक रिश्ते हुए।...सम्पत्ति के बदले उत्पाद।

"सारथी, चलो।" गालव ने सारथी को आदेश दिया।

रथ चल पड़ा। गालव विचारलीन था। मूक बना रथ के साथ-साथ चल रहा था। अचानक एक धरती से बाहर निकले पत्थर के टुकड़े से गालव को ठोकर लगी, वह धड़ाम से गिर पड़ा। सारथी ने रथ रोक लिया। माधवी घबराकर नीचे उतरी। वह गालव के सन्निकट पहुँची।

अपनी पीड़ा को भूलकर गालव भयभीत सा चिल्लाया, "मुझे छूना मत...मुझे छूना मत...मैं ब्रह्मचारी हूँ। मेरा ब्रह्मचर्य व्रत आपके स्पर्श से भंग हो जाएगा।"

माधवी प्रतिमा की भाँति खड़ी हो गयी। निश्चल और हतप्रभ। गालव के बाएँ घुटने की चमड़ी उतर गयी थी। थोड़ा-सा रक्त निकल आया था।

माधवी एकाएक खिलखिला पड़ी। बोली, "मुनिवर! अवश्य आपने मनसा, वाचा और कर्मणा से गंगा-स्नान नहीं किया। कहीं न कहीं चूक रह गयी थी, तभी तो आप गिर गये।"

गालव ने माधवी की ओर आग्नेय-नेत्रों से देखा। वह भी दुर्वासा की तरह इस साधारण बात पर माधवी को शाप दे ही डालता जैसे शकुन्तला को दुर्वासा ने दिया था। पर उसे गुरुदक्षिणा के लिए इसका अभी उपयोग करना था। वह अपने क्रोध को विष-घूँट की भाँति पी गया।

रुका हुआ रथ चल पड़ा।

निर्जन-पथ।

गालव ऐसा चुप था जैसे उसने मौनव्रत धारण कर रखा हो। माधवी ऊब गयी थी।

"मुनिवर!" इस बार उसने मन ही मन फिर कुटना कहा। बोली, "क्या किसी स्त्री के स्पर्श से ब्रह्मचर्य व्रत भंग हो सकता है।"

"हाँ।" दबाव भरे स्वर में वह बोला।

"तो क्या भीष्म पितामह का ब्रह्मचर्य व्रत भंग हो गया था? वे तो अम्बा-अम्बिका का अपहरण करके लाये थे। केवल स्पर्श ही नहीं उनका परस्पर अंग-प्रत्यंगों का घर्षण भी हुआ था।"

गालव क्रोध में तमतमा उठा। हवा में हाथ, उछालकर वह बोला, "माधवी! मैं आपका सम्मान कर रहा हूँ, इसका तात्पर्य यह नहीं है कि आप पूजनीय व्यक्तियों का परिहास करें? यदि मुझे गुरुदक्षिणा की विवशता नहीं होती तो मैं आपको इस अशिष्टता के लिए दंड दे देता।"

"मेरे कारण आपको संताप पहुँचा, इसके लिए मैं आपसे क्षमा माँग रही हूँ। गर्भवती होने से लेकर प्रसवकाल तक के खाली समय में मैं अध्ययन ही करती रही। कहते हैं कि तर्क-वितर्क और कुतर्क सत्य के सन्निकट पहुँचने में सहायता करते हैं। मेरे वैचारिक प्रश्नों को आप अन्यथा मत लीजिए। पुनः क्षमा याचना।" वह कृत्रिम रूप से विनम्र हो गयी।

रथ आहिस्ता-आहिस्ता चल रहा था।

गालव ने पूछा, "माधवी! आप एक प्रश्न का सच-सच उत्तर दीजिए। आपको जब पितृाज्ञा इतनी पीड़ादायक अत्याचारों भरी लग रही है फिर आपने उसे माना ही क्यों? जब पिता ने शुल्क के रूप में आपको अश्व प्राप्त करने के लिए प्रदत्त किया तो आपने विरोध क्यों नहीं किया? आपको सम्पूर्ण अन्तःस्थितियों को विस्तृत रूप से जानकर ही हाँ कहना चाहिए था।"

माधवी की आकृति अवसाद से ढक गयी। कितनी ही अव्यक्त वेदनाएँ मुख पर मुखरित हो गयीं। आक्रोश भरे स्वर में बोली, "यदि मैं यह जानती कि पितृाज्ञा इतनी निकृष्ट व त्रासदायक होगी तो कदाचित मैं स्वीकारती ही नहीं। मैंने सोचा था पितृाज्ञा का मानना अत्यन्त ही धर्ममय श्रेष्ठ कर्म है। मैं समझती थी कि कोई भी वैभव सम्पन्न राजा, देवता या ऋषि आठ सौ श्यामकर्ण अश्व देकर मुझे पत्नी के रूप में ग्रहण कर लेगा और मैं सुखी दम्पति का सम्मानजनक जीवन यापन करूँगी। मेरा एक गणिका की तरह उपयोग-उपभोग होगा, यह मैं स्वप्न में भी नहीं सोचती थी। मैं नहीं जानती थी कि पितृाज्ञा के कारण पतिता का जीवन जीना होगा। मेरे सहज-सरल जीवन में विकट-विसंगतियों और विद्रूपताओं का प्रादुर्भाव होगा। मेरे भीतर जो अग्नि, जल, वायु, पृथ्वी, और आकाश हैं, वे क्रमशः दूषित व धूमिल होते जाएँगे तो मैं पितृाज्ञा की अवज्ञा कर देती। मैंने तो उसे परम्पराओं व संस्कारों के काल-धर्म के अन्तर्गत स्वीकार किया था।...लेकिन उसके सांघातिक पीड़ा देनेवाले दुष्फल से मैं क्लांत हूँ। मेरे अस्तित्व की मजबूत नींवें चरमरा उठी हैं। मुझे झकझोर दिया है। मेरे भीतर के समग्र संग्रामों को धराशायी कर दिया है। अब भी मैं नहीं जानती कि भविष्य में ये तत्त्व मुझमें रहेंगे या नहीं?...पिता के कहने मात्र से मुझे इस आज्ञा को नहीं मानना चाहिए था। इस आज्ञा के फलाफल को पहले समझना चाहिए था। मैं पितृाज्ञा की पालना कर रही हूँ, इस घमंड में डूबना नहीं चाहिए था। ...बहुत विचारना चाहिए था मुझे। सोचना चाहिए था कि यह आज्ञा मेरी दुर्गति कर देगी। बहुत दुखी हूँ अब मैं। मैं पूछ सकती हूँ कि जिन्होंने सदैव धर्म की सोच रखी, उन्हें मेरी दुर्दशा व दीनता पर दया नहीं आती। आप क्या इतने निर्बल हैं कि अपने तपोबल से या ऋचीक की तरह किसी देवता को प्रसन्न करके अश्व उत्पन्न नहीं कर या करा सकते थे?"

गालव क्रोध में तमतमाकर बोला, "माधवी! अपने पिता के हित व सम्मान का ध्यान रखो वरना ऋषि का क्रोध!"

"क्षमा...मुनिवर...क्षमा!" माधवी ने सिर झुकाया।

"माधवी तुम्हारा और तुम्हारे पिता का कल्याण इसी में है कि तुम यथास्थिति और नियति में रहो।" गालव का मुख आरक्त हो गया वरना दुष्परिणाम का दायित्व आप पर होगा।

एक अज्ञात भय से घिर गयी माधवी।

इसके बाद उसने जरूरत के अतिरिक्त मौन नहीं तोड़ा।

रथ चल रहा था। वन-वीथियों व नगरों को पार करता हुआ।

भोजनगर।

उसके महाराजा उशीनर का अपना निजी कक्ष जो अनेक सुखदायक वस्तुओं से सजा था। मखमली शय्या। भाँति-भाँति की मदिराएँ।...

माधवी अत्यन्त सादगी से बैठी थी। उशीनर ने प्रवेश किया। माधवी ने कोई भी प्रतिक्रिया नहीं की। निश्चल बैठी रही। उशीनर का व्यक्तित्व प्रभावशाली कम था। रंग भी अधिक गोरा नहीं था।

उन्होंने माधवी से काफी दूर बैठते हुए कहा, "तुम उदास क्यों हो?"

"मैं उदास हूँ तो भी प्रसन्न हूँ और प्रसन्न हूँ तो भी उदास हूँ। वस्तुतः मैं अपने से ही अपरिचित हो रही हूँ।"

"माधवी! गालव ऋषि ने मुझसे दो सौ श्यामकर्ण अश्वों के बदले एक पुत्र के जन्म होने तक तुम्हें अपने संग रखने तथा भोगने का सौदा किया है।"

"क्रोध मत कीजिएगा? इसे आप न्याय कहेंगे। गालव जी को ऋषि कहेंगे?"

"न्याय-अन्याय की परिभाषा तो उसके हेतु को देखकर ही की जा सकती है। तुम चारों ओर दृष्टिपात करके देखो तो सही, काल के बोध को समझो तो सही।...लग रहा है कि सम्बन्धों की गरिमा क्षीण होती जा रही है।...स्त्री गरिमाहीन होती जा रही है। अहल्या के साथ देवताओं के देव इन्द्र का बलात्कार क्या क्षम्य है? सौभरि मुनि ने योगबल से युवारूप धारण कर लिया और युगों तक अपनी पचास पत्नियों से भोग-विलास करते रहे? यह दुर्दशा स्त्रियों की सहने लायक है?...समस्त समर्थ जन ने इस कालधर्म को अपनी इच्छानुसार करके दूषित कर दिया है। मैं कहता हूँ जन-कल्याण की भावनाएँ समाप्त हो गयी हैं और लालसाओं तथा वासनाओं के मकड़जाल फैल गये हैं।"

"आपने मुझे स्वीकार किया, क्या इससे आपकी आत्मा प्रसन्न है। यह क्या धार्मिक आचरण है?"

उशीनर खड़ा हो गया। उसके नाक-नक्शे आकर्षक भले ही न हो पर वह सामान्य प्राणी से अधिक ही लम्बा-तगड़ा था।...शरीर लोहे की तरह कठोर। भुजाएँ लम्बी और सीना फूला-फूला। बाँहों की मछलियाँ अत्यन्त सौष्ठव। नेत्र एकदम काले स्याह चमकदार। दाँत मोतियों की भाँति उज्ज्वल।

उशीनर ने चहलकदमी करके कहा, "मैंने यह सौदा बहुत विवशतावश किया है। कारण भी स्पष्ट है कि मैं पुत्रहीन हूँ। मेरे वंश की मेरे पश्चात इतिश्री हो जाएगी।

मेरा रक्त पवित्र और शुद्ध है तथा तुम्हारा रक्त भी उतना ही पवित्र और शुद्ध है। महाराजा ययाति नहुष-पुत्र हैं।...ऐसी शुद्धता पृथ्वी पर कहाँ मिलती है। तुम्हारे और मेरे समागम के बाद जो भी संतान होगी, वह तो कुल-गौरव को बढ़ानेवाली ही होगी। जब कोई प्राणी पुत्र का पिता बन जाता है तो वह अन्ततोगत्वा एक शांत व सुखद मृत्यु पाता है। उसकी मृत्यु अर्थवान हो जाती है।"

"क्यों?" हथेली पर मुँह लटकाकर माधवी बोली।

"क्योंकि वह जानने लगता है कि उसका एक वंश संचालक भी है और वह पीढ़ियों तक उसके वंश के अस्तित्व को बनाये रखेगा।"

"लेकिन मेरी मर्मान्तक वेदना क्या सर्वथा निष्फल है? उस पर कोई क्यों नहीं सोचता?"

वह माधवी के सन्निकट बैठ गया। बोला, "मैं उस पीड़ा को आत्मसात कर रहा हूँ। माधवी मैं पुत्रहीन हूँ और तुम वंश-वर्धन करनेवाली हो, फिर भी मैं तुम्हें मात्र वस्तु नहीं समझूँगा।...इस काल का सच तो यह है कि स्त्री मूल्यहीन है।...उसकी देह उपभोग की वस्तु है, फिर भी मैं चाहता हूँ कि तुम मुझे पुत्र उत्पन्न करने की सहमति दो। मैंने ज्ञानियों से सुन रखा है कि यदि स्त्री अन्तरात्मा से सहवास करके पुत्र जनती है तो वह पुत्र उनके अनुकूल होता है मैं सर्वगुण सम्पन्न, महायोद्धा और यशार्जन करनेवाला पुत्र चाहता हूँ। न कि कोई चलता-फिरता मांस का लोथड़ा।"

उशीनर शीघ्रता से कक्ष के बाहर हो गये।

माधवी विस्मित और विमूढ़। अन्तःपुर का यह कक्ष एकदम मौन।

समीर के मंद झोंके के कारण दीपक लौ में हलका कम्पन आया। प्रकाश हिला। उसने जीवन्तता का अहसास कराया।

उसने सेविका 'लतिका' को पुकारा। मदिरा माँगी। दो घूँट पीकर सोचने लगी कि महाराज को यदि मैंने स्वेच्छा से समागम की स्वीकृति नहीं दी तो यहाँ से मुक्ति नहीं होगी। यहाँ से मुक्ति तो पुत्र उत्पन्न करने के पश्चात ही मिलेगी? उसे शीघ्रतिशीघ्र मुक्ति पा लेनी चाहिए!

उसने लतिका से कहा, "जाओ, महाराज को बुलाकर लाओ" लतिका चली गयी।

शून्यता ने फिर माधवी का घेराव कर लिया। सब कुछ स्थिर।...

महाराजा वापस आए।

माधवी ने अपने को सचेत करते हुए कहा, "आपकी उदारता और दूसरे की भावनाओं के सम्मान के लिए मैं आपका आदर करती हूँ। व्यक्तिगत रूप से मैं मानने लगी हूँ कि आप में जबरदस्ती करके किसी को प्राप्त करने की प्रवृति नहीं है जो सामन्ती संस्कृति का एक हिस्सा है।...लेकिन मेरी मुक्ति भी तो पुत्र उत्पन्न करने के बाद ही होगी। महाराज! मैं तो अपनी स्थिति को लेकर असमंजस में हूँ।

भँवर में फँसी उस नैया समान हूँ जिसमें भँवर से निकलने की क्षमता नहीं है।... पितृाज्ञा और गुरुदक्षिणा! मेरा शरीर और आठ सौ अश्व। मैं अपने को जड़ नहीं बना पाती पर दूसरे मुझे जड़ ही समझते हैं।"

"माधवी! मन को निर्मल रखो। सुभद्रा ने जिस तन्मयता और एकाग्रता से गर्भ धारण किया और उसके बाद वह वीरपति की शौर्य गाथाएँ सुनती रही। तभी तो अभिमन्यु ने गर्भ में ही चक्रव्यूह भेदन की कला सीख ली थी। मैं भी शक्तिमान व गुणवान पुत्र की इच्छा रखता हूँ।"

"आप सही कहते हैं।...आप जरा सोचिए कि हमारे बीच कोई सम्बन्ध है। किस आधार पर...?"

जलता प्रश्न?

"माधवी! कोई सम्बन्ध नहीं है। मिथ्या नहीं बोलूँगा। मेरे और गालव मुनि के बीच एक सौदा तय हुआ है, उस सौदे के अन्तर्गत ही मैं तुमसे पुत्र की चाह रख रहा हूँ। यदि मेरे पुत्र होता तो मैं इस निकृष्ट होड़ को स्वीकार नहीं करता। ऐसे ही अश्व दे देता।...मैं संवेदनशील हूँ। तुम्हारी भाँति मैं भी दुर्वह चिंताभार को ढो रहा हूँ कि ऐसी विषम विकट और अपमान भरी स्थितियाँ मनुष्य के समक्ष क्यों खड़ी हो जाती हैं!"

माधवी को उशीनर की बातें अच्छी लगीं। हर्यश्व व दिवोदास की अपेक्षा यह राजा भावनाशील और दूसरे की भावनाओं का सम्मान करनेवाला तो है।...उसकी इच्छा पर ध्यान तो रखनेवाला है।

माधवी ने कहा, "आदिकाल से स्त्री को पुरुषों ने अपनी मर्जी का खिलौना ही समझा है। सत्ता व्यवस्था, धर्म, नियम दंड-व्यवस्था पुरुषों ने अपने हितों के दृष्टिकोणों से रची हैं।...उस व्यवस्था ने कुछ कुलीन विशिष्ट वर्गों को तो कई अपराधों से मुक्त भी रखा है। महाराज! मैं अपनी सहमति देती हूँ कि आप मुझे शीघ्रातिशीघ्र मुक्त कर दीजिए। आपको मिलाकर छः सौ अश्व ही होंगे। ईश्वर जानता है कि दौ सौ अश्वों के लिए मुझे किसके कक्ष की शोभा बनना पड़ेगा?"

उशीनर के मधुर और प्रेमिल स्वभाव से माधवी को राहत मिली। एक अबूझ लगाव उन दोनों के बीच जन्मा जो कहीं न कहीं उसे तुष्टि देता है, जो समर्पण करते हुए किसी स्त्री को मिलता है।

कुछ समय बीतने के पश्चात उसे लगा कि उशीनर के पुत्र-योग है कि नहीं? सरितकूलों, पर्वत की सुरम्य घाटियों, निर्झरों के कलकल नाद करते जल-प्रवाहों के सन्निकट, पर्वत की घाटियों में उशीनर माधवी को लेकर विहार करते थे और खूब आनन्दमग्न रहते थे।

आखिर उसका संयम टूट-सा गया। एक दिन रात्रि की शून्यता में माधवी ने पूछ लिया, "महाराज! यदि आप क्षमा करें तो मैं कुछ पूछूँ।"

"तुम अपने मन की हर शंका का निवारण कर सकती हो?"

"बरस बीतने को है, मैं गर्भवती नहीं हुई। क्या आपके पुत्र-योग लिखा है।"

"नहीं मेरे नहीं, तुम्हारे पुत्र-योग लिखा है।...गालव मुनि के वचन कभी मिथ्या नहीं हो सकते। तुम चार पुत्रों को जन्म देनेवाली हो, इसलिए तुम्हारे पुत्र होगा ही।"

"पर आपके भाग्य...।"

उशीनर विहँस पड़े, "माधवी! मेरा भाग्य तुम्हारे भाग्य का प्रतिद्वन्द्वी नहीं है। क्योंकि तुमसे मेरा कोई भी सम्बन्ध नहीं है। यदि तुम मेरी विवाहिता होतीं तो मेरे भाग्य और तुम्हारे भाग्य दो नहीं होते।...इसलिए तुम पुत्र उत्पन्न करके मुझे वंशधारी बनाओगी।"

"लेकिन कब?"

"यह तो ईश्वर जाने।"

"हमें मंदिर चलना चाहिए। महाराज! मैं शिव भगवान को प्रार्थना करूँगी कि वह आपको पिता बनाएँ और मुझे मुक्ति दिलाएँ।"

"कल सुबह चलेंगे।" वे निद्रा निमग्न हो गए।

सुबह वे दोनों पवित्र होकर शिव मंदिर गये। पुजारी ने महाराजा को देखा तो वह शिव की जगह, उशीनर के स्वागत हेतु मंदिर के बाहर आया और उनके सामने श्रद्धापूर्वक हाथ जोड़कर खड़ा हो गया।

महाराजा के पाँच सेवकों के हाथों में पूजा की सामग्री के थाल थे। महाराजा और माधवी ने अलग-अलग वन्दना की क्योंकि वे दोनों पति-पत्नी नहीं थे।

महाराजा ने शिव से प्रार्थना की कि उसे पुत्रवान बनाएँ।

माधवी ने हाथ जोड़कर कहा, "मैं नतमस्तक होकर प्रार्थना करती हूँ कि तुम मुझे गर्भधारण की क्षमता दो। मैं सच्चे मन से प्रेमसिक्त समर्पण करूँगी। मेरी ज्वलंत आसक्ति को तुम्हीं शीतल कर सकते हो।...हे विषपायी! मेरी मुक्ति का मार्ग प्रशस्त करो।"

इसे कार्य-कारण का सम्बन्ध ही कहेंगे कि उसके दूसरे माह ही माधवी गर्भवती हो गयी।

उसकी खुशी का ठिकाना नहीं। वर्ष भर में यहाँ से भी मुक्ति मिल जाएगी। उसने बार-बार शिव को नमन किया और उनका आभार माना।

महाराजा को उसने यह शुभ-संवाद सुनाया। वे माधवी को बाँहों में लेकर बोले, "यह सब शिव-कृपा है। मुझे शिव-शंकर पर भरोसा है कि वह मुझे श्रेष्ठ संतान ही देंगे।"

"और मुझे मुक्ति...? अपने पिता की आज्ञा का तीन चौथाई हिस्सा तो पूरा

हुआ। अब एक चौथाई के लिए मुझे कौन सी क्षतिपूर्ति करनी पड़ेगी यह ईश्वर जाने? आप जैसा संवेदनशील व्यक्ति भविष्य में भी मिल गया तो अधिक पीड़ा की अनुभूति नहीं होगी।"

उशीनर की आकृति पर कोमल रहस्य का आवरण छा गया। वह बोला, "वस्तुत तुमने अपने अनंत प्रेम से मुझे मोहित कर लिया है। मैं जहाँ अपने शरीर के एक इतिहास को विराम लगाता हूँ, पुनः वह इतिहास शुरू हो जाता है। कहने का तात्पर्य यह है कि तुममें कोई चुम्बकीय शक्ति है, इसलिए एक तृप्ति के साथ दूसरी इच्छा तृप्ति के लिए व्याकुल होने लगती है। यह निरन्तर रहनेवाली अतृप्ति ही तुम्हारा रहस्य है, अविस्मरणीय शक्ति है।"

"स्त्री मनुष्य योनि में सर्वोपरि है पर पुरुषों ने कभी भी उसे पूरे मन से मनुष्य नहीं समझा तथा सदैव मर्यादा, धर्म, नैतिकता के बन्धन में बंदी बनाए रखा और न्याय करने तक में भेद रखा।"

उसी समय दासी ने आकर कहा, "महाराजा की जय, अमात्य 'प्रासाद' न्याय कक्ष में दो अपराधियों को लेकर पहुँच गये हैं।"

माधवी ने महाराजा की ओर देख कर पूछा, "कौन से अपराधी? उन्होंने क्या अपराध किया है?"

"विचित्र मामला है। एक पत्नी ने अपने पति की हत्या कर दी?"

"क्या मैं आपके साथ चल सकती हूँ?" माधवी ने विनम्रता से पूछा।

"क्यों नहीं, पर तुम मेरे साथ मेरे सिंहासन पर नहीं बैठ सकतीं।" आगाह किया महाराज ने।

"क्यों?"

"क्योंकि राज्य धर्मानुसार तुम मेरी पत्नी नहीं हो। महारानी नहीं हो।"

"फिर आप अपने पुत्र को जन्म देनेवाली स्त्री को क्या कहेंगे?" माधवी ने गंभीर होकर पूछा।

"वह पुत्र जन्म देनेवाली साधन मात्र कहलाएगी यदि वह विवाहिता नहीं है तो? कोई न कोई श्रेष्ठ-अश्रेष्ठ, सम्बन्ध तो होना ही चाहिए। तत्कालीन मान्यताओं व मूल्यों के इतर कोई भी कार्य स्वतंत्र अस्तित्व नहीं रखता। कर्त्ता अपने को बहिष्कृत समझने लगता है। जैसे कुंती अपने पुत्र कर्ण को अपने आँचल में नहीं छुपा सकी।...माधवी! तुम्हारी स्थिति भी दीनहीन है। मान्य नैतिक मर्यादाओं व उसके अन्तर्गत प्राप्त अधिकारों के कारण ही हम गर्व से समाज, परिवार और देश में जी सकते हैं।"

"महाराज! अपने अस्तित्व की मैं कोई परिभाषा ही नहीं कर सकती।"

"चलो, न्यायकक्ष में चलें।" बात बदल दी।

माधवी को लगा कि पुरुष पुरुष ही होता है। उसने अपने को बहुत ही सुरक्षित

बना लिया है।

वह उशीनर के साथ न्यायकक्ष में आ गयी।

अपराधिन ने सिर झुका रखा था। उसका मुख म्लान था और उसके नयनों में क्षितिज के फैलाव का सन्नाटा था। अथाह विषाद था।

सारे न्यायकर्त्ता उशीनर के आगमन पर खड़े हो गये। जयकार की। उशीनर बैठ गये। पूछा, "क्या मामला है?"

एक न्यायकर्त्ता ने कहा, "महाराज! यह युवती जिसका नाम सुलक्षणी है पर इसमें कोई श्रेष्ठ लक्षण नहीं है। यह सौन्दर्य-सरोवर में नहाई कोई अप्सरा है। छोटी जाति की है और इसके पिता का कोई अता-पता नहीं है अतः यह सर्वथा वर्णसंकर है। इसके अनुपम सौन्दर्य और खंजनचटुल नयनों के बाणों से आहत होकर एक श्रेष्ठि पुत्र 'अभिराम दत्त' इस पर मुग्ध हो गया। इसके प्रेम-पाश में ऐसा बँधा कि लाचार अभिराम दत्त के पिता को विवश होकर इससे अपने पुत्र का विवाह करना पड़ा। चूँकि सुलक्षणा निम्न जाति की थी अतः इसके पिता ने एक हजार स्वर्ण मुद्राएँ माँगीं जिसकी भरपाई श्रेष्ठि द्वारा कर दी गयी।"

"इस सुलक्षणा के कारण श्रेष्ठि-पुत्र इतना कामासक्त हो गया कि रात-दिन भोग-विलास में ही पड़ा रहता था। महाराज! आप जानते हैं कि वासना का कोई अंत नहीं, यह तृष्णा को बढ़ाती ही जाती है।...इसी अग्नि में जलते हुए श्रेष्ठि पुत्र परस्त्रीगमन करने लगा। गणिकाओं के यहाँ जाने लगा।...फिर न जाने क्या हुआ कि इसने एक रात अपने पति की हत्या कर दी।"

उशीनर ने पूछा, "क्या तूने अपने पति की हत्या की। सच-सच कहना।"

"हाँ महाराज।"

"क्यों?"

"क्योंकि स्त्री धरती है। धरती की सहिष्णुता की उपमा किसी से नहीं दी जा सकती पर उसमें भी भूकम्प आता है। मेरा पति अभिराम दत्त निकृष्ट कोटि का विलासी था। मेरे रूप पर आसक्त होकर उसने मुझसे विवाह किया पर अपनी विचित्र अकथनीय यौन प्रवृतियों से मुझे निरन्तर आहत करता रहता था। विवाह के पूर्व वह मुझे पूरी स्वतंत्रता देने के पक्ष में बातें करता था।...एकनिष्ठ प्रेम का घोष करता था। पत्नी की गरिमा बनाये रखने की सौगन्ध खाता था। लेकिन चंद ही दिनों में मुझे पता चला कि यह भी अन्य श्रेष्ठिवरों के पुत्रों की भाँति लम्पट और दुश्चरित्र है। इसका कई स्त्रियों से सम्पर्क है और यह अपने पिता के धन का जोरों से अपव्यय कर रहा है।...मैंने जब इन बातों का तीखा विरोध किया तो यह मेरा दैहिक रूप में शोषण करने लगा और भाँति-भाँति की यंत्रणाएँ देने लगा।...महाराज विवाह और विवाह के बाद गर्भ धारण करना यह प्रकृति जन्य स्त्री की नियति है पर विवाह के कारण पति पत्नी को भयाक्रान्त रखे, यह अन्याय नहीं।...पृथ्वीनाथ! मेरे पति की

आर्थिक स्थिति ज्यों-ज्यों खराब होती गयी त्यों-त्यों उनके पिता उनके प्रति निष्ठुर और कंजूस होते गये। अपनी ऐय्याशी की कमी के कारण वे कुंठित होकर मुझ पर पाशविक अत्याचार करने लगे। मैं कोई क्रीतदासी तो नहीं थी, विवाहिता थी, विरोध करने लगी। जब वे दास-दासियों के समक्ष प्रकाश-मैथुन करने लगे तो सब कुछ दुर्वह और घिनौना लगने लगा। फिर इन्होंने मेरे साथ इतना अमानवीय व्यवहार किया कि मेरे धैर्य का गुब्बार फट पड़ा और मैंने भयंकर क्रोध व घृणा से अपने पति की कटार से हत्या कर दी।...मुझे आप मृत्यु-दंड दीजिए क्योंकि मैं जीवन से डरने लगी हूँ।"

"तुम्हें इसका कोई पश्चात्ताप है।"

"नहीं पृथ्वीनाथ, मुझे इसका कोई भी पश्चात्ताप नहीं है। क्योंकि मैंने जब पति-हत्या की थी तब मैं दुर्दान्त पीड़ाओं से ग्रस्त थी। क्षण की चेतना से शून्य थी। भयंकर क्रोध व घृणा थी। पति की हत्या के बाद मुझे चेतना हुई तब तक तो सारा खेल ही समाप्त हो गया था।"

"तूने अपराध तो किया ही है। रक्त-सम्बन्ध, रक्त की पवित्रता और रक्त के गौरव का तूने हनन किया है और अन्य सुरक्षात्मक तथा न्यायपरक लड़ाइयों को बिना लड़े पति की हत्या जैसा घृणित अपराध भी किया है। न्यायकर्ता तुझे क्या दंड देंगे, यह न्याय व्यवस्था पर निर्भर है।"

"इसने अक्षम्य अपराध किया है। इसने स्वर्ण और आभिजात्य वर्ग के प्रतिष्ठित व्यक्ति की हत्या की है। पददलित स्त्री का इतना घृणित दुस्साहस? कल तो इस राज्य के सारे दलितजन आभिजात्य लोगों के साथ अपनी औकात भूल कर रक्तरंजित खेल खेलने लगेंगे। इसे कठोर से कठोर दंड देना चाहिए।" एक न्यायकर्त्ता ने कहा।

अन्य न्यायकर्ता समवेत स्वर में बोले, "हाँ-हाँ, इसे कठोरतम दंड दिया जाना चाहिए।"

माधवी भीतर ही भीतर कशमशा रही थी। हालाँकि उसके पास बोलने के कोई अधिकार नहीं थे, फिर भी उसने बलात खड़े होकर पूछा, "क्या महाराज! मुझे बोलने की यदि आज्ञा दें तो कुछ निवेदन करूँ।"

उशीनर ने उसे प्रश्नवाचक दृष्टि से देखा। कहा, "माधवी! मैं आपको न्याय-व्यवस्था में हस्तक्षेप करने का कोई अधिकार नहीं दे सकता। लेकिन हम व्यक्तिगत रूप से उत्सुकतावश आपकी बात सुनना चाहेंगे।"

माधवी ने उपस्थिति पर दृष्टिपात करके कहा, "महाराज! ऐसी ही घटना जन्मजात अंधे दीर्घतमा ऋषि और प्रद्वेषी के बीच हुई थी। दीर्घतमा वासना के भयंकर आगार थे। आठों पहरों का अधिकांश समय उनका मैथुन में व्यतीत होता था। वे तिमिर-मैथुन तो करते ही थे, साथ ही वे प्रकाश-मैथुन के भी भयंकर रूप से आदी हो गये थे। जब उनके पुत्र सुरभि, गौतम आदि बड़े हो गये तो भी उन्होंने निर्लज्जता

नहीं त्यागी। इधर युवा बेटे और उधर ऋषि का भयंकर मैथुन का स्वभाव। वे प्रद्वषी के समझाने पर समझे नहीं। मना करने पर भी नहीं माने। अंत में दुखी होकर ऋषि पत्नी ने अपने पुत्रों को पिता की हत्या करने का आदेश दे दिया। पुत्र भी पिता के निकृष्ट स्वभाव से माँ को अपमानित करने के दृश्य लगातार देख रहे थे। वे इसे पिता का अत्याचार समझने लगे।...युवा पुत्रों के समक्ष मैथुन। कब तक इस मानसिक यंत्रणा को कोई सहता? दुखी होकर पुत्रों ने पिता को नदी में फेंक दिया। किसी ने भी प्रद्वेषी को दंड नहीं दिया।...न ही पुत्रों को अपराधी घोषित किया गया।... महाराज! स्त्री की सहिष्णुता की भी सीमा होती है। मैं प्रार्थना करूँगी कि इसे दलित समझ कर अपराधी नहीं माना जाए।...देखना यह चाहिए कि उसने जानबूझ कर तो ऐसा नहीं किया। इसके बयान से लगता है कि अथाह यंत्रणाओं से पीड़ित होकर इसने यह अपराध किया है। अस्तित्वगत वास्तविकता के दोहन की परिसीमा की प्रतिक्रिया क्या हो सकती है महाराज। आप सोचिए?"

माधवी ने अपना स्थान ग्रहण कर लिया।

क्षणिक सन्नाटा छा गया।

महाराज उशीनर ने कहा, "राजकुमारी माधवी की बात सटीक है पर हमारा मामला अलग है। दीर्घतमा किसकी प्रजा थे, पता नहीं। उन्हें केवल उनका राजा ही दंड दे सकता था। यह माधवी को मान लेना चाहिए कि राजा केवल अपनी प्रजा को ही दंड दे सकता है।...राजा अपनी प्रजा का ही प्रतिनिधि होता है। वह उसकी सम्पदा और प्राणों की रक्षा करता है।...न्याय व्यवस्था न्यायकर्त्ता बनाते हैं। उसे राजा और न्यायकर्त्ता सोच कर लागू करते हैं इस व्यवस्था के अन्तर्गत जो भी दंड इस अपराधिन को देना है, दिया जाएगा।...यदि शूद्र जाति में दंड-व्यवस्था अन्य तीन वर्णों से पृथक है तो उसे वही दी जाएगी। जिस काल का न्यायदंड जो होगा, उसे अधिक मनुष्यता के परिप्रेक्ष्य में देखना संभव नहीं।"

माधवी आखिर थी ययातिनंदिनी। वह न्यायसभा की मर्यादा का उल्लंघन करके अपने कक्ष में आ गयी। बाद में उसे पता चला कि उस सुलक्षणा को मृत्युदंड दे दिया गया।

माधवी इससे बड़ी दुखी हुई।

जब रात्रि समय महाराजा माधवी के पास आए तो उन्होंने जरा नाराजगी व्यक्त करते हुए कहा, "तुम्हें इस प्रकार न्यायालय का अनादर नहीं करना चाहिए। तुम वहाँ जाने की अधिकारिणी भी नहीं थीं पर मैं अपने विशेषाधिकार से ले गया और तुमने मेरा मान-भंग किया।"

"महाराज! इस पुरुष प्रधान समाज और ब्राह्मण, वैश्य और क्षत्री वर्णों से संचालित व्यवस्था में स्त्री की कोई महत्त्वपूर्ण भूमिका नहीं हो सकती है। उसने कहीं भी अपनी भूमिका और पहचान बनायी तो अपनी जबरदस्त शक्ति से। सच तो यह

है कि स्त्री जन्म से अत्यन्त बुद्धिमान और शक्तिवान होती है पर पुरुष उसे शनैः-शनैः अपने अधीन करता रहता है, उसे अपने मातहत बनाता-बनाता उसकी समूची शक्तियाँ क्षीण कर देता है। स्त्री को पुरुष सदैव एक ही शिक्षा देता है कि वह उससे हीन है, दीन है। इस तरह वह उसे अपनी दासी बना लेता है।...उसे परिपक्व होने तक अनवरत रूप से उसके मस्तिष्क में भरा जाता है कि तुम्हें अपने परिवार, पति, स्वामी और बुजुर्गों की आज्ञा मान कर 'महान' बनना है।...महाराज! मैंने पिता की आज्ञा गर्व से मानी है। तब मैंने नहीं सोचा था कि इसका फल मुझे इतना हृदय विदारक मिलेगा।...मैंने आपका मान भंग नहीं किया। मैंने तो एक स्त्री के अपराध के समकक्ष दूसरा उदाहरण प्रस्तुत किया ताकि सही न्याय हो सके।"

उशीनर ने गंभीर स्वर में कहा, "माधवी! तुम अन्यथा मत लेना। तुम्हारा अस्तित्व यहाँ कुछ भी नहीं है। तुम एक पुत्र-उत्पन्न करने की साधन मात्र हो। दो सौ अश्वों के परिवर्तन में।...चाहूँगा कि तुम अपनी औकात को समझकर ही भविष्य में कुछ करोगी। मैं अत्यन्त दुख से कह रहा हूँ कि तुम्हारे व्यवहार से आज मेरे अमात्य, न्यायकर्त्ता और स्वजन नाराज हुए।"

माधवी उशीनर को देखते-देखते रो पड़ी।

सोचने लगी कि वह क्यों बार-बार अपनी भीतरी माधवी को उभार लेती है। उसे गहराई से इस सच्चाई को जान लेना चाहिए कि वह एक शुल्क है...शुल्क।

उस रात उशीनर बहुत ही प्रसन्न थे। उन्होंने जैसे ही कक्ष में प्रवेश किया वे उल्लसित स्वर में बोले, "माधवी! आज मेरी प्रसन्नता का पारवार नहीं।"

"ऐसी क्या बात है?"

"मुझे राज ज्योतिष जी ने बताया है कि आपके पुत्र ही होगा। माधवी! मैं तुम्हारा जीवन भर कृतज्ञ रहूँगा।"

"महाराज! इसमें कृतज्ञता की क्या बात है? मैं तो अपना कर्तव्य निभा रही हूँ। आप ही तो बार-बार याद दिलाते हैं कि तुम दो सौ अश्वों की शुल्क हो।"

"माधवी! मैं क्या करूँ? मेरी विवशता को तुम नहीं समझतीं। मैं तुम्हारा सम्मान करता हूँ कि तुम अपने कर्तव्य को कितनी शालीनता और सहर्ष पूरा कर रही हो। अपनी पितृाज्ञा को कितनी निष्ठा से निभा रही हो? यदि मेरे पास दो सौ घोड़े और होते तो मैं तुम्हें सदैव के लिए अपने पास रख लेता।"

"महाराज! मैं आपको सच कह रही हूँ कि मेरे अनुभवों व अध्ययन की गहन शिक्षा अभी ही शुरू हुई है। अभी मैंने कुछ ही पाठ पढ़े हैं।...लेकिन मैं यह कह सकती हूँ कि जैसा मैं जीवन, आदर्शों और कर्तव्यों को समझती थी, वे वैसे नहीं है। मेरे संदर्भ में तो मैं यह कह सकती हूँ कि ये सब उत्पीड़न के हथियार ही हैं। यदि

आपके पास दो सौ अश्व और भी होते तो मैं आपके पास नहीं रहती।"

"क्यों?"

"क्योंकि जो व्यक्ति रूपाकर्षण के वश में होकर मेरा सौदा कर सकता है, वह मुझे हृदय की सम्राज्ञी तो नहीं बना सकता। मनुष्य समय-समय पर बहुत श्रेष्ठ अभिनय कर सकता है। आप भी करते रहे हैं। महाराज! मैं इन स्थितियों से सत्वरता से मुक्ति चाहती हूँ।...मुक्ति।"

"पुत्र जन्म के बाद तो मुक्त होना ही है।"

"और मैं कल दोपहर को दक्षिण वन में घूमने जाना चाहती हूँ। ऊब गयी हूँ इस कक्ष में रहते-रहते इधर।"

"आप जा सकती हैं पर आपके साथ अंगरक्षक भी रहेंगे।" उशीनर ने बताया।

"क्यों?"

"क्योंकि मुझे आपकी गालव मुनि को वापसी भी तो करनी है। यदि कोई अनसोची हो गयी तो उनके कोप का भाजन कौन बनेगा?"

"ठीक है।" उसने स्वीकृति दी।

दूसरे दिन दोपहर को माधवी अपनी दासी लतिका तथा दो अन्य सेविकाओं के साथ वन-विहार को निकली। उसके साथ दो धनुर्धारी अंगरक्षक भी थे।

दक्षिण वन अत्यन्त ही हराभरा था। उसमें हिंस्र पशु बहुत कम थे। कई जगह तो छोटे-छोटे मंदिर थे। रंग-बिरंगे फूलों के कारण वातावरण सुवासमय था।

माधवी एक सरोवर के पास आम्रवृक्ष की छाया तले बैठ गयी। लतिका ने उसके समक्ष फल काटकर रख दिये। कुछ मांस के तले हुए टुकड़े भी।

माधवी दायीं करवट लेट गयी। वह कभी फल का टुकड़ा और कभी मांस का टुकड़ा खाने लगी। उसकी आँखें सामने के फूलों के पौधों पर जमी हुई थीं पर मन-तुरंग कहीं और ही दौड़ रहा था। अपने घर। राजा ययाति के प्रासाद में।

उसका पिता राजा ययाति अपने विलासी स्वभाव के कारण गृह-कलह में उलझ रहा था। देवयानी और शर्मिष्ठा के मध्य उनके तन-मन जैसे खंडित हो रहे थे। अपने ऐय्याश स्वभाव के कारण उसके पिता अत्यन्त ही विवादों और विषादों से त्रस्त थे। पता नहीं, उनकी क्या स्थिति थी?

उसी समय उसे किसी नारी का क्रन्दन सुनायी दिया। वह सचेत होकर बैठ गयी। उसने इधर-उधर देखा। क्रन्दन पर क्रन्दन। बचाओ...बचाओ...बचाओ की पुकारें।

माधवी खड़ी हो गयी। अंगरक्षकों ने धनुष-बाण सँभाल लिये। क्रदन क्रमशः सन्निकट आता गया। प्रेतात्मा की भाँति एक युवती उन फूलों के पौधों को चीरती हुई

प्रकट हुई। वह अधोवस्त्र पहने हुए थी। ऊपर का हिस्सा अनावृत था। वह माधवी के सन्निकट आ गयी। व्याकुल स्वर में बोली, "बचाइए...देवी मुझे बचाइए...।"

उसी समय एक युवक बदहवास-सा आया। वह पसीने से लथपथ था और उसके नेत्र रक्तिम थे। वह बलिष्ठ लग रहा था। विकल था। हाँफ रहा था। श्वान-साँसें ले रहा था।

माधवी के अंगरक्षकों ने उसको घेर लिया।

"यह तेरी पत्नी है।" माधवी ने पूछा।

"नहीं।" युवक ने हठात कहा।

"फिर तुम इसके पीछे क्यों पड़े हो?"

"मैं कामान्ध हूँ। मुझे इस रूपवती युवती के सिवाय कुछ दिखायी ही नहीं देता। आप मुझे इसे सौंप दीजिए।"

"ये फूल-फल, पेड़-पौधे, पृथ्वी-आकाश, मैं, मेरी ये सेविकाएँ और मेरे अंगरक्षक...। क्या तुझे कुछ भी दिखायी नहीं देता।"

"नहीं, मुझे सिर्फ यह युवती ही दिखायी दे रही है। मेरी दृष्टि केवल इसी पर केन्द्रित है।"

"परन्तु बिना किसी स्त्री की स्वीकृति के कामपूर्ति पाप और अपराध होता है।"

"मैं पाप और अपराध करने को तैयार हूँ। लेकिन मुझे यह स्त्री चाहिए।... मैं इस स्त्री को प्राप्त करूँगा। आप अपने इन अंगरक्षकों को कह दें कि वे हट जाएँ और बता दें कि एक कामान्ध व्यक्ति कितना बलशाली होता है?"

माधवी के अन्तस में कदाचित अव्यक्त उत्सुकता जाग गयी थी। उसने युवती की ओर देखा। गेहुएँ रंगवाली वह युवती काफी मांसल थी और भयभीत भी। उसके वक्ष पृथुल थे।

सबसे पहले उसने अपनी सेविका का उत्तरीय उसे दिया। फिर पूछा, "तू इसे जानती है!"

"नहीं। यह हमारे पूर्व की पहाड़ी के निचले भाग का रहनेवाला है। यह मैं इसके पाँवों के कड़ों से कह सकती हूँ।"

"फिर तुम्हें यह मिला कहाँ?"

"मैं वन में फल तोड़ रही थी कि इसने मुझे दबोच लिया और मेरा अग्रवस्त्र फाड़ डाला। मैंने इसे जोर की लात मारी। पेड़ के तने से टकराया। मैं भागी और अब तक भागती ही जा रही हूँ। मुझे बचा लीजिए। मैं आपके पाँव पड़ती हूँ।"

माधवी ने युवक से कहा, "तुझे लौटना पड़ेगा। मैं इस युवती के साथ जबरदस्ती नहीं होने दूँगी। यह मेरी शरणागत है।"

"आप हमारे बीच न पड़ें। यदि मैंने इस युवती को प्राप्त नहीं किया तो मैं पागल हो जाऊँगा। विक्षिप्त और उन्मादित।...और हत्यारा भी।"

वस्तुतः उस आसक्त युवक की चेतना की सारी चेष्टाएँ, विचार और संवेदनाएँ केवल उस युवती पर केन्द्रित थीं। जैसे उसकी अन्य इच्छाएँ व वृत्तियाँ समाप्त हो गयी हैं। अर्जुन की भाँति उसे मछली की आँख यानी वह युवती ही दिखायी दे रही थी।

अचानक वह युवक भाग कर लुप्त हो गया।

"आश्चर्य" माधवी के मुँह से हठात निकला, "यह भाग क्यों गया? ऐसा यहाँ कौन-सा चमत्कार हुआ? यह भय से भाग गया? इसने अपनी अनागत मृत्यु के दर्शन कर लिए?"

सेविका ने सिर झुकाकर कहा, "नहीं कोई चमत्कार नहीं हुआ है स्वामिनी। उसके अधोवस्त्र गीले हो गए।" लज्जा से सेविका ने पलकें झुका ली।

प्रासाद में लौटने के पश्चात माधवी बहुत उद्विग्न रही। विचित्र संयोग जुड़ गये हैं उसके जीवन के संग। समूची असामान्य स्थितियाँ ही उसे घेरे रहती हैं।

वह वनबाला कहने पर भी उसके साथ नहीं आयी। चली गयी अपने कबीले में। जाते-जाते उसने कहा था—"अब वह मेरा कुछ भी नहीं बिगाड़ सकता। हमारी बस्ती में आने की उसकी हिम्मत नहीं है। यदि आ गया तो उसको कबीलेवाले काट डालेंगे। और इसके मांस को चील-कौवों को खिला देंगे।"

चंद ही क्षणों में वह युवती अभीत हो गयी थी।

उसका सारा संकट ही टल गया था न?

प्रकृति की यह विचित्र क्रीड़ा है। काम का प्रेत सिर पर सवार हो जाता है तो सुर-असुर सबके सब पागल हो जाते हैं। ज्ञानी-अज्ञानी एक ही अवस्था में पहुँच जाते हैं।

उसे मोहिनीरूप की कथा स्मरण हो उठी। सोचने लगी कि क्या अन्तर है एक सामान्य व्यक्ति और देवता शंकर में। शंकर भगवान तो उस सामान्य व्यक्ति से भी अधिक कामासक्त और कामान्ध थे। उन्हें मालूम था कि मोहिनीरूप में विष्णु जी हैं। फिर भी वे उन्मत्त होकर उनके पीछे भागते रहे।...भागते रहे। जैसे कोई कामुक हाथी हथिनी के पीछे भागता है। उन्हें उपस्थित पार्वती का भी ध्यान नहीं रहा। आखिर उसे अपने भुज-पाश में आबद्ध कर ही लिया। यह उत्तेजना की पराकाष्ठा थी। महादेव जी का वीर्यपात हो गया।...सब कुछ समाप्त।...

आसक्ति की इति एक बार तो पुरुष को स्वर्गीय अलौकिक आनंद की परिसीमा का स्पर्श करा देती है। तभी वह विवेकहीन हो जाता है। वह सांसारिक कार्य-कलापों से पल भर के लिए कट कर 'स्व' में केन्द्रित हो जाता है।

जब महाराज उशीनर माधवी के पास आए तो माधवी ने आज की घटना और मोहिनीरूप की कथा सुनाकर पूछा, "यह सब क्या है महाराज? क्या समस्त देहधारी एक समान ही होते हैं? आदिदेव, देव, दैत्य और प्राणी, सबके सब देह यात्रा के पथ

का औचित्य व अनौचित्य नहीं देखते। बड़े से बड़ा संकट और अपयश झेल लेते हैं?"

उशीनर उबल पड़े, "क्या तुम पागल होती जा रही हो? उनकी लीलाओं की आध्यात्मिकता को समझो। कथाओं के मर्म व अर्थ की गहनता को समझो। उनके सांकेतिक भावार्थ को जानो।"

"मैं किसी मर्यादा का उल्लंघन नहीं कर रही हूँ। न मैं देवी-देवताओं और ऋषि-मुनियों का मान मर्दन कर रही हूँ। मैं तो अपनी जिज्ञासाएँ शांत करना चाहती हूँ। महाराज! आप रुष्ट मत होइए। मैं पहले से ही बहुत दुखी हूँ। काश! मैं स्त्री की जगह पुरुष होती? इस पृथ्वीलोक में मनु पुत्र 'इला सुद्युम्न' ही भाग्यशाली हुआ, जो स्त्री पुरुष दोनों रूपों में रहा। एक माह स्त्री और एक माह पुरुष के रूप में दोनों योनियों के उसने गहन अनुभव प्राप्त किये होंगे। उनके सुख-दुख को समझा होगा। ...कैसी विचित्र योनि? इस अवस्था में भी उसने वंशवृद्धि की। बुध से इला सुद्युम्न ने पुरुरवा को जन्म भी दिया।...महाराज! मैं इन गोरखधंधों को समझना चाहती हूँ कि ये कौन-सी लीलाएँ हैं? ये कौन-से अलौकिक भेद हैं? क्या इन्हें अद्‌भुदता से महिमामंडित किया गया है ताकि ये चमत्कारी और सुनने में रोचक लगें?"

"तुम प्रचलित आस्थाओं, विश्वासों और अलौकिकताओं पर प्रश्नचिह्न लगा कर उन्हें खोखला और मिथ्या बताना चाहती हो। अभी जो कुछ हो रहा है, जिन्हें तुम देख रही हो, वे दिव्य मानुसों के दिव्य कार्य हैं। उनकी सक्षमता का तुम अनुमान नहीं लगा सकतीं। एक बात कान खोल कर सुन लो कि जो दायित्व पितृाज्ञा के अन्तर्गत तुम्हें सौंपा गया है, उसे पूरा करो।" वे रोष में फुत्कार कर बोले "नास्तिक।" और चले गये। माधवी उन्हें विस्मय से देखती रही।

तत्पश्चात महाराजा माधवी के कक्ष में पधारे ही नहीं। वे सचमुच बहुत नाराज हो गये थे माधवी से। और माधवी ने भी उन्हें फिर कभी नहीं बुलाया। उसने सोच लिया कि सबके सब राजा-सामन्त मूलतः एक समान हैं और अपनी सभ्यता-संस्कृति और परम्पराओं में किसी प्रकार की आलोचना भी नहीं चाहते।

प्रसवकाल का समय आ गया।

माधवी ने पुत्र को जन्म दिया। नामकरण हुआ—'शिव।'

माधवी का पुत्र-मोह लगभग भंग हो चुका था। वह उसे गोद में ले या न ले, उसकी भावनाओं में उद्वेलन नहीं होता था। वह उसे कर्तव्य-पूर्ति समझती थी। यांत्रिक बन गयी थी वह।

गालव आ टपका।

उसे देखते ही माधवी का अन्तस घृणा के झंझावात से भर गया। उसने थूकते हुए मन ही मन कहा, "कुटना। पामर।"

गालव मुनि का स्वागत विशिष्ट अभ्यागत के रूप में किया गया। महाराजा

उशीनर ने उसके चरण धोए। दान-दक्षिणा दी और कृतज्ञता प्रकट की, "आपकी असीम कृपा से मेरे वंश की रक्षा हुई है। आपके कारण लोक-परलोक मेरा कल्याण होगा। मेरे पुरखों को स्वर्ग मिलेगा। आपके दो सौ अश्व तैयार हैं।"

गालव ने कहा, "महाराज! इन्हें अभी अपने पास रहने दीजिए। आवश्यकता पड़ने पर मैं इन्हें ले जाऊँगा।"

"जैसी आपकी इच्छा।"

गालव ने वहाँ से माधवी को लेकर प्रस्थान किया। माधवी आंतरिक रोष के कारण मूक थी। वह भीतर ही भीतर भड़कती जा रही थी—कैसे मुनि हैं, कैसे राजा हैं, कैसे माता-पिता हैं, केवल अपने अभिमान की रक्षा के लिए मनुष्यता का हनन करते रहते हैं। स्वयं अपनी बलि न देकर दूसरों को बलि पर चढ़ाते हैं।

रथ चल रहा था।

घनघोर जंगल में गालव ने अपने शेष दो सौ अश्वों की समस्या का समाधान करने हेतु गरुड़ का आह्वान किया।

गरुड़ आए। पूछा, "कैसे स्मरण किया मित्र?"

"भगवन्! छः सौ घोड़े तो प्राप्त हो गये हैं पर अभी दो सौ घोड़ों की आवश्यकता है। अब मुझे कहाँ जाना चाहिए। मित्र निर्देश दो।"

गरुड़ गंभीर हो गया। उसने कहा, "अब अश्व इस पृथ्वी पर कहीं भी नहीं हैं मुनि।"

"क्या आशय है आपका?"

"मित्र! इस पृथ्वी पर छः सौ घोड़े ही हैं। वस्तुतः इन श्यामकर्ण अश्वमेधी अश्वों की उत्पत्ति की कथा भी विचित्र है। यह कथा आपके गुरु विश्वामित्र से जुड़ी है। विश्वामित्र के पिता राजा 'गाधि' थे। उनके अत्यन्त रूपवती कन्या सत्यवती थी। सत्यवती पर तत्कालीन ऋषि ऋचीक मुग्ध हो गया। उसने गाधि से उसकी पुत्री से विवाह की इच्छा प्रकट की। गाधि ने भी धर्मानुसार कन्यादान न करके ऋचीक से एक सहस्र श्यामकर्ण अश्व माँग लिये। ऋचीक के समक्ष विकट समस्या उत्पन्न हो गयी। करें तो क्या करें?"

अंत में वह 'वरुण लोक' गया। वहाँ उसने वरुण को प्रसन्न करके अश्व माँगे। वरुण ने अपने तपोबल द्वारा गंगाजल से एक सहस्र श्यामकर्ण अश्व उत्पन्न किये। तब गाधि ने सत्यवती का विवाह ऋचीक से किया। यह घटना 'अश्वतीर्थ' स्थान की है। अश्व प्राप्त करके गाधि ने 'पुण्डरीक' यज्ञ किया। उस यज्ञ के फलस्वरूप उन अश्वों को विप्रों को दान दे दिया। उनमें से दो-दो सौ अश्व उन्होंने तीन राजाओं को बेच दिये। शेष चार सौ जब ब्राह्मण नदी पार कर रहे थे तब वे नदी के तीव्र प्रवाह में बह गये।

"हे भगवान! अब मैं अपनी गुरुदक्षिणा कैसे दूँगा।" गालव की आकृति म्लान

हो गयी।

"अब एक ही उपाय शेष रह गया है। तुम छः सौ अश्व और माधवी को लेकर गुरु की शरणं में जाकर सारी स्थिति स्पष्ट कर दो। विश्वामित्र जी कोई समाधान निकाल देंगे। कारण वे राजर्षि हैं और माधवी के सौन्दर्य की अग्नि में कोई भी देव-दैत्य ऋषि और प्राणी दग्ध होने को तत्पर हो जाएगा।"

"और कोई उपाय भी तो नहीं है। भगवन्। अश्व लाने में आप मेरी सहायता कीजिए।"

"अवश्य सहायता करूँगा।"

माधवी ने उन दोनों की वार्तालाप सुन ली थी। गरुड़ के जाते ही माधवी ने पूछा, "मुनिवर! क्या इतने वर्षों में अश्वों की नस्ल में वृद्धि नहीं हुई? क्या कोई अश्व मरा नहीं।"

गालव ने तनिक नाराजगी से कहा, "तुम नहीं जानतीं कि ये अश्व वरुण देवता के हैं। वे अश्व नहीं मरेंगे। रही नस्ल वृद्धि की बात, उनमें मादा थी ही नहीं।" पल भर रुककर गालव ने कहा, "माधवी! दिन प्रतिदिन आपके स्वभाव और सोच में तर्क अधिक स्थान ले रहा है और अध्यात्म कम। वर्तमान की अलौकिक शक्तियों पर संदेह करके अपने को पीड़ित मत करिए।...अब हम अपने उद्देश्य के अत्यधिक निकट हैं। हमें अपने अंतिम चरण की ओर अग्रसर होना चाहिए।"

"लेकिन यदि विश्वामित्र जी ने आपका प्रस्ताव नहीं माना तो?" आशंका व्यक्त की माधवी ने।

"विश्वास पर संसार टिका है। आपके सौन्दर्य और वरदान के समक्ष कि आप पुनः पवित्र हो गयी हैं, ऋषि मान जाएँगे।"

माधवी मौन। अंतिम पड़ाव।

रथ पर चढ़ गयी माधवी। रथ चल पड़ा। सूर्य डूब रहा था।

तपोवन!

विश्वामित्र का रमणीक आश्रम।

चतुर्दिक हरीतिमा का साम्राज्य। शरद ऋतु का आगमन हो चुका था। रात्रि कालीन चन्द्रज्योत्स्ना कोहरे के कारण धुँधली हो गयी थी। प्रभात के समय पत्तियों पर ओस की मोतियों के समान बूँदें चमक रही थीं।

जब गालव और माधवी ने आश्रम-क्षेत्र में प्रवेश किया उस समय प्रखर धूप थी। समस्त पृथ्वी धूप से नहायी लगती थी और पेड़ों की शाखों पर बैठे भाँति-भाँति के पक्षी धूप का सेवन कर रहे थे।

विश्वामित्र अपने आश्रम में पेड़-पौधों का जल-सिंचन कर रहे थे। अधोवस्त्र

पहने हुए वे नितांत नंगे बदन थे। बड़ी-बड़ी दाढ़ी-मूँछें भभूत का त्रिपुंड, हाथों व गले में रुद्राक्ष की मालाएँ। तेजस्वी और आकर्षक।

उन्होंने अश्वों की हिनहिनाहट और धूल उड़ते देखी तो झट से बोले, "ओह! मेरा परम शिखर शिष्य गालव आठ सौ श्यामकर्ण अश्व लेकर आ गया है। मुझे उसकी महान सफलता हेतु उसका स्वागत करना चाहिए।"

विश्वामित्र आह्लादित होकर आश्रम से बाहर आए। गालव उन्हें देखते ही त्वरा से उनके चरणों में गिर गया, "प्रणाम, गुरुदेव! शत-शत प्रणाम!" गरुड़ अपना कार्य पूरा कर चले गये थे।

"आयुष्मान भव। कीर्तिमान भव। गालव! तुमने इतनी दुर्लभ गुरुदक्षिणा देकर एक श्रेष्ठ शिष्य का कर्तव्य पूरा...।"

"नहीं गुरुदेव, मुझे आप क्षमा करें। मैं आपकी गुरुदक्षिणा पूरी नहीं कर पाया। अभी तो दक्षिणा की पूर्ति में कुछ कमी है।" बीच में ही कहा गालव ने।

विश्वामित्र और गालव दोनों आश्रम में आ गये।

विश्वामित्र अपने आसन पर विराज गये। ललाट में बल डालकर वे बोले, "कैसे पूर्ण नहीं कर पाए?"

"गुरुदेव! इस पृथ्वी लोक में श्यामकर्ण अश्व छः सौ ही हैं। चार सौ नष्ट हो चुके हैं। आप तो त्रिकालदर्शी हैं। फिर मुझे असंभव को संभव बनाने का दायित्व क्यों सौंपा?"

"इस सत्य को मैं तत्क्षण भूल गया था।"

तभी माधवी का रथ आकर आश्रम के द्वार पर रुका।

विश्वामित्र चौंक पड़े। पूछ बैठे, "यह रथ किसका है?"

"महाराजा ययाति की पुत्री माधवी का है गुरुदेव।"

"यह यहाँ क्यों आयी है?"

"गुरुदेव! यह नहीं होती तो मैं छः सौ अश्व भी एकत्रित नहीं कर पाता।"

विश्वामित्र खड़े हो गये। बोले, "माधवी! अरे मूढ़मति! घर आए अतिथि को भीतर तो लाओ।"

स्वयं विश्वामित्र रथ के सन्निकट आए। गालव ने आदरपूर्वक कहा, "पधारिए राजकुमारी जी।"

माधवी नाटकीयता से बाहर निकली। उसके सौन्दर्य की उज्ज्वलता से विश्वामित्र की आँखों के आगे चकाचौंध छा गयी। अपने को सँभालते हुए वे बोले, "देवलोक की अप्सरा से भी अद्‌भुत।"...उन्होंने अपने अन्य शिष्य को पुकारा, "प्रवीण! ययातिनन्दिनी को पिछली बड़ी कुटिया में ले जाकर विश्राम कराओ। इन्हें किसी वस्तु की आवश्यकता हो, उसकी व्यवस्था करो।"

माधवी ने गुरु-शिष्य पर दृष्टि नहीं डाली। वह नत-नयन किये आश्रम की

पीछेवाली कुटिया की ओर चली गयी।

विश्वामित्र और गालव कुटिया में बैठ गये। घोर एकांत। गालव ने विगतवार सारी कथा सुनायी कि उसने किस प्रकार ये छः सौ अश्व प्राप्त किये हैं।

"अरे गालव! ऐसी रूप-लावण्य से भरी युवती को तुम पहले ही मेरे पास क्यों नहीं लाए? मैं तो इससे भोग-विलास करके तथा चार वंश-प्रवर्तक पुत्र प्राप्त करके संतुष्ट हो जाता। इतने प्रतापी पुत्रों को जन्म देनेवाली इस रूपवती और अभी भी युवा लगनेवाली इस माधवी को पाकर मैं अपनी गुरुदक्षिणा को पूर्ण समझ लेता।" अधीरता थी उनके स्वर में।

"गुरुदेव! पुत्रों की आपको कमी कहाँ? आपकी एक पत्नी से आपको सौ पुत्र प्राप्त हैं अतः मैंने ऐसा किया।" गालव ने उत्साह से कहा, "गुरुदेव! माधवी को वेद ऋषि का वरदान है कि वह हर पुत्र के जन्म के बाद पुनः कुँवारी हो जाएगी। अक्षत योनि की स्वामिनी। पवित्र कन्या।"

"आह! आज मैं पुण्य-रात्रि मनाऊँगा। गालव! तुम अब अपने तप-जप में लीन हो जाओ। पुत्र-प्राप्ति के पश्चात मैं तुम्हें बुलाऊँगा और उन तीन राजाओं की तरह माधवी को तुम्हें सौंप कर दायित्व मुक्त होऊँगा।"

"जो आज्ञा। गुरुदेव! प्रणाम।"

गालव आश्रम से प्रस्थान कर गया। जाने के पूर्व उसने उशीनर के सारथी को रथ वापस ले जाने के लिए आदेश दे दिया।

विश्वामित्र! राजा विश्वामित्र!

राजर्षि विश्वामित्र। पुरुवंशीय। ब्रह्मर्षि बनने की तीव्र ऐषणा से सर्वोपरि ऋषि बनकर वर्चस्व प्राप्त करने का प्रयास। गाधि के मंत्रसिद्ध पुत्र। कहते हैं कि राजा गाधि के कोई संतान नहीं थी। उनकी पुत्री जो ऋचीक ऋषि की पत्नी सत्यवती थी वह भी निःसंतान थी। बाप-बेटी को पुत्र हीनता शूल की तरह चुभती रहती थी। करें तो क्या करें।

आखिर गाधि ने अपनी बेटी सत्यवती से कहा, "पुत्री! यदि हम संतानविहीन रहें तो हमारा वंश कैसे चलेगा? हमारे पुरखों को पिंडदान कौन देगा? हमारी गति-मुक्ति कौन कराएगा?"

"मैं क्या करूँ? रात-दिन मुझे भी यह चिंता सताती रहती है। त्राण पाने का कोई उपाय भी तो नहीं सूझ रहा है।"

"पुत्री! तुम अपने समर्थ पति को क्यों नहीं कहतीं। वे तपोबल से या पुत्रेष्टि यज्ञ द्वारा हमें संतान प्राप्त करा सकते हैं।"

सत्यवती ने प्रश्न भरी दृष्टि से अपने पिता की ओर देखा। अबोध लग रही थी वह तत्क्षण।

"क्या कहना चाहती हो पुत्री?"

"पिताजी! आपने उन्हें तनिक रुष्ट कर रखा है। विवाह के पूर्व एक सहस्र श्यामकर्ण अश्व माँग कर। वे कई बार उलाहना देते हैं कि तुम्हारे पिताजी ने तुम्हारे शुल्क के रूप में अश्व लिये हैं। उन्होंने धर्म संगत विवाह नहीं किया है। कन्यादान का अश्व के रूप में प्रतिदान लिया है।"

"उनका कहना उचित है। मुझे पुण्डरीक यज्ञ के लिए अश्वों की आवश्यकता थी। फिर भी मैं अपने हेयकर्म हेतु क्षमा माँग लूँगा। पर एक सचाई मेरी माँग में यह भी है कि मैं यह देखना चाहता था कि उनकी क्या क्षमता है? पुत्री को देने के पूर्व ऋषियों की योग्यता का पता लगाने का दायित्व किसका है? पिता का ही तो है? तुम मेरी इस दृष्टि से उन्हें आश्वस्त कर सकती हो?"

सत्यवती को पिता का यह परामर्श अच्छा लगा।

उसने अपने पति ऋचीक को समझाते हुए विनम्र प्रार्थना की, "मम परमेश्वर! क्या मैं निःसंतान मरूँगी। मुझे कंधा देनेवाला भी कोई नहीं होगा। मुझे मुखाग्नि से वंचित रहना पड़ेगा।"

ऋचीक ने नेत्र मूंद कर कहा, "देवी! संतान बिना योग के नहीं होती। जब भी योग बनेगा तब तुम जननी बन जाओगी।"

"आप जैसे तेजस्वी तपस्वी के लिए सब संभव है।" उसने दीप्त मुखमंडल की ओर देखकर कहा, "आप जानते हैं कि मेरे भाई भी नहीं है।...पिता भी मेरी तरह दुखी हैं। प्रभु! आप हमारे दुख का निवारण कीजिए। निःसंतान होने के कारण मुझे भाँति-भाँति के लांछन ऋषि पत्नियों से सुनने पड़ते हैं।"

"ठीक है, मैं तुम्हारा और तुम्हारे पिता के दुख का निवारण करूँगा।" आश्वस्त किया पत्नी को।

सत्यवती पति के आश्वासन के पश्चात फूल की तरह खिल गयी। उसने अपनी माँ को यह शुभ समाचार सुनाया कि हम दोनों को अवश्य पुत्र-प्राप्ति होगी। यज्ञीय औषध से युक्त रांधा हुआ अन्न ऋचीक ने अपने अनुष्ठान से तैयार किया। ऋषि के लिए पृथक विचार और संस्कारों से युक्त अन्न। राजा गाधि के लिए क्षत्रिय विचार और संस्कारों से युक्त अन्न। दोनों को अलग-अलग चरू में डाल कर ऋचीक ने अपनी पत्नी से कहा, "सुनो, इन दोनों चरुओं में अलग-अलग संस्कारों के अन्न हैं। इसे ग्रहण करने पर तुम दोनों माँ-बेटी के लिए पुत्र होंगे। पीलेवाला चरू तुम्हारा और नीलेवाला तुम्हारी माँ का। ध्यान रखना कि चरू परिवर्तित न हो।"

पुत्र होने की अति प्रसन्नता के कारण या अपने मन की दुर्बलता के कारण सत्यवती भूल गयी कि कौन-सा चरू किसका है? सबकुछ उल्टा हो गया। ब्राह्मणीय संस्कारों वाला पुत्र राजा गाधि की पत्नी को हुआ। नाम रखा गया विश्वरथ। ऋचीक की पत्नी के हुआ महाक्रोधी जमदग्नि।

विश्वरथ ब्राह्मणीय संस्कारों का क्षत्रिय पुत्र था। भीतरी और बाहरी संस्कारों के

द्वन्द्व ने उसे मानसिक रूप से कुंठित कर दिया। जब वह युवा हुआ और उसने युद्ध लड़ा तब वह विजयी भी बड़ी सहजता से हुआ। विजयी होकर वह वापस आ रहा था तो ब्रह्मर्षि वशिष्ठ के आश्रम पर अपने दल-बल के साथ पहुँच गया।

उसने वशिष्ठ की परीक्षा लेने के लिए कहा, "ऋषिवर! हम आपके आश्रम में आये हैं। क्या हमें भोजन-पानी मिलेगा।"

"क्यों नहीं मिलेगा? इस द्विज के पास दाल-रोटी की कमी नहीं है।"

"हमारे साथ सेना है।"

"आप चिंता न करें।"

वशिष्ठ के पास कामधेनु गाय थी। कामधेनु समुद्र मंथन के समय निकली हुई गाय थी जो सम्पूर्ण इच्छाओं को तत्काल परिपूर्ण कर देती थी।

वशिष्ठ ने कामधेनु की कृपा से विश्वरथ के समस्त सैनिकों को भोजन करा दिया। विश्वरथ अति प्रसन्न हुआ।

उसने वशिष्ठ से पूछा, "आपका आश्रम खाली-खाली लग रहा है। फिर आपने इतने सैनिकों की आवश्यकता की कैसे पूर्ति की?"

"मेरे पास कामधेनु गाय है।"

विश्वरथ ठहरा युवराज। उसने तुरन्त सोचा कि इस साधु के लिए कामधेनु की कोई उपयोगिता नहीं है। यह तो राजा-महाराजाओं के पास रहनी चाहिए। उसने अपने सेनापति से कहा, "इस गाय को अपने साथ ले चलो। साधु के लिए इस अलौकिक गाय की क्या जरूरत है?"

सेनापति व चंद सैनिक कामधेनु की ओर बढ़े। वशिष्ठ ने नेत्र मूँद कर ध्यान किया। कामधेनु ने जोर से नासिक-छिद्रों से फुत्कारा। हजारों सैनिक उत्पन्न हो गये। समर आंरभ। विश्वरथ परास्त हो गया। अपनी इस पराजय से विश्वरथ ने सोचा कि राज्य-शक्ति से ब्रह्म-शक्ति अत्यधिक प्रबल है। यदि उसे महान शक्तियों का स्वामी बनना है तो उसे ब्रह्मर्षि बनना पड़ेगा।

युवराज विश्वरथ ने राजपाट का परित्याग कर दिया। ब्रह्मर्षि बनने के लिए वह वन में चला गया।

तप...तप...तप।

विश्वरथ अपनी सम्पूर्ण आत्मिक शक्तियों को प्रबल करके मंत्रों का जाप करने लगा।

अनगिनत वर्ष बीत गये।

जैसा कि सर्व शक्तिसम्पन्न विलासी देवता इन्द्र को हर तपस्वी के दीर्घतप से भय बना रहता था, वही भय विश्वरथ की घोर तपस्या से हुआ। वे विचलित हो गये। सोचने लगे कि अवश्य विश्वरथ उसका सिंहासन छीनना चाहता है। उसने निश्चय किया कि उसका तप भंग किया जाय। उन्होंने अपनी अद्वितीय सुन्दरी अप्सरा

मेनका को भेजा जिसने तपस्वी विश्वरथ का तप खंडित कर दिया। उन्हें एक पुत्री का पिता बना दिया। ऋषि बनने के पश्चात विश्वरथ 'विश्वामित्र' बन गया। किंतु वे अपने दोहरे स्वभाव व संस्कारों का परित्याग नहीं कर सके। यही है कथा विश्वरथ की विश्वामित्र बनने की।

अपनी कुटिया में विचारलीन विश्वामित्र अभी बैठे थे। कुछ उद्विग्न थे और कुछ विचलित। मन में द्वन्द्व थे।

माधवी के अपूर्व रूप सौन्दर्य सागर में वे प्रथम दृष्टि में ही आकंठ डूब चुके थे। दिन के ढलने की प्रतीक्षा कर रहे थे। कब रात्रि-आगमन हो और कब वे माधवी के सन्निकट जाएँ।

जब सूर्य अस्त हो गया और चिड़ियों का शोर वृक्षों पर होने लगा तब उन्हें लगा कि साँझ हो गयी हैं। वे बाहर आए। देखा शरद का आकाश हलकी बदलियों से भरने लगा था। आश्रम के ऊपर का आकाश नीला था और चन्द्रमा शनैः शनैः बढ़ रहा था।

विश्वामित्र ने अपने शिष्यों से कहा, "राजकुमारी के लिए स्वादिष्ट भोजन की व्यवस्था करो।" वे धीरे-धीरे दूर्वा को रौंदते-रौंदते माधवी के पास गये। आश्रम की कुटिया में दीया जल रहा था। उसका हलका, उजास फैला था। पाँवों की आहट पाकर माधवी सचेत हुई। उत्तरीय को सिर पर रख लिया। खड़ी हो गयी। बोली, "महर्षि को साष्टांग प्रणाम करती हूँ।"

"आयुष्मान भव।" विश्वामित्र भीतर आ गये। धरती पर बिछे कुशासन पर बैठ गये। लंगोट। लंगोट पर अधोवस्त्र।...घने उलझे बाल। घनी दाढ़ी-मूँछें। दूध की तरह श्वेत। बड़े-बड़े आग्नेय नेत्र। बलिष्ठ शरीर।

"तुम्हारे सुख और सुविधाओं की क्या व्यवस्था करूँ?...कहो तो अपने तपोबल से स्वर्ग को धरती पर उतार दूँ।"

"नहीं महर्षि, नहीं, मैं आपके तपोबल से परिचित हूँ। यह आपका पवित्र आश्रम है। इसे आश्रम ही रहने दीजिए।...यहाँ की सादगी, शुचिता और शुभ्रता ही तो मन को लुभाती है। सच तो यह है कि वैभव व विलास को भोगते-भोगते मैं ऊब गयी हूँ। अब तो इस आश्रम का ही आनंद लेना चाहती हूँ। यहाँ की चप्पे-चप्पे की सादगी मेरा मन मोह रही है।"

"अत्यन्त उचित। हर स्थान का अपना अलग स्वाद और सुख होता है।"

"आप सच कहते हैं ऋषिवर।"

"चलो, तुम भोजन कर लो।"

"नहीं।"

"क्यों?"

"मुझे अभी भूख नहीं है।"

"कारण जान सकता हूँ।"

"महर्षि! मेरे उदर और पीठ में पीड़ा है।"

"अपने तपोबल से अभी ठीक करता हूँ।"

"नहीं, वह वैसी पीड़ा नहीं है। महर्षि! मैं रजस्वला हो गयी हूँ। इन दिनों मैं भयंकर पीड़ा से त्रस्त रहती हूँ और रक्तस्राव भी अधिक ही होता है।"

"तो...?" विश्वामित्र के नेत्र फटे के फटे रह गये।

"पाँच-सात दिनों तक मुझे पूर्ण विश्राम करना होगा।"

विश्वामित्र विचलित व अधीर होकर खड़े हो गये। उनकी आकृति पर रूखापन उभरा। ललाट में बल पड़ गये। गर्व से बोले, "मैं अपने तपोबल से सब ठीक कर देता हूँ।"

माधवी ने हाथ जोड़ दिये। दीये को देखती हुई वह बोली, "प्रकृति के नियमों के विरुद्ध कभी भी प्राणी को अपनी शक्ति का प्रयोग नहीं करना चाहिए। ऋषिवर! अपनी समस्त शक्ति के स्रोतों को जन कल्याण हेतु ही लगाइए।" उसने सिर को झुकाकर पुनः कहा, "मैंने सुना है कि एक बार राजा त्रिशंकु को सदेह स्वर्ग भेजने का आपने हठ किया था। जबकि मनुष्य अपने कर्मों के फलानुसार स्वर्ग-नरक, शिवलोक, ब्रह्मलोक और विष्णुलोक को प्राप्त करता है। ब्रह्मर्षि वशिष्ठ जी ने आपको समझाया भी था कि आप ऐसा अप्रकृतिजन्य कार्य मत कीजिए। पर आप नहीं माने। हठ पर अड़ गये। अपने मंत्रों की शक्ति को संचय करने के लिए यज्ञ-तप करने लगे। संचय होते ही आपने संकल्प भर कर त्रिशंकु को सदेह ऊपर जाने की आज्ञा दे दी। त्रिशंकु ऊपर जाने लगे। महान विस्मय विमुग्ध थी उपस्थिति। आपकी दृष्टि आकाश की ओर थी।...पर यह क्या, चंद ही क्षणों में त्रिशंकु महाराज मुँह के बल धरती पर आ गिरे। उन्होंने जोरदार आर्त्तनाद किया।...उसने अर्थभरी मुसकान अधरों पर बिखेर कर फिर कहा, "परम सम्माननीय! आपको प्रतीक्षा तो करनी ही होगी।"

उन्होंने विचित्र ढंग से उजास में हाथ चलाए। जैसे उन्हें कँपकँपी छूती हो, इस तरह काँप कर बोले, "तुम हमारे तप को नहीं समझतीं।"

"मैं आपकी शक्तियों को समझती हूँ।...आप जो चाहे कर सकते हैं। आपके पास तप के अमोघ शस्त्र हैं। मैंने आपकी शक्ति पर कभी भी संदेह नहीं किया।"

"मैं तुम्हें देखकर बहुत वाचाल हूँ। मेरी समूची काया एक जनसामान्य की भाँति दहकने लगी है।"

"संयम तो आपका आभूषण है। आप विश्वास रखें कि मुझे तो आपके समक्ष समर्पित होना ही है। मैं तो शेष दो सौ अश्वों की प्राप्ति के साधन के रूप में हूँ। आपका मुझ पर सार्वभौमिक अधिकार है।...आप संयम रखिए, आपके भीतर जो आत्मअग्नि ज्वलित है, उसे ईश्वरीय ध्यान तथा अन्य कार्यों में लगा दीजिए। सब

शांत हो जाएगा।"

"तुम मुझे अपने तप...।"

बीच में ही माधवी बोली, "जो अप्राकृतिक है, वह मूल में पीड़ामय होता है। प्रकृति के साथ जो अधिक छेड़खानियाँ करता है, वह अन्ततः शून्य में मिल जाता है। प्रकृति के प्रति प्रेम ही रखना चाहिए। महात्मन्! आप तो प्रकृति की रहस्यमय भाषा को अवश्य ही समझते होंगे। प्रकृति के द्वन्द्वों को सहन करना चाहिए।"

विश्वामित्र ने पुनः तीक्ष्ण दृष्टि से माधवी को देखा। फिर उन्होंने लगभग चीखते हुए कहा, "मैं अभी मनुष्य की भाषा में बोलना चाहता हूँ स्त्री और पुरुष के सम्बन्धों की बात करना चाहता हूँ।"

"लेकिन मैं श्रांत-क्लांत और वस्त्र से हूँ। पधारिए ऋषिवर। अभी मुझे पूर्ण विश्राम करने दीजिए।"

विश्वामित्र मानो क्षणभर के लिए निश्छल हो गये। आहत सर्प की भाँति फुत्कारते कुटिया से निकल गये।

एक-एक दिन बीत रहा था।

इन दिनों में विश्वामित्र कामासक्ति से वाचाल रहे। माधवी देखती रहती थी एक कामपीड़ित व्यक्ति की बहुआयामी गतिविधियाँ।

जब शरदऋतु में मनुष्य का मन उसके स्मरण मात्र से थरथराने लगता है। कम्पन और सिहरन बार-बार सताती है। वैदिक काल में भी प्रार्थना और कामना की जाती थी कि हम पूरे सौ बरस जिएँ। आनंद और सुख का उपभोग करें।

ऐसे ठंडे समय में विश्वामित्र दिन में दो-दो बार नदी में स्नान करते थे और कई बार रात्रि में। भागते थे घोर वन में और आश्रम आकर हाँफते थे। एक-दो बार तो वे जंगल में जाकर लकड़ियाँ भी तोड़ लाए।

सारे शिष्य उनकी तीव्र उद्विग्नता से हतप्रभ थे। किसी में साहस नहीं कि वे इसके कारण को पूछें। वे भोजन भी करते थे बेमन। मन ही मन कोसते रहते थे कामदेव को। शिवजी को प्रताड़ते थे कि उन्होंने उसे अनंग बनाकर जीवमात्र में प्रवेश करा दिया।...उनका अंग-अंग टूट रहा था। कभी-कभी वे आंतरिक उत्तेजना से घिर कर व्याघ्र चर्म के बिछौने पर करवटें बदलते थे।

शरद की चाँदनी रात्रि को और भी शीतल बना देती थी। जब विश्वामित्र बाहर निकलकर खँखारते तब माधवी सोचती कि यौन दुर्बलताएँ सब में एक सी होती है।...यह ऋषि है? वह हँसती थी।

पाँचवें दिन जब विश्वामित्र माधवी की कुटिया में गये तब वह पर्ण-पर्यंक पर लेटी हुई थी। महर्षि को देखकर वह बैठ गयी। उसने हाथ जोड़ कर प्रणाम किया।

"कैसी हो माधवी?"

"अब सिर्फ दो दिन और?"

विश्वामित्र तड़प उठे। बोले, "माधवी...माधवी, मुझे अपने तपोबल को काम में लेने दो। मैं अब तुमसे पृथक नहीं रह सकता।"

"महर्षि जी! आप नारी की लाचारी को समझते ही हैं। फिर इन व्यर्थ की बातों के लिए तपोबल को क्षीण करना उचित नहीं है। तपोबल और अपनी आत्मिक महाशक्तियों का प्रयोग तो पृथ्वी के कल्याण के लिए करना चाहिए। सिर्फ दो दिन! आप तो संयम की प्रतिमूर्ति हैं। मैं तो पितृाज्ञा का पालन कर रही हूँ। यदि आप जैसे महाबली भी साधारण मनुष्य की तरह कामपीड़ित रहेंगे तो इस पृथ्वी का मनुष्य तो बावला हो जाएगा। केवल दो दिन और।"

विश्वामित्र क्या बोलते? अपनी वाचालता पर रोक लगाकर बाहर निकलते हुए बोले, "ठीक है। सोचना कि मैं भी मनुष्य हूँ...मनुष्य।" और वे अदृश्य हो गये।

माधवी मौन हँसी हँस पड़ी। क्या मनुष्य के भीतर नैसर्गिक क्रियाएँ सदैव जीवित रहती हैं। उस पर कितने ही तप, धर्म और मंत्र शक्तियों का आवरण चढ़ा दो पर वे परिस्थिति के जाग्रत होने के साथ सब आवरणों को विदीर्ण कर देती हैं। वे कई बार हिंस्रता की सीमाएँ लाँघ जाती हैं। इसलिए प्रकृति सर्वोपरि और सबसे शक्तिशाली है।...क्या विश्वामित्र जैसे महान तपस्वी की समस्त शक्तियाँ और ऊर्जाएँ मात्र, 'स्त्री' के मिलने पर इतनी मंद हो जाती हैं कि वे उन्हें संयमित भी करने में विफल लगते हैं। क्या इनमें तनिक भी ईश्वरीय शक्ति नहीं है जो इन्हें पागलपन की सीमा तक आने से रोके।...भयंकर तपस्या में लीन विश्वामित्र जिनका समस्त शरीर घास-फूस, मिट्टी, पत्तों से ढँक गया था। जटाओं में पक्षियों ने घोंसले बना लिये थे। अप्सरा मेनका के आने पर कामदेव के बाणों से आहत होकर, उसकी घुँघरुओं की मादक झंकार को सुनकर, वे अपनी महिमा-गरिमा को खोल की भाँति उतार कर कामुक हो गये। बहुत ही दुर्बल हैं ये लोग। महान लोग।

माधवी ने दो घूँट पानी पिया। पास में फल रखे थे। उसने एक सेव खाया। शुक्राचार्य के आदेश के पश्चात ब्राह्मण-वर्ग के लिए सुरापान निषेध सा हो गया था। लेकिन विश्वामित्र तो राजर्षि थे। ब्रह्मर्षि अपने तमो गुणों के कारण कभी नहीं बन पाए। माधवी को सुरापान की इच्छा हुई।

वह कुटिया से बाहर निकली। इधर-उधर देखा। एक झाड़ी के गहन झंखाड़ में एक अजगर खरगोश को निगल रहा था। वह उस पर दृष्टि फेंक कर विश्वामित्र की कुटिया की ओर गयी। विश्वामित्र रुद्राक्ष की टूटी माला को जोड़ने का प्रयास कर रहे थे। कदाचित वह कहीं अटककर टूट गयी थी।

माधवी को देखकर वे बच्चे की तरह हुमक उठे, "तुम कैसे आयीं? बोलो माधवी।"

"महर्षि! आप मदिरा का प्रबन्ध कर सकते हैं?"

"मेरे आश्रम में मदिरापान नहीं हो सकता।" उन्होंने कठोरता से उत्तर दिया।

"क्यों नहीं महाराज? आप तो ब्राह्मण नहीं हैं। आप तो क्षत्रिय हैं। युवराज हैं।"

"पर मैं अब ऋषि हूँ। मेरे आचार-व्यवहार भी ऋषियों की भाँति हैं। मुझमें अब क्षत्रित्व से अधिक ब्राह्मणत्व है।"

माधवी उनके सन्निकट घुटनों के बल बैठते हुए विहँस पड़ी। बोली, "आप मुझे क्षमा करें। आपके आश्रम में एक स्त्री के साथ परसों संभोगोत्सव मनाया जाएगा। केलिक्रीड़ाएँ होंगी, तब आपका ऋषितुल्य आचरण कहाँ चला जाएगा। मेनका के संग इस पावन आश्रम में आपने कौन-सा ऋषियों का धर्म निभाया? पुत्री को कण्व ऋषि के आश्रम में छोड़कर आपने तो यह प्रमाणित ही कर दिया कि मनुष्य कितना ही सभ्य, सुसंस्कृत और धार्मिक हो जाए, ईश्वरवादी बन जाए और ऋषि-तपस्वी हो जाय पर उसके भीतर की दरिंदगी और आदिमता इन सबको झीने चादर की तरह जीर्ण कर उभर आती है।"

वे चीख पड़े, "माधवी!"

माधवी ने ललाट में बल डालते हुए कहा, "महर्षि! मैं माधवी नहीं हूँ, स्त्री हूँ...केवल स्त्री, जिसे स्वजन, समाज और पुरुषों ने सदैव ठगा है। उसका उपभोग वस्तु की तरह किया है। उसे स्वार्थवश तो श्रेष्ठ माना वरना उसे घाटे में ही रखा। उसे लिंग भेद का शिकार रखा।...मैं आधिकारिक तौर पर कह सकती हूँ कि मैं राजा-महाराजाओं के प्रासादों से लेकर साधु की कुटिया में आयी हूँ और मैंने जाना है कि सबने भाँति-भाँति के शब्द-मुखौटे पहन रखे हैं। प्रकृति के वैभव को भोगने की इनमें अदम्य लालसाएँ हैं। पृथ्वी लोक का पंडित दूसरों को पाप करने से रोकता है। उसे भयभीत करता है, धर्म को लेकर उपदेश देता है पर स्वयं अपने किये कर्मों को लेकर आत्ममंथन नहीं करता।...मैंने सोचा था कि आप मुझे तृप्ति हेतु ग्रहण नहीं करेंगे?"

विश्वामित्र क्रोध में भर आए। विषाक्त स्वर में बोले, "मुझे लगता है कि तुम अपने पिता और परिजनों का अहित करोगी। अभी तुम्हारा पहला धर्म है कि तुम अपनी पितृाज्ञा का पालन करो ताकि गालव अपनी गुरुदक्षिणा दे दे। अब पाप-पुण्य की बात नहीं है, बात है कर्तव्य पालन की। मैं महाराजा हरिश्चंद्र को चाण्डाल बना सकता हूँ तो क्या ययाति....।"

"नहीं ऋषिवर नहीं। मैंने तो अज्ञानवश अपने अन्तस में घुमड़ते चक्रवात को बाहर निकाला है। आप तो जानते ही हैं कि मैं भी प्राणी हूँ और प्राणी अनेक दुर्बलताओं से घिरा है। मैं तो बरसों से जो भोग रही हूँ, थोड़ा और भोग लूँगी। अनिच्छा से ही सही, पितृाज्ञा का पालन करना ही है। मैं आप से क्षमा चाहती हूँ। पितृाज्ञा देवो भव।"

और माधवी बाहर निकल गयी।

कष्ट और अनिच्छा का जीवन भोगते-भोगते माधवी के भीतर विस्फोट-सा होता

रहता था। वह अपनी कुटिया में जाकर श्लथ-सी पड़ गयी।

विश्वामित्र के संग माधवी की समर्पण रात्रि। माधवी नहीं जानती थी कि वासना के समुद्र में जब झंझावात आता है तो कितना ध्वंस करता है। कूल के सौन्दर्य को नष्ट कर देता है। माधवी की काया कलुषित हो गयी। अदृश्य धब्बे उभर आये। दुर्दान्त वेदना से वह आवृत हो गयी। नहीं सो पायी। समीप पड़े थे—वर्षों से ब्रह्मचर्य पालने वाले तपस्वी। पर्ण-पर्यंक जगह-जगह छिन्न-भिन्न हो गया था।

सूर्य की धूप सुहावनी थी। आश्रम में हलचल शुरू हो गयी थी। शिष्यगण सामूहिक वेदमंत्रों का उच्चारण कर रहे थे—"तुम्हारा सत्यपालन कहाँ है? वरुण की अनुग्रह दृष्टि कहाँ है? महान अर्यमा का वह मार्ग कहाँ है, जिसके द्वारा हम पाप मति व्यक्तियों का अतिक्रम कर सकें। हे पृथ्वी! मेरी यह अवस्था या दुख जानो या दुख महोदधि में पतित, मेरे लिए ये सब वस्तुएँ लुप्त हो गयी हैं। इस बात की पृथ्वी साक्षी है।"

विश्वामित्र घोर निद्रा में निमग्न और अस्तव्यस्त जटाओं तथा निस्तेज मुखमंडल की दीप्तियों के कारण वे दैत्यसम लग रहे थे। माधवी उन्हें निरन्तर भावहीन होकर देख रही थी। सोच रही थी—कोई अन्तर नहीं हर्यश्व, दिवोदास उशीनर और विश्वामित्र के मध्य।...सब उसी उत्तेजना, आवेश और प्राबल्य के अधीन। उतने ही मांसखोर।

चौंक कर उठे विश्वामित्र। आह! शब्द निकला और अपने दाएँ पाँव के अँगूठे और उँगली के बीच से किसी कीड़े को चुटकी में पकड़कर ले आए और उसे मसल कर मार डाला।

"क्षत्रिय हैं न, यह तपस्वी।" माधवी ने सोचा।

सहसा उन्होंने अपने शरीर की स्थिति देखी। अपने को सँभाला उन्होंने। उठकर बाहर चले गये।...माधवी सोचने लगी कि मनुष्य बार-बार आदिम, असामान्य, प्रकृतिजन्य और स्वार्थी होता रहता है। सचमुच उसकी आकृति पर भेदक मुखौटे ही लगे रहते हैं जिन्हें हम समय-समय पर देख सकते हैं। एक रूप में नहीं, पृथक-पृथक रूपों में। कदाचित उसे यह सौभाग्य या दुर्भाग्य मिला हो।

उस दिन मध्याह्न समय माधवी भोजन करके अपने पिता ययाति के बारे में सोच रही थी, कि वे इस समय किस स्थिति में होंगे? दुखी या सुखी। देवयानी और शर्मिष्ठा का वैमनस्य किस मोड़ पर पहुँचा होगा।

उसी पल विश्वामित्र आ गये।

कई बार माधवी के मुख से 'महाराज' शब्द अनायास निकल जाता था। माधवी ने उन्हें देखते ही गुस्से में कहा, "विराजिए महाराज, आप सम्पूर्ण शक्तियों

के स्वामी हैं, क्या आप किसी भी मानवी का उसकी इच्छा के बिना उपभोग करें, क्या यह पाप नहीं? क्या आप अपने इस अपराध को अक्षम्य नहीं समझते? क्या मृत्यु के पश्चात जब आप धर्मराज के सम्मुख जाएँगे तो वे इसका दंड आपको नहीं देंगे? आप जितने अभीत होकर यह पाप-कर्म कर रहे हैं, वह आपको मोक्ष तो कभी भी नहीं दिलाएगा। आपको, राजा ययाति को, गालव को, हर्यश्व, दिवोदास और उशीनर, क्या स्वर्ग के अधिकारी होंगे? क्या उन्हें बार-बार जन्मों से मुक्ति मिलेगी? बताइए, भूत-वर्तमान और भविष्य के ज्ञाता।"

विश्वामित्र स्वभावतः क्रोधी थे पर उन्होंने तत्क्षण उपने पर संयम रखा। बोले, "सच कहूँ।"

"आपसे झूठ की आशा तो नहीं की जा सकती।"

"ये समस्त बातें कालसापेक्ष हैं। हमारे शास्त्रों में हर पाप का प्रायश्चित्त भी है। समर्थ लोग चाहे वह राजा हो या तपस्वी, अपने पापकर्मों का धर्मनीति के अनुसार प्रायश्चित्त करके पापमुक्त हो सकते हैं। वे अपनी आत्मा की शुद्धि कर लेते हैं। विश्वामित्र माधवी के सन्निकट आए। उसे आलिंगन में लेकर बोले, "माधवी! अपने को ज्ञान व तर्क भरे प्रश्नों में मत उलझाओ। ये ज्ञान है न, अत्यंत ही पीड़ादायक होता है। तुम अपने कर्तव्य का पालन करके अपने घर लौटो।"

"मैं लौट जाऊँगी। घर लौटना ही मेरी नियति है। प्रारब्ध है, दुखान्त है, सुखान्त है। सच कहती हूँ कि आपको, इस बीच मैं इस प्रकार का जीवन जीऊँ या न जीऊँ, यह द्वन्द्व बार-बार मुझमें उभरा है। बार-बार इस पर चिंतन किया है। लेकिन मनुष्य चिंतनशीलता में सोचता रहता है, उसके सम्पूर्ण आयामों पर, किंतु वह निर्णय नहीं ले सकता। आप बताइए।"

"इसके लिए मरने की क्या आवश्यकता है। तुम वेद ऋषि के वरदान से पुत्र-जन्म के पश्चात कुँवारी हो जाती हो। तुम्हें अपने को पवित्र ही समझना चाहिए।"

"शाप और वरदान? इन दोनों पर ही आप लोगों के सारे खेल होते हैं। देवता वरदान देते रहते हैं और ऋषि लोग शाप। महर्षि! आप बता सकते हैं, सबसे अधिक तपस्या करने वाले कौन हैं?"

"ऋषिजन।"

"नहीं, परमपूज्य, नहीं। घोर तपस्या सदैव असुरों ने की है। अमरत्व का वरदान पानेवाले असुर ही हैं। रावण, भस्मासुर, रक्तबीज, हिरण्यकश्यप...एक लम्बी नामावली है। शाप देनेवालों में आप, शुक्राचार्य और दुर्वासा तो प्रथम पंक्ति में ही रहे हैं। असुरों की सभ्य संस्कृति को देवताओं ने सदैव नष्ट किया हैं। उन्हें अराजक, अन्यायी और अधमी देवताओं ने बनाया है।"

विश्वामित्र झल्ला पड़े। दाँत पीसते हुए बोले, "माधवी, ओ माधवी, तुम अपना

कर्तव्य पूरा करके यहाँ से विदा लो।"

"मैं भी अब मुक्ति ही चाहती हूँ। इस कर्तव्य और पितृाज्ञा के स्वर्णपात से ढँके इस घृणित जीवन से मैं मुक्ति ही चाहती हूँ।"

"माधवी...!" वे तड़प उठे। उनके तन में झुनझुरी-सी छूटी।

"मुझे आप माधवी मत कहिए, मैं स्त्री हूँ, केवल स्त्री।" वह क्रन्दन-सी कर उठी।

माधवी ने सुख की साँस ली कि वह गर्भवती हो गयी है। अब उसे यहाँ से शीघ्र ही मुक्ति मिल जाएगी। प्रकांड पंडित महामना वेद व्यास ने यह क्यों कहा कि इस पृथ्वी पर मनुष्य से श्रेष्ठ और कुछ नहीं है। और माधवी ने व्यथित स्वरों में कहा–इस पृथ्वी पर मनुष्य से अश्रेष्ठ कोई नहीं है। उसने ही अपनी शक्तियों कुटिलताओं से मनुष्य में विभेदों के सहस्र हिस्से कर दिये। मनुष्य ने कहीं देवता, कहीं दैत्य, कहीं स्वर्ण और कहीं अनगणित छोटी जातियाँ बना डालीं। छोटे लोगों का ये समर्थ लोग भयंकर शोषण करते हैं। एकलव्य और शम्बूक इसके हृदय को विदीर्ण करनेवाले दृष्टांत हैं। राज़तंत्र, सामन्ती तंत्र और ब्राह्मणतंत्र ने सदैव अपने से दुर्बल और छोटे लोगों का दमन किया है। क्या मेरा दमन निरन्तर नहीं हो रहा है। यहाँ से मुक्ति मिलने के पश्चात मैं किस अवस्था में रहूँगी, यह ईश्वर ही जाने।

माधवी चिंतित हो गयी। क्षण भर के लिए उसे लगा कि उसका भविष्य यहाँ से मुक्त होने के पश्चात क्या होगा? क्या उसे फिर किसी पुरुष के सुपुर्द किया जाएगा? ओह! भोग...भोग...भोग...मुझे लगता है कि मैं स्त्री के स्थान पर भोग हो गयी हूँ।...मेरी स्वतंत्रता समाप्त हो गयी है। मेरा हर पल विचित्र आतंक का अनुभव करता है। ये विश्वामित्र महर्षि, सन्यासी, गायत्री मंत्र के रचनाकार कहाँ है उसकी ओजस्विता? कहाँ है मनुष्य के नेत्रों को अपनी तेजस्विता से धुँधलाने वाली क्षमता?

विश्वामित्र ने खँखारकर माधवी का ध्यान भंग किया। माधवी ने राजर्षि को प्रश्नवाचक दृष्टि से देखा। कहा, "महाराज! मैं आपको शुभ समाचार सुनाऊँ?"

"सुनाओ।"

"मैं गर्भवती हो गयी हूँ।" न चाहते हुए भी लजा गयी माधवी।

"सच।" पुलक उठे विश्वामित्र।

"हाँ।"

"तुम्हारी कोख से मेरे लिए अत्यन्त ही यशस्वी और सबल पुत्र उत्पन्न होगा।"

माधवी मौन रही।

"तुम मौन क्यों हो?"

माधवी ने सिर ऊँचा करके कुटिया के छप्पर की ओर देखा। कहा, "आपके

सौ पुत्र सती पत्नी से भी हैं। क्या आप उनके लिए कुछ करेंगे नहीं।"

"माधवी! यह मेरा व्यक्तिगत मामला है।...तुम अपने मस्तिष्क को व्यर्थ की उलझनों से मत उलझाओ। अब शांत, धीर-गंभीर और निर्मल विचारों में लीन रहो। तुम एक धर्मावतार पुत्र को जन्म देनेवाली हो।"

माधवी सहम गयी। चुप हो गयी। विश्वामित्र बाहर चले गये। सठ से गये माधवी से। कई दिनों तक आये ही नहीं। माधवी को उसकी कोई चिंता नहीं। अपने को अभागिन तो समझ ही रही थी वह। उसे उसकी पितृाज्ञा ने इतना परवश कर दिया कि वह कोई भी कार्य खुल्लमखुल्ला नहीं कर पाती थी। कदाचित ईश्वर ने उसे इस पृथ्वी पर सर्वाधिक दरिद्र और शोषित स्त्री बनाया है।

एक दिन एक ऋषि युवक दो वन कन्याओं को लेकर आया। कृष्ण-रंग की दोनों पूर्ण यौवनाएँ थीं। उन्होंने बालों में कुशीर लगा रखे थे और स्तन व नितम्बों पर वस्त्रावेष्टन था। बड़े-बड़े नयनों वाली इन युवतियों के शरीरों पर फूल-आभूषण थे।

शिष्य ने माधवी को बताया कि ये दोनों आपकी सेवा में रहेंगी। गुरुदेव ने यह व्यवस्था आपके संतान होने तक के लिए की है।

शिष्य चला गया। दोनों दासियों ने माधवी के चरण स्पर्श किये।

माधवी ने पूछा, "तुम लोग कहाँ से आयी हो?"

"हम लोग पूर्वी जनपद से आयी हैं।" एक ने कहा।

"हम श्रेष्ठिवर धनांक के यहाँ कार्य करती थीं।"

"यहाँ कैसे?"

"किसी साधु ने श्रेष्ठि से हमें माँग लिया। हम तो श्रेष्ठि की खरीदी हुई दासियाँ हैं।"

"और तुम लोग के स्वजन कहाँ हैं?"

"हमारे घर गाँव होंगे। वस्तुतः हमारे जनपद में एक बार भयंकर अकाल पड़ा था तब हमारे माँ-बाप हमें श्रेष्ठिवर को बेच गये थे। आप क्या साधु महाराज की पत्नी हैं।"

"नहीं।"

"फिर आप कौन हैं?"

"मैं तो आपसे भी दीनहीन हूँ। दास-दासियों की फिर भी एक सीमा में स्वतंत्रता होती है पर मैं तो केवल पुत्र जन्म का यंत्र हूँ।...यहाँ भी पुत्र उत्पन्न करके अपने पितृगृह चली जाऊँगी।"

"क्या आप असुर हैं या वनवासी। श्रेष्ठिवरों की कन्याएँ तो ऐसा काम नहीं करतीं। धन और श्रीहीन ही स्त्रियाँ ऐसे हेय कर्म करती हैं।" एक ने कहा।

"मैं राजा ययाति की पुत्री हूँ।" माधवी ने निश्शंकता से बताया।

“राजा की पुत्री?” दूसरी दासी की आँखें आश्चर्य से औसतन आकार से बड़ी हो गयीं।

“ओह! आप तो लगभग हमारे जैसी ही हैं।” दोनों ने एक साथ यह वाक्य कहा।

“आप आज्ञा दें तो मैं एक स्त्री की विचित्र बात सुनाऊँ। वह स्त्री जादूगरिनी थी।” पहली दासी ने अपनी पलकों को नचाकर कहा, “वह पूर्वदेश के कामाख्या से जादू सीख कर आयी थी। वह इतनी शक्तिशाली जादूगरिनी थी कि वह जिस पुरुष को चाहती, उसे अपने प्रेम जाल में फंसाकर अपने कमरे में बुला लेती। उससे खूब प्यार करती। सम्मोहित कर लेती। रात भर वह उससे आनन्द भोगती और दिन निकलते ही उसे भेड़ बना देती। विचित्र थी वह जादूगरिनी।”

माधवी ने नयन मटकाकर पूछा, “यह बात तुम्हें किसने बताई?”

“मेरी दादी ने। दादी को उसकी दादी ने, फिर उसकी दादी ने...।”

माधवी हँस पड़ी। बोली, “तुमने स्वयं तो उस स्त्री को देखा नहीं?”

“नहीं, बहुत पुरानी बात है।”

“फिर इसे एक आख्यान मान लो। एक रोचक कथा।” माधवी ने गंभीर स्वर में कहा, “स्त्री कभी जादूगरिनी नहीं होती। ये कृत्रिम कथाएँ हैं। मैं समझती हूँ कि इसके रचनाकार भी पुरुष ही होंगे।...सुनो, प्रत्यक्ष ही सत्य होता है।” एक पल रुक माधवी ने फिर पूछा, “तुम दोनों के कारण मेरा समय अच्छा कट जाएगा। हाँ, तुम दोनों के नाम क्या हैं?”

“शिखरा और मुखरा।”

“चलो, नदी में स्नान कर आएँ।” माधवी ने प्रस्ताव रखा।

शिखरा ने कहा, “आप आज्ञा दें तो हम आपके शरीर पर उबटन कर दें। देखिए न, आपका शरीर मैला हो गया है। हाथों-पाँवों पर हलकी कालिमा दिखने लगी है।”

“आश्रम में इसकी क्या जरूरत है।”

“नहीं देवी, आप राजकुमारी हैं। आपको तो एकदम स्वच्छ रहना चाहिए। स्त्री का शरीर स्वच्छ रहे तभी वह मनमोहिनी होती है।”

शिखरा और मुखरा ने माधवी के शरीर से सारा मैल उतारा। तेल, हल्दी और आटे का था उबटन।...बड़ा श्रम करना पड़ा उन दोनों को।

जब माधवी ने अपने शरीर को देखा तो उसका सौन्दर्य निर्मल हो गया था। उसने वस्त्र पहने और नदी की ओर चल पड़ी।

कई दिनों के पश्चात वह शारदीय धूप में जी भर कर स्नान कर रही थी। वह नदी में दूर-दूर तक तैरी। बड़ी देर तक वह नहाती रही। फिर वह तेज धूप की तपिस में बैठ गयी। देखने लगी अपने शरीर को। वह संगमरमर की तरह श्वेत और दीप्तिमय हो गया था। ये दासियाँ ठीक ही हैं कि स्त्री नहायी-धोयी सजी और सवरी

ही अच्छी लगती है। उसका सौन्दर्य दमकता है पर ये बेचारियाँ मेरे मन का मैल कैसे धोएँगी? उसने प्रकट में कहा, "चलो, आश्रम चलें।"

वे आश्रम लौट आयीं। विश्वामित्र आ गये थे। उन्होंने माधवी को देखा तो उनका मन-मयूर नाच उठा। उठकर गुलाब और चमेली के पौधों के समीप गये और उन्होंने कुछ फूल तोड़े। उन्हें लेकर वे माधवी की कुटिया में गये। दासियाँ बाहर निकल आयीं।

विश्वामित्र का हृदय प्रणय की पुलकनों से भर आया। वे काफी रोमांटिक मूड में हो गये। माधवी के पास जाकर निश्चल खड़े रहे। माधवी के काले केश बिखरे हुए थे। उनमें उसका गोरा मुखमंडल अपना पृथक अस्तित्व बता रहा था। वे फूलों की पंखुरियाँ तोड़-तोड़ कर माधवी पर बरसाने लगे। माधवी ने पलकें ऊँची करके देखा। देखते-देखते वह मुसकरायी।

फूलों की भीनी-भीनी सुवास फैल गयी थी। मादक स्त्री-सुवास।

माधवी ने विश्वामित्र की भावनाओं को गहरा करने की बजाय आघात-सा लगाया। "महर्षि!"

"जी।"

"आप ऋषि क्यों बने?"

"क्या तात्पर्य?"

"यदि आपके दाढ़ी-मूँछें नहीं होतीं तो आपका व्यक्तित्व निराला होता।" माधवी खड़ी हो गयी। "आप महाप्रतापी महाराजा लगते। आप स्त्रियों के लिए आकर्षण का केन्द्र होते?"

विश्वामित्र सहसा आगबबूला हो उठे। यदि माधवी उनकी दुर्बलता नहीं होती तो वे माधवी को भयंकर शाप दे डालते? कितनी भीषण चोट की है इसने। अपने क्रोध का दमन करके विश्वामित्र बोले, "मैं राजकुमार से ऋषि इसलिए बना कि मुझे लगने लगा था कि क्षत्रिय बल से अधिक बलशाली तपोबल है। तपोबल के समक्ष मुझे एक बार परास्त होना पड़ा था और मुझे कोई पराजय पसन्द नहीं होती।"

वे त्वरा से बाहर निकल गये।

माधवी अपने तन पर बिखरी फूलों की पंखुरियों को देखती रही। मुसकराती रही। सोचती रही कि उसने महर्षि के मदरीले स्वप्नों को निर्दयता से तोड़ डाला।

माधवी ने सोचा कि कहीं मन से टूटते-टूटते उसकी रचनात्मक प्रवृत्ति तो समाप्त नहीं हो गयी है? वस्तु की भाँति उपयोग होते-होते वह भावहीन तो नहीं हो गयी है? उसके मन के समूचे सागर के आर्द्र दुकूल सूखे और बंजर तो नहीं हो गये हैं। मेरी अन्तस की मृदुल इन्द्रियाँ भस्म तो नहीं होती जा रही हैं।

दासियाँ आ गयीं। वे बिना पूछे ही माधवी के शरीर पर बिखरी पंखुरियाँ हटाने लगीं।

शिखरा ने कहा, "आपने महर्षि जी को नाराज कर दिया क्या?"

मुखरा ने कहा, "वे अपनी कुटिया में ध्यान लगाकर बैठ गये हैं। सब शिष्यों को विघ्न डालने के लिए मना कर दिया है।"

माधवी निरुत्तर रही।

वह क्या करे?

माधवी के भीतर नयी माधवी जन्म रही है। उसकी स्त्री में नयी स्त्री उत्पन्न हो रही है। क्या उसकी दूसरों की पीड़ा को समझने भी अनुभूति मरती जा रही है। दूसरे की पीड़ा को न समझनेवाला व्यक्ति क्रूर और पशुवत हो जाता है।

लेकिन मैं करूँ भी तो क्या करूँ? मेरे मन की लालसाएँ-तृष्णाएँ दूसरों की मनचाही सहते-सहते विद्रोही हो गयी हैं। मनुष्य का शोषण के विरुद्ध विद्रोह करना स्वाभाविक है। मैं 'मैं' कहाँ रही। मर चुकी हूँ मैं माधवी।

"मुखरा! जल पिलाओ।"

मुखरा बाहर निकली। जल का लोटा लेकर आयी।

माधवी ने गटागट पानी पिया।

तभी विश्वामित्र आ गये। दोनों दासियाँ बाहर चली गयीं। विश्वामित्र रुष्ट प्रेमी की तरह बैठ गये। माधवी ने उसे तीक्ष्ण दृष्टि से देखा। वह महर्षि की उद्विग्नता की उग्रता में छिपी मौन तड़प को समझ रही थी। विश्वामित्र अतृप्ति की आग में मानो दग्ध हो रहे थे। अनेक शक्तियों के स्वामी जिन्होंने कितनी ही अप्राप्य वस्तुओं को प्राप्त कर लिया था, वे अभी स्त्री के लिए कितने दीन याचक बने हुए थे।

"क्या बात है महर्षि?" माधवी ने उस असह्य मौन को तोड़ा।

"तुम्हारे कटु व्यवहार से मुझे इतना क्रोध आ रहा है कि मैं तुम्हें शाप से अहल्या की भाँति पत्थर की बना दूँ।"

"आप क्यों बनाएँगे? आप मेरे पति तो नहीं हैं।...यदि आप मुझे पत्थर की बना दें तो मैं अपना सौभाग्य ही समझूँगी। इस इच्छारहित पीड़ामय जीवन से तत्काल मुक्ति मिल जाएगी। फिर कोई कष्ट व अपमान सहना भी नहीं पड़ेगा।"

विश्वामित्र ने दीर्घ निःश्वास लेकर नेत्र मूँद लिये। जैसे वे अपने आक्रोश और आवेश पर काबू पा रहे हैं। बोले, "माधवी! मैं विवश हूँ। मैं क्यों ऐसी स्थितियों से घिर गया हूँ।"

"आप अन्यथा न लें और धीर भाव से सुनें तो मैं निवेदन करूँ?"

"करो।"

"तेजोमय! मैंने अनुभव किया है कि तपस्या का उन्माद और भोग का उन्माद दोनों ही एक समान शक्तिशाली हैं। कई बार तो मैंने जाना है कि भोग का उन्माद अत्यन्त ही उग्र होता है, फल तपस्या भी देती है और भोग भी। मेरा मानना है कि कोई भी सत्कर्म और दुष्कर्म में निष्फल नहीं होता। उस कर्म के अनुसार मनुष्य फल

पाता ही है। कर्म करने के पूर्व उसके प्रति सच्ची निष्ठा होनी चाहिए। अन्तःकरण से करने की ललक होनी चाहिए। आप कोई भी दुष्कर्म करेंगे तो आपकी आत्मा उस पर अंकुश लगाएगी।"

"फिर मेनका के समय मेरी आत्मा ने मुझे रोका क्यों नहीं? वह तो तपस्वी की आत्मा थी।"

"आपकी आत्मा सतही तौर पर तपस्वी की आत्मा है। जैसे सरोवर के जल पर कुमुदिनी का आवरण बिछ जाता है, उसी तरह आपकी राजाशाही आत्मा पर तपस्वी की आत्मा का आवरण है। यदि आपमें सच्चे ऋषि की आत्मा होती तो आप मुझे और मेनका को संतानों की माँ नहीं बनाते?"

विश्वामित्र ऐसे बाहर निकले जैसे किसी ने उनके तप्त शलाका चिपका दी हो। शब्द उगला—"दुष्टे!"

माधवी ने अपनी दासियों को पुकारा। उन्हें व्यंग भरी मुसकान बिखेरते हुए आदेश दिया कि उसके लिए भोजन की व्यवस्था करें।

लगभग इक्कीस दिन बीत गये। बिश्वामित्र का कोई अता-पता नहीं था। माधवी ने उनके शिष्यों से पूछताछ भी नहीं की। आवश्यकता भी नहीं थी।

शिखरा और मुखरा अवश्य जिज्ञासु थीं कि महर्षि गये तो गये कहाँ? जब मुखरा ने माधवी से पूछा तो माधवी ने हँसकर कहा, "तुम दोनों के सामने ही तो वे नाराज होकर गये थे। किसी शिक्षार्थी से पूछकर पता लगाओ।"

मुखरा ने एक युवा शिक्षार्थी से पूछा, "बंधुवर! गुरुदेव कहाँ गये हैं?"

"देशाटन के लिए गये हैं?"

"कहाँ?"

"हमें पता नहीं है। हम गुरुदेव से प्रश्न नहीं कर सकते। वे स्वयं बताकर चलें जाएँ तो बात और है।"

"लौटने का समय?"

"पता नहीं।"

मुखरा ने युवा शिक्षार्थी 'प्रसाद' को अपलक निहारा। प्रेमाग्नि की स्फुलिंग थी उसके त्राटक अभ्यस्त नेत्रों में।

प्रसाद का सारा शरीर झनझना उठा। संयम और ब्रह्मचर्य की पक्की सतह पर क्षणिक हलकी तरेड़ आयी। प्रसाद ने अपने को सँभाला और गायत्री मंत्र का जप करने लगा।

मुखरा माधवी के पास आ गयी। उसने बताया कि शिष्य गुरुदेव के बारे में कुछ नहीं जानते।

माधवी ने बायीं ओर सोते हुए कहा, "सुनो, मेरा मन नहीं लग रहा है। चलो, कहीं घूमने चलें।"

"कहाँ?"

"कहीं भी।"

शिखरा ने याद करके बताया, "देवी, उत्तर में जो पहाड़ी है, उसके पीछे चलें। वहाँ जंगली कबीला रहता है। वहाँ नृत्य समारोह है।"

"तुम्हें कैसे मालूम।"

"मुझे जंगल में लकड़ी तोड़नेवाली उस कबीले की एक स्त्री ने बताया।" शिखरा ने कहा था कि बहुत ही लुभावना नृत्य होता है।

"यदि कोई नृत्यांगना अपनी कला में पारंगत है तो अपनी भाव भंगिमाओं और मोहक संकेतों से दर्शकों को मंत्रमुग्ध कर देती है। हमारे राज्य की नृत्यशालाओं में अनेक तरह के नृत्य होते थे। हमारे यहाँ एक ऐसी निपुण नर्तकी एक बार आयी जो भावाभिव्यक्ति में अन्यतम थी। उसने शिव-उमा का नृत्य किया था। वह एक पल में उमा बनती थी और दूसरे पल शिव। दोनों के नृत्य-भावों में वह इतनी निष्पाप, निर्दोष और निष्कलंक लगती थी कि दोनों स्वरूप पावन सात्विक रस बरसाते से लगते थे। वह कहती थी कि कलाएँ मानव का श्रेष्ठ गुण होती हैं चाहे वह कला किसी से भी सम्बन्धित क्यों न हो? नृत्य, संगीत, चित्रकारी, मूर्तिकारी, वाद्यवादन। कलाकार जनसामान्य से सदैव ऊपर रहा है।"

"फिर हम चलें?" मुखरा ने कहा।

"नहीं, वह पहाड़ी बहुत दूर है। हमारे पास जाने के साधन भी नहीं हैं।"

"अश्व हैं न?"

"ये श्यामकर्ण अश्व हैं। इनके स्वभाव से हम परिचित नहीं हैं। फिर जीन भी तो नहीं हैं। ऐसी स्थिति में लम्बी यात्रा संभव नहीं है। चलें, थोड़ी देर यूँ ही भ्रमण कर आएँ।"

तीनों कुटिया से बाहर निकलीं। दोपहर की धूप ऋतु के अनुसार सुहावनी लग रही थी। वे घूमते-घूमते घने जंगल में चली गयीं। अप्रत्याशित उसकी दृष्टि प्यार करते हिरणों के जोड़े पर पड़ी।

माधवी की काया काँप उठी। उसे स्वप्न-शाप स्मरण हो उठा। पति का सुख कोख का सुख। संतान-सुख। क्या वास्तव में स्वप्न-शाप सच होगा। वह विमूढ-सी खड़ी हो गयी।

शिखरा ने पूछा, "क्या बात है देवी? आप निश्चल कैसे हो गयीं?"

उसने स्थिति को भुलाने के लिए कहा, "कोई विशेष बात नहीं है। झरने की ओर चलें।"

तीनों बायें पथ पर मुड़कर चल पड़ीं।

थोड़ी दूर एक चट्टान के ऊपरी हिस्से से जल-धारा प्रवाहित हो रही थी। सुरम्य दृश्य था। तीनों ने झरने का पानी पिया। सुमधुर जल था। तृप्ति का अनुभव किया।

मुखरा ने कहा, "अब हम चट्टान के पीछे से चलेंगे।"

"माधवी ने स्वीकृति दे दी।"

चट्टान के पीछे बहुत छोटा-सा गाँव था। लगभग सौ सुन्दर झोंपड़ों का। स्वच्छ और हरा-भरा।

गाँव में प्रवेश करते ही एक किसान दम्पति ने हाथ जोड़ कर विनम्र निवेदन किया, "देवियो! यदि आप गाँव में अतिथि बनकर आयी हैं तो हमारा आतिथ्य स्वीकार कीजिए।"

मुखरा ने कहा, "नहीं, हम तो भ्रमण की इच्छा से विश्वामित्र जी के आश्रम से आयी हैं।"

"वे तो महान तपोबल के स्वामी हैं। सुना है कि उन्होंने राजा त्रिशंकु को सदेह स्वर्ग में पहुँचा दिया।"

"नहीं भाई, त्रिशंकु बीच से ही लौटकर पृथ्वी पर आ गिरे।" माधवी ने व्यंगपूर्वक कहा।

"बीच में गिर पड़े।" चौंक पड़ी महिला।

"हाँ, प्रकृति के विरुद्ध न तो किसी को चलना चाहिए और न प्रकृति का जरूरत से ज्यादा दोहन करना चाहिए।" माधवी ने वहाँ के हरे-भरे अनगिनत वृक्षों को देखकर कहा।

उस ग्रामवासी ने बताया, "बहिन! इसलिए हम लोग खेती के साथ-साथ पशु-पालन करते हैं। गायों के कारण हमें दूध-दही-घी मिल जाता है और उनके गोबर से ईंधन। हमारे यहाँ कोई भी हरा वृक्ष नहीं काटता।"

"यह तो श्रेष्ठ कर्म है।"

"हम खेती भी उतनी ही करते हैं, जितनी हमें अन्न की जरूरत होती है। हमारे पूर्वज कहते थे कि पृथ्वी स्त्री है, यदि उसे अधिक जोता गया तो वह बंजर हो जाएगी जैसे स्त्री की संतान उत्पन्न करते-करते प्रजनन शक्ति नष्ट हो जाती है।"

माधवी ने उससे विदाई माँगी। सोच बैठी कि प्रकृति का सम्मान ये ही लोग करते हैं।

तीनों चलते रहे। आश्रम में पहुँचीं तो महर्षि उपस्थित थे। माधवी ने उन्हें नमस्कार किया।

"कहाँ गये थे तुम लोग?"

"वन में घूमने।" माधवी ने कहा। वह अपनी कुटिया में गयी। कुटिया में आमूलचूल परिवर्तन हो गया था। काली लकड़ी का पलंग लग गया था। उस पर मखमली गद्दा। गाव और पीठ तकिये। पलंग के सिरहाने ऐसा दर्पण लगा था

जिसमें सोनेवाले की पूरी काया दिखायी दे। एक विचित्र दीपक।

विश्वामित्र ने आकर बताया, "इसके लिए मैंने अपने तपोबल का प्रयोग नहीं किया है। ये सब एक श्रेष्ठि ने दान दिये हैं। अब तुम्हें सुख और सुविधाओं की विशेष आवश्यकता है।"

माधवी ने अपनी असहमति प्रकट की, "नहीं, महर्षि, मुझे यहाँ सुख-सुविधाओं की कोई आवश्यकता नहीं है।"

"क्यों?"

"यह महर्षि तपस्वी विश्वामित्र का आश्रम है। यहाँ के कण-कण और अणु-अणु में सुख-सुविधाएँ बसी हुई हैं। यहाँ संकट और असुविधा आ कैसे सकती है?"

"तुम सच कह रही हो या मुझ पर व्यंग कर रही हो?" विश्वामित्र ने पूछा।

"आप पर व्यंग करने का साहस इस पृथ्वी पर किसे है? आजतक किसी ने आपको ललकारा है।"

"यह तुम ठीक कह रही हो। विश्वामित्र को ललकारने की क्षमता किसी में नहीं है।"

तभी एक शिष्य ने आकर कहा, "एक युवक आपसे मिलने आया है!"

"कौन है!"

"राजकुमार लगता है।"

"उसे बिठाओ, मैं आता हूँ।"

विश्वामित्र ने बाहर आकर देखा। एक सजीला-गठीला युवक। पोशाक से वह राजकुमार लगता था।

उसने विश्वामित्र को देखकर चरण स्पर्श किये। महर्षि ने उसे बैठने का संकेत किया। जब वह बैठ गया तब महर्षि ने पूछा, "क्या बात है? कैसे आगमन हुआ?"

युवक ने कहा, "मैं राजा विश्वदेव का पुत्र हूँ। मैं आपके द्वारा सन्यास लेना चाहता हूँ। मुझे आप दीक्षा दीजिए।"

"वत्स! सन्यास और उसका संकल्प मन से लिया जाता है। मैंने दीक्षा दे दी और तुम सन्यासी हो गये, यह सही और सार्थक नहीं है। क्या तुम्हारे माता-पिता तुमसे दुर्व्यवहार करते हैं!"

"नहीं।"

"क्या तुम्हारी पत्नी...।"

"मेरे सात पत्नियाँ हैं।"

"क्या उनमें से कोई दुश्चरित्र है?"

"नहीं।"

"फिर वितृष्णा किससे हुई?"

"राजकुमार मौन रहा।"

विश्वामित्र ने कहा, "निष्कारण और निरुद्देश्य कोई भी व्यक्ति सन्यासी नहीं हो सकता। फिर वत्स, जितने ऋषि हैं, वे सब गृहस्थ हैं। वशिष्ठ, गौतम, चार्वाक, च्यवन, शुक्राचार्य आदि लोगों के पत्नियाँ और पुत्र-पुत्रियाँ भी हैं। जाओ, सनक के लिए सन्यास नहीं लेते।"

"सच कहूँ महर्षि।"

"कहो।"

"मेरे सात पत्नियाँ हैं तो भी मन भटकता रहता था। मैंने इसके उपरान्त भी एक रूपजीवी से प्रेम कर लिया। उसकी मृत्यु साँप काटने पर अचानक हो गयी। मैं उसे मरघट पर जलाने गया। उसका सुन्दर और आकर्षक शरीर क्षण-क्षण ज्वालाओं की लपटों में जल रहा था। जब उसका शव जल गया तब राख की ढेरी शेष रह गयी। मैंने सोचा कि यदि प्रत्येक मनुष्य का यही अंत है तो मुझे इन सबको त्याग कर परमात्मा की प्राप्ति कर मोक्ष को प्राप्त करना चाहिए। वैभव की उत्ताल तरंगों के थपेड़ों की जगह मुझे तप की अग्नि में तपना चाहिए।"

निश्वामित्र हँस पड़े। अपनी दाढ़ी पर हाथफेर कर बोले, "श्मशानी वैराग्य स्थायी वैराग्य नहीं होता। उसका प्रभाव क्षणिक होता है। श्मशान पर हम शव जलते देखते हैं तो हमें मृत्यु के विराट सच का आभास होता है। थोड़े काल के पश्चात हम सब कुछ भूल जाते हैं और पूर्ववत वातावरण में लीन हो जाते हैं। वत्स! जाओ, पहले अपने सांसारिक कर्तव्यों का पालन करो। उन सुगन्धों को इतना तीव्रतम बनाओ जिनके फूल तुम अपनी जीवन-बगिया में लगा कर आये हो। क्षत्रियों के धर्म अपार हैं। उन्हें पूरा करो। संन्यासी होने के चंद दिनों बाद तुम संन्यासी का स्वांग करोगे क्योंकि तुम्हारा जीवन वैभव के रसों से अभी पूर्ण सिंचित होकर अंतिम परिधि तक नहीं पहुँचा है। उससे पहले तृप्त हो जाओ।"

युवक ने शारदीय नभ मंडल को देखा जिस पर चादर की तरह श्वेत मेघ थे। अपने कान को खुजाते हुए कहा, "महर्षि जी! मैं क्षत्रिय धर्म निभाते-निभाते थक गया हूँ। यह धर्म क्या है? शौर्य के बल पर सुख, समृद्धि और प्रभुत्व को प्राप्त करना। उनके लिए हिंसक निकृष्ट कार्य करना। लूट-पाट, नगरदहन और रक्तपात। मैं शांत रहना चाहता हूँ।"

विश्वामित्र विहँस पड़े। बोले, "अपने धर्म का परित्याग कर दूसरे धर्म में अपने को रूपान्तरित करके मनुष्य कई-कई विरोधाभासों से ग्रस्त हो जाता है।" वे कहना चाहते थे कि जैसे मैं हूँ। लेकिन उन्होंने इस बात को थूक की तरह निगल लिया। आदेश देते हुए बोले, "जाओ, अपने घर जाओ। अपने राज्य और गृहस्थ धर्म का पालन करो। वत्स! हमने जिन चीजों का आस्वाद ले लिया है, उनसे त्राण पाना सहज नहीं। हमने जिन सुखों को भोग लिया है, उनसे छुटकारा आसान नहीं। इस जीभ

ने जिन स्वादों को चख लिया है, उन्हें वर्जित स्वाद बनाना दुष्कर है।...जाओ...वत्स जाओ।"

वह युवक कुछ अस्पष्ट बड़बड़ाता चला गया।

आश्रम का कार्य यथावत चलता रहता था।

विश्वामित्र आज कुछ अधिक ही चंचल दिख रहे थे।

रात्रि वधू जैसे ही धरा पर तिमिर आँचल ओढ़कर आयी कि वे माधवी की कुटिया में खँखाराते हुए घुसे। दोनों दासियाँ जाने को उद्यत हुईं। विश्वामित्र ने पूछा कि माधवी को भोजन करा दिया।

दोनों ने स्वीकृति सूचक सिर हिलाया। फिर बाहर चली गयीं।

विश्वामित्र पलंग पर अर्धशायित होते हुए बोले, "माधवी! तुम्हें यह परिवर्तन पसंद आया।"

माधवी ने सिर हिलाकर कहा, "नहीं।"

"क्यों?"

"यह आश्रम के सात्त्विक सौन्दर्य को दूषित करता है।"

"तुम मेरे किसी भी कार्य की प्रशंसा नहीं करती हो।"

"सच कहूँ?"

विश्वामित्र ने उसकी ओर प्रश्नभरी दृष्टि से देखा।

"आपने मेरे जीवन का नाश कर दिया। न आप गुरु दक्षिणा में आठ सौ श्यामकर्ण अश्व माँगते और न मैं भोग की वस्तु बनती। वस्तुतः आप ऋषि तो हो गये पर जन्म-संस्कारों की वासनाएँ और लिप्साएँ पूर्ववत फणीधर की तरह फुत्कार रही हैं।...आपको राजा ही बने रहना चाहिए था। इस रूप में अभी आपके पास महाशक्तियाँ मंत्रों की अवश्य हैं। मोक्ष प्राप्ति के लिए आप प्रयासरत हैं पर आप रस, रूप, गंध के एक-एक क्षण का आनंद भोगने का अवसर भी नहीं चूकते।"

विश्वामित्र उत्तेजना से घिर गये। बोले, "माधवी तुम्हारी बातें चुभनशील होती हैं।"

उन्होंने माधवी को बिछौने पर बिछौना बनाना चाहा। माधवी ने रोक दिया, "यह आप क्या कर रहे है महाराज, मैं गर्भवती हूँ। आपके पुत्र की माँ बननेवाली हूँ।"

"तो क्या हुआ?"

"आप मुझे पदार्थ न समझें। आप तपस्वी हैं। संयम और व्यावहारिक धर्म के आप ज्ञाता है। पशुओं में भी नियम है कि मादा जब गर्भवती हो जाती है तो उसकी ओर नर झाँकते ही नहीं।"

विश्वामित्र एकदम भड़क उठे, "तुम मुझे समझा रही हो? उस विश्वामित्र को जो अपनी पर आ जाए तो धरती में कम्पन ला सकता है और आकाश को झुका

सकता है।"

"आज तक न तो कोई धरती में कम्पन्न उत्पन्न कर पाया है और न आकाश को झुका पाया है।" पल भर रुककर माधवी ने कहा, "महाराज! आप अपनी शक्तियों को विध्वंसात्मकता में क्यों खर्च करते हैं। इस पृथ्वी को आप संकटमोचन क्यों नहीं बनाते? मनुष्यों को कष्ट और अभावमुक्त क्यों नहीं करते। प्रतीत होता है कि समस्त देव और ऋषिगण मानवीय दुर्बलताओं से ग्रस्त हैं।"

विश्वामित्र जैसे तड़प उठे, "माधवी! मुझे प्रसन्न करो।"

"प्रसन्न करके मैं क्या पाऊँगी। आप मुझे मेरे तीनों पुत्र वापस ला देंगे। मैंने गतवर्षों में जो मर्मान्तक वेदनाएँ झेली हैं, उसको अमिट कर देंगे। मैंने जो इच्छारहित जीवन जिया है, उसकी आप भरपाई कर देंगे?" माधवी अत्यन्त संयम और धैर्य से बोल रही थी।

विश्वामित्र मन ही मन दग्ध हो रहे थे। झुँझला रहे थे। उनकी आकृति पर पतझड़ का रूखापन था। उनका क्रोध उस सीमा को छू गया था कि वे शाप भी दे सकते थे पर माधवी के सौन्दर्य पर मुग्ध और उसे बार-बार हड़पने की आशा ने उन्हें बाँधे रखा। वे चुपचाप बाहर निकल गये।

शिष्यों को पुकारा। अँधेरा आकाश से झर रहा था।

आदेश दिया, "फावड़ा-कुदालें ले आओ। इस सफेदे के वृक्ष को उखाड़ेंगे। इनके कारण आसपास फैले तुलसी के पौधे पनप नहीं रहे हैं। यह सबके हिस्से का पानी पी जाता है।"

वे जोर-जोर से कुदाली चलाने लगे।

वसंत का आगमन हो गया।

प्रकृति ने परिवर्तनों की चादरें ओढ़ लीं। भाँति-भाँति के फूल खिल गये। नूतन पल्लवों के कारण चारों ओर गहरी मनलुभावन हरियाली फैल गयी। ऋतु ने नये वस्त्र पहन कर फूलों का शृंगार कर लिया। ठंडक कम होने पर मनुष्य ने खुले आकाश के तले स्वच्छन्द रूप से विचरण करना शुरू कर दिया।

माधवी के चेहरे पर गर्भ के कारण लुनाई बढ़ गयी थी। लावण्य सात्विक दीप्ति से झलमलाने लगा था।

उस दिन वह अपनी दोनों दासियों के संग इमली खा रही थी। तभी मुखरा ने कहा, "देवी! आप अन्यथा न लें तो कुछ निवेदन करूँ?"

"करो।"

"हम दोनों चाहती हैं कि वसंत के मनुहारी ऋतु में आपका फूलों से शृंगार करें। आपको फूलों के वस्त्र पहनाएँ।"

माधवी के आधे मुख पर धूप थी और आधे पर छाया। वह मधुर हास्य स्मित बिखेर कर बोली, "मेरी भोली साथिनो, सुमन वसन तो उन्हें ही शोभा देते हैं जिनके पति और प्रेमी होते हैं। मैं तो इस मामले में बड़ी अभागी हूँ। शृंगार करके किसे दिखाऊँगी?" सहसा माधवी उदास हो गयी। पुनः बोली, "कदाचित मुझे पति और प्रेमी का सुख मिले ही नहीं।"

"क्यों?"

"मैं वरदानमयी और शापित दोनों तरह की स्त्री हूँ।"

शिखरा ने सहमते-सहमते पूछा, "आपको महर्षि की याद नहीं आती। वे आपके गर्भ शिशु के पिता हैं।"

"बिल्कुल नहीं आती क्योंकि उनसे मेरा कोई धर्म का नाता नहीं है। उनके लिए तो मैं एक यज्ञ-कुंडी हूँ। पुत्र जन्म के पश्चात मुझे तो यहाँ से जाना ही है। मैं अपनी पितृाज्ञा को पूर्ण कर रही हूँ।" माधवी ने संक्षिप्त में सारी बातें बतायीं।

दोनों दासियाँ विस्मय भरी उदासी की चपेट में आ गयीं।

क्षणिक मौन।

उस मौन को भंग किया शिखरा ने, "देवी! हम सभी वर्ग की स्त्रियों की कमबेसी स्थितियाँ एक सी ही हैं।"

माधवी निरुत्तर रही।

वह उठकर कुटिया में चली गयी। लेट गयी।

चंद क्षणों में उसकी आँखों से झर-झर कर आँसू बहने लगे। उन दोनों दासियों को उसकी स्थिति पर दया आ गयी। वे दोनों सहसा बुजुर्ग हो गयीं।

शिखरा ने माधवी के सिर पर स्नेहिल हाथ रखकर पूछा, "देवी! क्या उदर पीड़ा होने लगी हैं जिसके कारण आप सहसा रोने लगी।"

"मैं पीड़ा के कारण नहीं रो रही हूँ बल्कि अपने दुर्भाग्य पर रो रही हूँ।...शिखरा! अब तो पीड़ा को सहना असह्य हो गया है। सोचती हूँ कि मृत्यु को वरण कर लूँ या फिर इस जीवन में सुख की खोज करूँ। इन भावनाओं के विपरीत भावनाओं को अपने में जगा लूँ।"

उसने मन ही मन निर्णय किया कि वह झेलते-झेलते ऊब चुकी है। अब वह झेलने के अर्थ को बदलेगी।...दुख में सुख का असहास। चिंता रहित जीवन।

उसने मुखरा और शिखरा से पूछा, "मुझे मदिरापान की इच्छा है। मदिरा मिलेगी।"

"मदिरा इस जंगल में कहाँ मिलेगी?"

"किसी शिक्षार्थी को बुलाकर लाओ।"

शिखरा एक युवा शिक्षार्थी को बुला लायी।

माधवी ने गंभीर होकर पूछा, "आपको गुरुदेव ने कहा हुआ है कि माधवी को

जिस वस्तु की जरूरत हो, उसे प्राप्त करायी जाय। सही है न?"

"जी देवी।"

"मैं अत्यन्त ही व्यग्र हूँ। मुझे मदिरा चाहिए।"

"यह ऋषि आश्रम है।" प्रसाद ने कहा, "यहाँ मादक वस्तुओं का प्रवेश वर्जित है।"

"मेरी इच्छा पूर्ति कैसे करोगे?"

"देवी! जो नियम आपके आगमन से पूर्व के हैं, उन्हें हम भंग नहीं कर सकते। उन्हें तो गुरुदेव ही भंग और परिवर्तित कर सकते हैं।" प्रसाद विशेष विनम्र हो गया। "आप अन्यथा नहीं लें।"

माधवी ने उसे जाने की आज्ञा दे दी।

"मुखरा! अब क्या करूँ? अपने को कैसे भूलूँ?"

दोनों दासियाँ सोचती रहीं। एकाएक मुखरा ने कहा, "एक काम हो सकता है देवी।"

"क्या?"

"इस जंगल में थोड़ी दूर पर भाँग उगती है। कहते हैं कि शिवजी के मन में वह खूब तरंगें उठाती है। आप कहें तो मैं उसे तोड़ लाऊँ।"

"हाँ तोड़ लाओ। मैं कुछ असहज होना चाहती हूँ। मैं उस नशे के उन्माद में कैद होना चाहती हूँ ताकि मैं बाहरी संसार को भूल जाऊँ। शिखरा! कई बार मनुष्य अपनी आत्मा के अंतलांत में डूब जाना चाहता है ताकि बाहर के विद्वेष, दोहन और शोषण को विस्मृत कर सके।"

शिखरा और मुखरा दोनों आश्रम से बाहर चली गयीं। थोड़ी देर में वह भाँग की घासनुमा हरी पत्तियाँ तोड़ लायीं। उन्हें सिल पर खूब रगड़ा। तत्पश्चात उसका दूध में घोल बनाया। उसमें शक्कर मिलायी।...एक गिलास में डालकर मुखरा ने माधवी को दे दिया, "लीजिए, पीजिए।"

"तुम दोनों नहीं पीओगी?"

"नहीं, हम आपके चरणों की धूल हैं। हम अपनी स्वामिनी की बराबरी कैसे कर सकती हैं? हमें अपनी हैसियत को याद रखना चाहिए ताकि जरा भी अनिष्ट न हो।"

माधवी ने उन दोनों की ओर देखा। दोनों के सिर झुके हुए थे। दासता का यह स्वाभाविक रंग था। क्या व्यवस्था है समर्थ लोगों की। साधारण जन का भयंकर शोषण। उसने आदेशात्मक स्वर में कहा, "पीओ, यह मेरी आज्ञा है।"

तीनों ने भाँग पी।

धीरे-धीरे उन पर नशा चढ़ने लगा। भाँग का नशा इन्द्रधनुषी होता है। व्यक्ति हँसता है तो हँसता ही रहता है और रोता है तो रोता ही रहता है। डींगें मारने लगता

है तो पर्वत से भी ऊँची।

शिखरा हँसते-हँसते रोने लगी। रोते-रोते हँसने लगी। फिर गाने लगी–

मेरा मन आकाश है,
पंछी मेरा है जीवन
उड़ते-उड़ते मर जाऊँ तो
धरती का मिले आँचल...

मुखरा ने माधवी को गले लगाते हुए कहा, "मैं भी कुछ सुनाऊ क्या?"

"सुना।"

"बहिना! एक बार मेरे दादा शिकार खेलने गये। वे हर रोज शिकार करने जाते थे। मांसाहारी हैं न हम लोग। वे एक सूअर के पीछे लग गये। सूअर आगे-आगे और दादा पीछे-पीछे।"

"अचानक सूअर एक राक्षस के रूप में बदल गया। उसने मेरे दादा को पकड़ लिया। मेरे दादा ने सोच लिया कि यह आदमखोर अब उसे जीवित नहीं छोड़ेगा। फिर भी उन्होंने साहस करके कहा, मुझ पर दया करिए, मुझे मारियेगा नहीं।"

राक्षस ने अपनी कर्कश आवाज़ में कहा, "मैं तुझे खाऊँगा और अपनी भूख मिटाऊँगा, फिर मस्ती में नाचूँगा।"

"दया...दया करो हे राक्षसराज आपसे शक्तिशाली कौन है त्रिलोक में। आप देवों को परास्त करने वाले हैं। दया करो–दया!" मेरे दादा ने उसकी प्रशंसा की।

राक्षस ने कहा, "यदि मैं तुझे छोड़ दूँगा तो क्या मैं भूखा मरूँगा।"

दादा ने कहा, "आप तो मर ही नहीं सकते। आप तो अमर हैं। आपको भला कौन मार सकता है।"

"हाँ मुझे कोई नहीं मार सकता। लेकिन मैं अमर कहाँ हूँ।...हाँ, यदि मुझे कोई पुरुष का दूध पिला दे तो मैं अमर हो सकता हूँ।"

मेरे दादा बहुत ही चालाक थे। उन्होंने अपनी तुरंत बुद्धि का प्रयोग किया। झट से बोले, "मैं आपको पुरुष का दूध लाकर दे सकता हूँ।"

"कहाँ से?"

"अपने घर से क्योंकि मेरे पिता ने अभी ही गर्भ धारण किया है। चार-पाँच माह तो लग ही जाएँगे। बच्चा होने के बाद ही तो दूध मिलेगा।"

"पर मैं तुम पर कैसे विश्वास करूँ?"

मेरे दादा ने जंगली लकड़ी के मनकों की बनी माला गले से निकालकर राक्षस को दी। कहा, "इस माला में मेरा सारा शरीर है। आप इसके मनकों को तोड़ते जाएँगे, मेरे अंग भंग होते जाएँगे। अंत में मृत्यु? विश्वासघात करूँ तो मृत्यु का दंड पाऊँ।"

राक्षसों और असुरों में अपनी बुद्धि कम ही होती है। राक्षस ने मेरे दादा का विश्वास कर लिया। उन्हें छोड़ दिया। उन्होंने तुरन्त अग्नि बाण से राक्षस को मार

डाला।

माधवी ने पूछा, "क्या वे धनुर्धारी कर्ण या अर्जुन थे जिनके पास अग्नि-बाण भी था।"

मुखरा ने सिर खुजाते हुए कहा, "आपको सच बात बताऊँ, मेरे दादा कहते थे कि पूर्वजन्म में मैं अर्जुन ही था।"

माधवी और शिखरा अट्टहास कर उठीं।

सुबह होने पर विश्वामित्र आए तो उन्होंने कुटिया में प्रवेश किया। तीनों जनियाँ अस्त-व्यस्त वस्त्रों में सोयी हुई थीं। खाली गिलासें इधर-उधर पड़ी थीं।

वे वापस शिष्य 'प्रसाद' के पास गये। पूछा, "यह सब क्या है? दासियाँ भी पलंग पर माधवी के साथ सोयी हुई हैं। गिलासें इधर-उधर पड़ी हैं।"

प्रसाद ने बताया, "इन्होंने मादक पेय पिया है। मदिरा माँगी थी पर मैंने मना कर दिया। फिर दोनों सेविकाएँ जंगल में गयीं। भांग लेकर आयीं। घोटी और पी गयीं।"

विश्वामित्र आसन पर बैठ गये।

दोपहर तक माधवी और दोनों सेविकाएँ उठीं।

वे नदी की ओर चली गयीं।

लौटने पर महर्षि ने माधवी से कहा, "मैं किसी लक्ष्य पर जा रहा हूँ। तुम्हारे पुत्र-जन्म पर ही आऊँगा।"

माधवी ने प्रश्न भरी निगाह से देखा। विश्वामित्र ने फिर कहा, "तुम्हें जरा भी भयभीत नहीं होना चाहिए। प्रसव काल में किसी भी संकट की संभावना नहीं है। अत्यन्त सहजता से सब होगा।"

"जब आपने आशीर्वाद दे दिया है फिर किस बात की चिंता करूँ? आपका कहा अक्षरशः सही होगा।"

"माधवी! विधाता का लिखा कोई नहीं बदल सकता। जिसे जो करना है, जो भोगना है, लेना है, देना है, उन सबको वह करेगा ही। विधि के विधान में कोई परिवर्तन नहीं कर सकता।"

"क्या विधाता का लिखा इतना शक्तिशाली होता है?"

"क्या तुम नहीं मानतीं?"

"नहीं मानती। यदि विधाता का लिखा अमिट है। वह न मिटाया जा सकता है और न बदला जा सकता है तो फिर जो होनेवाला है, वह तो होगा ही। तब मैं सोचती हूँ कि इन देवताओं, मेरे कहने का तात्पर्य यह है कि इन देवों के अर्चन-वन्दन की क्या आवश्यकता है? ऋषियों को तप की क्या आवश्यकता है? विधाता ने जो लिख दिया वह तो होगा ही। आप बता सकते हैं महर्षि कि विधाता कौन है? वह ब्रह्मा, विष्णु और महेश से ऊपर है?"

विश्वामित्र निरुत्तर खड़े रहे।

"महामना! मेरा चिंतन-मनन कहता है कि हमने इस सूत्र की परिभाषा ही गलत कर दी है। वस्तुतः जो हो गया है, जो हो रहा है और जो होनेवाला है, उसको हमने विधि के लेख समझ लिया। विधाता का विधान। जब आदि देव भी परिस्थिति जन्य घटनाओं को भोगते हैं तो क्या विधाता ने उनके भाग्य की रेखाओं को भी बनाया है?"

"वे तो स्वयं भाग्य विधाता हैं।"

"नहीं मुनिवर, कई बार उन्होंने भी हमारी तरह सुख-दुख भोगे हैं। मैं समझती हूँ कि ये त्रिदेव आकाश, पृथ्वी और जल पर आधिपत्य किये हुए हैं। ये इनके साम्राज्य हैं। ये अपनी महाशक्तियों के बल पर सुर-असुर, और मनुष्यों को नाच नचाते हैं और अपना वर्चस्व स्थापित किये रहते हैं।"

"और ऋषि?"

"ये भी देवों की शक्ति-अंश से ही शक्तिशाली हैं। जिन पर ये त्रिदेव जितने कृपालु होंगे, वह उतना ही शक्तिशाली होगा।...आप स्वयं ही देख रहे हैं कि असुर भी इन त्रिदेवों के वरदान रूपी शक्तियों से ही महाशक्तिशाली बने हैं और वे ऋषि और देवताओं को पराजय की धूल चटवाते रहे हैं।...एक बात और ध्यान देने योग्य है कि भू-मंडल पर एक-दूसरे को परास्त करने के लिए 'स्त्री' को साधन के रूप में बहुत ही उपयोग किया गया है। जैसे आप इन्द्र का सिंहासन न छीन लें, इसलिए अप्सरा मेनका को भेजा गया? क्या इन्द्र के पास कोई और शक्ति नहीं थी जो उन्होंने इतना घटिया साधन या शक्ति का उपयोग किया। सोचिये, ऋषिवर सोचिये।"

विश्वामित्र चुप रहे।

माधवी ने अपना मौन तोड़ा। "भस्मासुर की मृत्यु सभी देवता जानते थे। उसको नृत्य कराना था, ताकि वह नृत्य के उन्माद में अपना हाथ अपने सिर पर ले जाए और भस्म हो जाए। उसके लिए भगवान विष्णु को मोहिनी रूप धारण करने के अभिनय की क्या जरूरत थी? नृत्य में पारंगत इन्द्र की किसी नर्तकी को ही भेज देते? प्रत्येक जीव विजय का मुकुट पहनना चाहता है। यह सब क्या है मुनिवर?"

विश्वामित्र बाहर निकलते हुए अनिच्छा से बोले, "अपने गरिमामय अस्तित्व को मंडित करना।"

माधवी विमूढ़। ऋषि के बाहर निकलने ही शिखरा और मुखरा भीतर आ गयीं।

माधवी ने बिस्तर पर सोते हुए लम्बा साँस लिया और कहा, "भूख लगी है।"

"दूध की खीर बना लाऊँ।" मुखरा ने पूछा।

"हाँ, बना लाओ।"

थोड़ी देर में खीर बनकर आ गयी।

माधवी उसे खाने लगी। जब पेट भर गया तो उसने वह कटोरा उन दोनों को

देते हुए कहा, "उसे तुम दोनों खा लो।"

दास-दासियों के लिए तो जूठन ही होती है। बेचारियाँ स्वादिष्ट खीर खाने लगीं।

माधवी को नींद आ गयी।

इस बार विश्वामित्र गये सो शीघ्र वापस नहीं आए।

माधवी का प्रसव काल सन्निकट आ गया। दोनों दासियाँ उसका विशेष ध्यान रखती थीं। तो भी माधवी चिंतित थी। कारण स्पष्ट था कि राजाओं की भाँति यहाँ विशेष प्रबन्ध नहीं थे। कहीं प्रसवकाल में अनचाहा हो गया तो?...उसकी शंका निर्मूल थी। महर्षि कह गये थे कि प्रसव बिना बाधा व विघ्न के सब हो जाएगा।

और पुत्र जन्म के एक दिन पहले महर्षि आ गए।

सीधे माधवी के पास गये। पूछा, "कैसी हो माधवी।"

"ठीक हूँ।"

"कल तुम्हारे पुत्र हो जाएगा। अत्यन्त सहजता से होगा। तुम्हें कोई कष्ट नहीं होगा।"

माधवी निरुत्तर रही।

विश्वामित्र पल भर के लिए ध्यानमग्न हुए। उनके होठ फड़फड़ा रहे थे। फिर वे फूँक मार कर उठ गये। बोले, "कोई चिंता मत करना।"

वे बाहर चले गये।

माधवी गावतकिये के सहारे बैठ गयी। तभी अचानक एक तोता उसकी कुटिया में आ गया। माधवी उसे देखती रही। तोता भी उससे यदाकदा नज़र मिला लेता था।

तोता गर्दन हिलाकर बोला, "माँ...माँ...मैं खाऊँगा।"

तभी शिखरा और मुखरा आ गयीं।

शिखरा ने तोते की बोली को सुन लिया था। वह हठात् बोली, "यह तो माँ-माँ कह रहा है।"

मुखरा ने उसे ध्यान से देखकर कहा, "यह तो पालतू है। इसके पाँवों में सोने के नूपुर हैं।"

माधवी ने बताया कि यह भूखा है। इसे खिलाओ।

शिखरा त्वरा से बाहर गयी। वह हरी मिर्च लेकर आ गयी। उन्हें तोते के सामने रख दिया। तोता कदाचित ज्यादा ही भूखा था। अतः झटपट खाने लगा।

जब उसका पेट भर गया तो वह विचित्र तरह से गर्दन को हिलाने लगा जैसे वह खुश है।

माधवी ने उसे अपने पास लिया। पूछा, "क्या नाम है तेरा?"

"मेरा नाम हीरा है।...हीरा।"

"अब कहाँ जाओगे?"

तोते ने कोई उत्तर नहीं दिया।

माधवी ने शिखरा को उसे देते हुए कहा, "इसे बाहर ले जाकर छोड़ दो। किसी पिंजरे से निकलकर आया है। कदाचित बंदीपने से ऊब गया हो। इसे स्वतंत्र ही रहने दो। स्वतंत्रता अत्यन्त सुखकारी और आत्मसंतुष्टि देने वाली होती है। जाओ हीरा वन में विचरण करो।"

शिखरा ने तोते को आश्रम के बाहर पेड़ों के मध्य उड़ा दिया। वापस आकर बोली, "यह पालतू था। इसके गले में भी काले मोतियों की माला थी।...देवी! मुझे लगता है कि अवश्य यह आपके पूर्वजन्म का पुत्र होगा वर्ना यह माँ-माँ क्यों कहता?"

माधवी ने विहँसकर कहा, "यह अपनी स्वामिनी को माँ-माँ ही कहता होगा। पूर्व जन्म पर मैं विश्वास नहीं करती। ये सब ब्राह्मणों के चोंचले हैं। यदि मनुष्य को पूर्व जन्म के कर्मों के फल भोगने का भय होता तो वह इस जन्म में पाप कर्म करता ही नहीं क्योंकि जो पूर्व जन्म को मानता है, वह अगले जन्म को भी मानता होगा। इस सृष्टि में जो कुछ अभी हो रहा है, उससे लगता है कि ये सब मिथ्या है। यदि कोई पाप, अन्याय और अनर्थ से भयभीत होता तो कोई भी मुझ पर अत्याचार नहीं करता। कोई भी संवेदनशील और न्यायप्रिय व्यक्ति मेरे साथ ऐसा दुर्दान्त पीड़ामय व्यवहार नहीं करता। पुत्र-उत्पन्न का यंत्र नहीं समझता।" माधवी ने दीर्घ निःश्वास लेकर पुनः व्यथित स्वर में कहा, "मेरा पिता मुझे शुल्क रूप में नहीं देता। मैं कई बार सोचती हूँ कि इन सभी बातों को भूल जाऊँ, उसकी पुनरावृति नहीं करूँ पर मानव स्वभाव की यह दुर्बलता है कि वह हर्ष-विषाद और असामान्य स्थितियों को बार-बार दोहराता है।"

शिखरा और मुखरा मौन थीं। वे माधवी के कथन की गहनता को समझने में असमर्थ थीं।

"आपके लिए दूध लाऊँ।"

"ले आओ और कोई फल भी, आम हो तो अच्छा।"

विश्वामित्र शिक्षा-कक्ष में अपने शिष्यों को गायत्री मंत्र की परिभाषा समझा रहे थे। शिष्य एकाग्र होकर सुन रहे थे। चराचर में तेज वृद्धि करनेवाला मंत्र।

शिक्षा देने के बाद वे यज्ञ करने लगे।

दूसरे दिन प्राची प्रांगण में उजाला होने के साथ दोनों दासियों में भाग-दौड़ मच गयी।

विश्वामित्र ने उन्हें पूछा तो बताया कि प्रसव की भयानक अंतिम पीड़ाएँ होने लगी हैं।

"तुम दोनों जरा भी परेशान न हो। उसके समीप बैठकर उसे धैर्य बँधाओ।"

वे दोनों पुनः कुटिया में चली गयीं।

विश्वामित्र ने फिर ध्यान लगाया। आशीर्वाद सूचक हाथ उठाया। मुस्कराए।

उसी समय नवजात शिशु का प्रथम पावन रोदन सुनायी पड़ा।

शिखरा ने भाग कर महर्षि को बताया कि उनके पुत्र हुआ है। विश्वामित्र साधारण गृहस्थी की भाँति प्रसन्नता में उछल पड़े। फिर अपने को संयमित किया। बोले, "क्या बधाई दूँ?...आश्रम में आभूषण और नकदी तो है ही नहीं। बोलो, तुम दोनों क्या चाहती हो!"

शिखरा ने उनके चरणों में मस्तक रखा। फिर हाथ जोड़कर कहा, "हम दोनों को आप इस दासवृति से मुक्ति दिला दीजिए।"

"तुम माधवी का प्रसव-कार्य समाप्त करके अपने घर लौट सकती हो। मैं तुम दोनों को जीवन-निर्वाह करने के लिए एक सौ गाएँ भी दूँगा।"

शिखरा पुनः उनके चरणों में गिर गयी। उसकी अँखियों से आँसू बहने लगे। विश्वामित्र के मुख पर संतोष की दीप्ति थी।

ग्यारहवें दिन सब सामान्य हो गया।

माधवी स्वस्थ हो गयी।

उसका पुत्र उसके समक्ष निद्रा में सोया था। वह उसके सात्विक सौन्दर्य को निहार रही थी। उसे लगा कि संतान सदैव स्त्री के खालीपन को दूर करने में सहायक होती है। उसकी कोमलता में वृद्धि करती है। उसने उसे स्पर्श किया तो प्रतीत हुआ कि कितना कोमल है, खरगोश की खाल की तरह कोमल। उसके होठ गुलाबी हैं और गाल मांसल। हाथ-पाँव नन्हे-नन्हे हैं जैसे किसी सदाबहार वृक्ष की दो शाखाएँ। इसकी खुली आँखों में आकाश की नीलिमा है। अंग-प्रत्यंग हृदयस्पर्शी। उसने धीमे से कहा, "मेरे पुत्र! सच तो यह है कि तुम मेरे हो? मैंने ही तुम्हें अपनी कोख में पाला है।"

उसे लगा कि उसका पुत्र व्यंग से मुसकराकर कह रहा है—"नहीं माँ, नहीं, मैं तुम्हारा पुत्र नहीं हूँ। मैं तो विश्वामित्र का पुत्र हूँ।...महर्षि पुत्र!।"

उसने अपने सिर को झटका दिया। वस्तुस्थिति सामने आयी। यह तो कोरा भ्रम है।

बच्चा तो गहरी नींद में था।

चलो, यह अंतिम दायित्व भी पूरा हुआ। अब वापस हस्तिनापुर। राजा ययाति नंदिनी अपनी पितृाज्ञा को पूर्ण कर अपने पिता के पास पहुँच जाएगी। पिता गर्व से मस्तक ऊँचा करके प्रशंसा के अनेक वाक्य कहेंगे कि पुत्री हो तो ऐसी।

शुभ मुहूर्त निकालकर विश्वामित्र ने यज्ञ का आयोजन किया। गालव भी आ गया था। अपनी गुरुदक्षिणा की पूर्ति की उसे गर्वमिश्रित प्रसन्नता थी। उसका मुख अपनी इस सफलता पर दपदपा रहा था।

यज्ञ के पश्चात माधवी के, नहीं-नहीं, विश्वामित्र के पुत्र का नाम 'अष्टक' रखा गया।

विश्वामित्र ने घोषणा की, "मैं अपने इस पुत्र को धर्म, अर्थ और श्यामकर्ण अश्वों से सम्पन्न कर दूँगा। इसे अपना उत्तराधिकारी बनाऊँगा।" उन्होंने गालव की ओर उन्मुख होकर कहा, "गालव! तुमने गुरुदक्षिणा पूरी करके अपने कर्तव्य और धर्म का पालन किया है। श्रेष्ठ शिष्य श्रेणी में अपना नाम लिखाया है, इसलिए मेरा आशीर्वाद है कि तुम अत्यन्त यशस्वी बनोगे। चूँकि मेरा ध्येय पूरा हो गया इसलिए मैं अपने पिता की दूभर किंतु महान आज्ञा का सहर्ष पालन करने वाली सुकन्या माधवी को लौटा रहा हूँ।"

गालव ने माधवी को चलने के लिए कहा। माधवी ने अपने पुत्र को गोद में उठाया। उसे बार-बार चूमा। उसके नयन सजल हो उठे। उसने मन ही मन आशीर्वाद दिया, "पुत्र तुम युग-युग जीओ। फलो-फूलो और यशस्वी बनो।"

माधवी आश्रम से बाहर निकलने लगी। तभी दोनों दासियाँ शिखरा और मुखरा आ गयीं। उदास और थकी-थकी हाथ जोड़कर खड़ी हो गयीं।

माधवी विश्वामित्र के सन्निकट गयी।

"बोलो माधवी।"

"महर्षि! इन शिखरा-मुखरा को दासत्व से मुक्त कर दीजिए।" यह मेरा अनुरोध है।"

"मैंने तो उन्हें पहले ही वचन दे दिया था। आज से ये दोनों मुक्त हुईं। आश्रम से जा सकती हैं। सौ गाए भी दान में दूँगा।"

"धन्यवाद।" माधवी ने आभार माना।

गालव मुनि माधवी को लेकर चल पड़े। तत्काल सर्पभक्षी गरुड़ आ गया। गुरु दक्षिणा की पूर्त्ति के लिए उसने गालव को बधाई दी। इसके बाद वह माधवी को आशीर्वाद स्वरूप बोला, "देवी! तुम्हारा प्रथम पुत्र दानवीर होगा, द्वितीय पुत्र शूरवीर और तृतीय पुत्र सत्य धर्म परायण।"

माधवी ने फीकी मुस्कान बिखेरते हुए बुझे स्वर में कहा, "विष्णुवाहन! उन्हें मेरे पुत्र कहके मेरी ममता को आहत मत कीजिए। उसका उपहास मत करिए।"

"कैसे?"

"मैं तो उन्हें उत्पन्न करने का यंत्र मात्र हूँ। इसके स्वामी तो इनके पिता हैं। हाँ, ये मेरे उत्पाद अवश्य हैं। उत्पाद करनेवाला अपने उत्पादन का स्वामी तब तक ही है, जब तक वह उन्हें किसी भी शर्त पर दूसरों को देता नहीं? आपकी इस बात

को मैं मान लेती हूँ, केवल मान लेती हूँ कि ये पुत्र मेरे पिता और अपने पिता के उद्धारक हो सकते हैं।"

"और तुम्हारा?"

"बिल्कुल नहीं। मेरा तो इनसे वास्ता ही समाप्त हो गया। अनागत पीढ़ियाँ मेरी इस व्यथा कथा को,...आपकी दृष्टि में कर्तव्यपरायणता व त्याग की कथा को ग्रंथों में पढ़ेंगी।"

गरुड़ मौन रहे।

थोड़ी दूर चलने पर गरूड़ ने गालव से विदा ली, "मित्र, अब मुझे आज्ञा दो।"

"जाइए भगवन्!"

गरुड़ नील गगन में उड़ गये।

गालव और माधवी चल रहे थे। दोनों आत्मलीन से।

माधवी केले के वृक्ष को देखकर रुकी। चार केले तोड़े। चलते-चलते खाती रही।

गालव कदाचित मौन से ऊब उठा। माधवी के व्यवहार और उसके वाक्यों से वह किंचित भयभीत था। कहीं पीड़ाओं भरी यह माधवी उसका अपमान न कर दे।

माधवी जैसे उसके मन की बात समझ गयी हो। बोली, "गुनिवर! मेरे चार पुत्रों के उत्पन्न करने के बीच आप कहाँ-कहाँ रहे?"

गालव ने उसके सन्निकट आकर कहा, "देवी! मैं तो इस बीच तपस्या ही करता रहा।"

"क्या तपस्या की?"

"ईश्वर को प्रसन्न करने की।"

"ईश्वर प्रसन्न हुए।"

"दीर्घकाल तक तपस्या के पश्चात ही आराध्य प्रसन्न होते हैं।"

"एक विकट शंका मुझे कुरेदती रहती है।"

"कौन सी?"

"ईश्वर क्या है?"

"ईश्वर ईश्वर है। उसकी परिभाषा नहीं की जा सकती क्योंकि हम उसके समक्ष नितांत अकिंचन हैं।"

"ईश्वर को किसने बनाया वह किस कोख से जन्मा?"

"ये प्रश्न जटिल हैं। मैं तुच्छ हूँ। उत्तर देने में अक्षम हूँ।"

"छोड़िए। अच्छा प्रकृति पहले बनी या ईश्वर।"

"तुम्हारा क्या विचार है माधवी।" प्रश्न पर प्रश्न।

"प्रकृति! क्योंकि ईश्वर चाहे ब्रह्मा हो, चाहे विष्णु और चाहे शिव, इन्हें उत्पन्न करनेवाले ऋषि तथा वेदज्ञानी लेखक ही हैं। भाषा की उत्पत्ति के साथ ही इन शब्दों

का जन्म हुआ है। वेद श्लोक के साथ ही इन देवताओं की आकृतियों की रचना हुई है।...आप तो स्वयं ज्ञानी हैं। अग्नि, वायु, पृथ्वी, आकाश और जल की महिमा वैदिक श्लोक में जितनी हैं, उतनी किसी की भी नहीं। इससे यह प्रतीत नहीं होता कि वे सर्वोपरि और महाशक्तिशाली हैं। हमें शांत और संयम भाव से तर्क और प्रज्ञा के परिप्रेक्ष्य में जाँचना और किसी परिणाम तक पहुँचना होगा।...मुनिवर! ईश्वर कहीं भी नहीं है। ईश्वर हमारा विश्वास है, आस्था है, निष्ठा है। सहिष्णुता है।"

"हमारे भीतर क्या है? समस्त प्राणियों में ईश्वर ही तो हैं।"

"मुनिवर! ऐसा मत कहिए। मैं अज्ञानी हूँ पर इन गत वर्षों के गहन अध्ययन, चिंतन-मनन और अनुभवों के आधार पर कह सकती हूँ कि ईश्वर हममें नहीं है। यदि ईश्वर सबमें विद्यमान है तो मनुष्य केवल मनुष्य क्यों नहीं रहा? या तो केवल वह देवता होता या फिर दैत्य। होता एक ही स्वरूप में। तब मनु जी को वर्णाश्रम बनाना नहीं पड़ता। उन्हें ब्राह्मण, वैश्य, क्षत्री और शूद्र वर्ण में मानव-विभाजन नहीं करना पड़ता। कर्म बदलते रहते हैं। विश्वरथ युद्ध लड़ते थे, फिर तपरत होकर विश्वामित्र हो गये। एक जन्म में दो कार्य। सोचिए इस तरह मनुष्य को क्यों बाँटा गया? ईश्वर ने इस सृष्टि को इतना रहस्यमय क्यों बनाया? इतना पापाचार, भ्रष्टाचार, अनाचार, अत्याचार और व्यभिचार क्या ईश्वर की सृष्टि में हो सकते हैं? ईश्वर का संसार तो ईश्वरमय ही होता। नितांत सौम्य, सात्विक और समानधर्मा।" वह दीर्घ श्वास लेकर पुनः बोली, "यदि अयोध्या, काशी और भोज नगर के राजाओं में ईश्वर होता तो क्या वे एक कुँवारी कन्या के साथ सहवास करते तथा पुत्र उत्पन्न करते? जबकि मुझसे उनका किसी तरह का कोई रिश्ता नहीं था। क्या ऋषि विश्वामित्र जो तपलीन थे, गुरुदक्षिणा में आपसे आठ सौ श्यामकर्ण अश्व माँगते? क्या आप जैसा धर्म का नाद करने वाला तपस्वी कुटना बन कर एक स्त्री की क्षुद्र दलाली करता?"

गालव चीख पड़ा, "मा...ध...वी...।"

"आप संयम रखिए। मेरे साथ आपने जो कुछ भी किया है, उसका विश्लेषण कीजिए। आत्म मंथन कीजिए।"

"तुम नास्तिक हो गयी हो। क्या तुम चार्वाक के सिद्धान्तों को मानती हो?" उनका स्वर कड़ुवा था।

"नहीं, मैं किसी भी सिद्धान्त को नहीं मानती। मैं ज्ञानी नहीं हूँ। मैं तो केवल अपनी 'स्त्री' के अनुभवों की प्रतिक्रियाएँ बता रही हूँ। अपनी स्त्री के शोषण-दोहन के पीड़ा जनित आक्रोश को व्यक्त कर रही हूँ। सच, इस मृत्युलोक में स्त्री का जन्म ही वृथा है।"

गालव झुंझला उठा। धरती पर पाँव पटककर बोला, "यदि मुझे तुम्हें तुम्हारे पिता को सौंपना नहीं होता तो मैं तुम्हें शाप दे देता। कष्टदायक शाप दंड।"

"प्रिय-अप्रिय सुनने का स्वभाव बनाइए।"

गालव निरुतर रहा।

हस्तिनापुर की यात्रा तक फिर गालव और माधवी दोनों अपरिचित हो गये। अजनबी। मौन उन दोनों के बीच आकर बैठ गया। बैठ क्या गया, साथ-साथ चलता रहा।

हस्तिनापुर के प्रासाद में पहुँचते ही हलचल मच गयी। ययाति महाराज गालव से मिले। पूछा, "मेरी आज्ञाकारिणी, धर्मपरायण और कर्तव्यपरायण पवित्र पुत्री ने आपकी गुरुदक्षिणा को सम्पूर्ण करने में एक श्रेष्ठ कन्या का धर्म निभाया न?"

गालव ने ययाति को आशीर्वाद देते हुए कहा, "आप जैसे दानवीर और यशस्वी राजा के कारण मैं गुरुदक्षिणा देने में सफल हुआ। मेरा आपको आशीर्वाद है कि आप त्रिलोक में कीर्तिमय बनें।"

माधवी निश्चल मौन खड़ी थी। उसका मुख म्लान था।

गालव ने पुनः कहा, "आपकी सुपुत्री जैसी आपने सौंपी थी, वैसी ही लौटा रहा हूँ। वेद ऋषि के वरदान के कारण यह पुनः कुँवारी हो गयी है। इसका कौमार्य अक्षत हो गया है। इसकी पावनता अक्षुण्ण है।"

"इसने पिता की आज्ञा का पालन करके अपना ही नहीं, मेरा भी नाम श्रेष्ठ नृपों में अंकित करा दिया है।"

राजा ययाति गालव को प्रासाद के मुख्य द्वार तक छोड़ने आये। गालव चले गये।

माधवी का पीड़ादायक और देह-दोहन का अतीत समाप्त हो गया था। अनचीती और अनचाही जिन्दगी जी थी उसने।

'अब' प्रेतात्मा की तरह उसके सामने उपस्थित हो गया समस्यामूलक वर्तमान।

चार-चार पुरुषों के बिछौनों की बिछौना बनने वाली माधवी को उसका राजा-पिता अब भी कुँवारी कहता था। नितान्त पवित्र कन्या!

यह शापों व वरदानों की संस्कृति वास्तव में सामान्य जन को अपने शिकंजे से स्वतंत्र नहीं होने देती। मानसिक रूप से अटूट प्रभाव डालती है।

लेकिन माधवी के मन में ऋषि वरदान का कोई भी प्रभाव नहीं है। वह अपने को कुँवारी अवश्य मानती है पर पवित्र नहीं। वह अपने सतीत्व के आँगन में कलंक के पाँवों के चिह्न देखती है।

पल्लवी ने आकर विचारलीन माधवी से पूछा, "कहाँ खो गयी थीं आप?"

"खोने के लिए तो मेरे पास मेरा अतीत ही है।" माधवी ने पाँव पसारते हुए कहा। कई बार मनुष्य न चाहकर भी अपने कष्टों के संसार में जाता है। शारीरिक

मानसिक यंत्रणाएँ सहते-सहते वह असहिष्णु हो जाता है। उसमें विरोध की मात्रा बढ़ जाती है। थोड़ा 'मेदल' और पिला। मस्तिष्क में काफी तनाव है।

पल्लवी ने उसे मेदल सुरा पिलायी। वह पीकर सो गयी गहरी निद्रा में।

ययाति बुरी तरह से देवयानी और शर्मिष्ठा के कटु सम्बन्धों के बीच फँसते जा रहे थे। अशोक वन से प्रासाद में शर्मिष्ठा को बार-बार प्रवेश ने तो देवयानी की घृणा को विस्फोटक स्थिति तक पहुँचा दिया था।

दोपहर।

देवयानी ने माधवी को बुलाया और शिकायत के लहजे में कहा, "क्या तुम अपने पिताजी को समझा नहीं सकतीं। उन्होंने मेरे संग छल किया है। मुझे अँधेरे में रखकर शर्मिष्ठा से मिले और तीन-तीन पुत्र उत्पन्न कर दिये। हम दोनों के अलावा वे न जाने कितनी स्त्रियों को भोगते रहते हैं? यह ईश्वर ही जानता है। क्या इतनी कामासक्ति उचित है। ये मर्यादाहीन दुष्कर्म क्या सह्य हं।"

माधवी ने पलकें नीची करके कहा, "महारानी जी! मैं तो अकिंचन हूँ। इस पितृ-सत्ता में मेरा कोई अस्तित्व व अधिकार नहीं है। मैं तनिक भी हस्तक्षेप नहीं कर सकती। फिर धर्मपरायण और सहस्रों यज्ञ करने वाले प्रतापी महाराजा को कुछ भी कहना व्यर्थ है। वे इतनी विलासिता करते हुए भी अपने को निर्दोष मानते हैं। उनका कहना है कि ईश्वर ने उनकी ऐसी प्रकृति बनायी ही क्यों? विधाता ने मेरे भाग्य में ऐसे कर्म लिखे ही क्यों?...अब आप ही बताइए कि इन तर्कों का कोई उत्तर है?"

"मेरी सहिष्णुता समाप्त होती जा रही है। वे नहीं जानते कि मैं शुक्राचार्य जी की पुत्री हूँ। अपने पर आ गयी तो अनर्थ हो जाएगा।"

"मैंने कहा न, मैं उनके जीवन में जरा भी हस्तक्षेप नहीं कर सकती।" वह एकदम विनम्र होकर बोली, "महारानी जी! एक बात बता सकती हैं कि मेरी माँ कौन है?"

देवयानी मुस्करायी। बोली, "माधवी! तुम सब कुछ जान कर भी अनजान बन रही हो। तुमने चार पुत्र उत्पन्न किये और एक भी तुम्हारे पास नहीं रहा। उन पुत्रों को स्मरण रहेगा कि उनकी माँ कौन थी? उसी तरह तुम्हारी भी कोई माँ अवश्य होगी जो इस विलासिता से पूर्ण सहस्रों स्त्रियों में या तो लुप्त हो गयी होंगी या फिर मर गयी होंगी।" देवयानी ने सोच कर कहा, "माधवी! अतीत को विस्मृत करने में ही सुख है। तुम स्वयंवर में अपनी पसंद का पति चुनो और व्यवस्थित जीवनयापन करो। स्त्री को एक श्रेष्ठ-अश्रेष्ठ पति चाहिए ही।"

माधवी ने गंभीर होकर कहा, "महारानी जी! वेद ऋषि के वरदान के पश्चात भी अब मैं चाहती हूँ कि मृत्यु-वरण कर लूँ। मृत्यु नहीं तो इस असार-संसार का त्याग

कर दूँ। एक बार तो मैंने सोचा था, विश्वामित्र जी के आश्रम में सोचा था कि आत्महत्या करके सारी सच्चाइयों को मिथ्या कर दूँ। यदि मैं मर जाती तो कैसे मैं उनके पुत्र की माँ बनती। चार पुत्रों की माँ की भविष्यवाणी मिथ्या हो जाती न!"

"यह कैसे संभव था? विधाता ने जो लिख दिया, वह होकर ही रहता है। माधवी! स्वयंवर कर लो।"

"मन नहीं करता।"

"मन को समझाओ," कहकर देवयानी चली गयी।

उस रात माधवी उद्विग्न थी। आकाश धुला-धुला और नीला था। वह छत पर बैठी थी। पल्लवी छोटी बालिका की भाँति तारे गिन रही थी। थोड़ी देर गिन कर वह फिर एक दो-तीन पर आ जाती थी।

माधवी ने कहा, "पल्लवी! क्यों बचपना कर रही है। तारे अनगिनत हैं। फिर भी यदि कोई तुमसे पूछे तो कह देना नौ लाख नौ हजार नौ सौ निन्यानवे तारे हैं।"

"आपको कैसे पता?" पल्लवी ने तपाक से पूछा।

माधवी ने उसके बालों को सहलाकर कहा, "जब मैं बचपन में गिनती करने में पारंगत हो गयी तो एक रात तारे गिनने लगी। पूरी रात लग गयी और गिन लिये।"

"क्या इसके बाद घटे-बढ़े नहीं।"

"घटे हैं, निन्यानवे...।" और दोनों खिलखिलाकर हँस पड़ीं।

कक्ष के भीतर आ गयी थीं दोनों।

दीयाघरों में दीये जल रहे थे। दासियाँ भोजन ले आयी थीं। माधवी और पल्लवी ने खाया।

बिस्तर पर माधवी के अर्धश्शायित होते ही पल्लवी ने कहा, "स्वयंवर की परम्परा का सबसे बड़ा दोष यही है कि उसमें वर का चुनाव उसके कुटुम्ब गौरव और रंग-रूप को देखकर ही किया जाता है। इसमें कोई वधू उसके हृदय के संसार को नहीं पहचान सकती। उसके स्वभाव को नहीं जान सकती। मेरी समझ में प्रेम-विवाह अधिक अच्छा है। प्रेम और विवाह के बीच समय रहता है। इस समय में प्रेम करनेवाले एक-दूसरे को गहराई से समझ लेते हैं। मैं तो कहूँगी कि आप प्रेम-विवाह करें। स्वयंवर के पचड़े में न पड़ें।"

माधवी ने बाहर आकर शुभ्र आकाश को निहारा।...अपने आप से जैसे बोली, "मुझे किसी ने कुछ नहीं दिया और मुझे भाग्यवश कुछ नहीं मिला। विराट शून्यता से आवृत हूँ मैं।...निरर्थकता का बोध निरन्तर होता रहता है।...पल्लवी! संसार में कोई भी मेरी मर्मान्तक आंतरिक वेदना को नहीं जान पाएगा।...मेरे हृदय विदीर्ण कर

देने वाले क्रन्दन और मेरी मर्मभेदी चीत्कारों को कोई भी नहीं सुन पाएगा।...प्रेम और विवाह मेरे भाग्य में कहाँ है? बाघिन का शाप मेरे संशयों को झकझोर रहा है। लगता है, न मुझे पति सुख मिलेगा और न पुत्र। बाघिन के विषाक्त शब्द रह-रह कर मुझे विचलित कर रहे हैं।"

"लेकिन जीवन बिना कर्म और उद्देश्य के तो नहीं जिया जा सकता।"

माधवी ने पल्लवी की ओर देखकर सिर झुका लिया। चंद पलों के उपरान्त उसने अश्रु ढलकाए। रुदन भरे स्वर में बोली, "पल्लवी! अपने को कितना ही दृढ़ करती हूँ। समझाती हूँ पर मन-तुरंग उन स्थलों के क्षेत्रों में भटकता रहता है जहाँ मैं अपने चार पुत्रों को छोड़ कर आयी हूँ। सोचती रहती हूँ कि कैसे दिखायी देते होंगे मेरे लाडले। हृष्टपुष्ट अवश्य होंगे। आँगन में खेलते होंगे? यदि कोई रुग्ण हो गया होगा तो? क्या वह माँ-माँ किसी को कहता होगा। मन विध जाता है। क्या उनके जन्मदाताओं के पास इतना भी समय होता होगा कि वे उन्हें गोद भी लेते होंगे। चूमते भी होंगे। दुलारते भी होंगे।"

पल्लवी को लगा कि इतनी दृढ़ता और क्रांतिकारी बातें करने वाली माधवी, माधवी एक माँ कितनी दुर्बल है।

वह मदिरा का चषक भर लायी। कहा, "लीजिए, मदिरापान कीजिए।"

चषक हाथ में ले लिया माधवी ने।

"माधवी।"

"जी महाराज।"

"महाराज नहीं, पिताजी कहो।"

माधवी ने सिर झुका लिया। धीमे स्वर में वह बोली, "मेरे पिता का अस्तित्व राजा में विलीन हो चुका है। महान धर्मात्मा, पुण्यात्मा और दानवीर ययाति महाराजा। अपने विशाल दुर्ग और वैभव सम्पन्न हीरे-मोतियों से जड़े सिंहासन पर विराजमान हैं। वे जो कुछ भी सोचते हैं परिवार के हित के लिए नहीं, अपनी शिखर स्पर्शी प्रतिष्ठा के लिए सोचते हैं। फिर मैं पूछ सकती हूँ कि आपने मुझे क्यों बुलाया है?"

"बेटी! अपने पिता की आज्ञा का पालन करो और स्वयंवर के लिए स्वीकृति दो।"

माधवी ने अपना सिर उठाया। कहा, "पूजनीय पिता जी! आप मेरे लिए देवता समान हैं। आपकी आज्ञा का पालन करना मेरा धर्म है पर पहली बार पितृाज्ञा का पालन करके मेरा जिस तरह अन्तःस्थल खंडित और आहत हुआ है, उसको मैं बता नहीं सकती। मेरा सम्पूर्ण व्यक्तित्व ही नष्ट-नीड़ के तिनके की तरह बिखर गया है। महाराज! आप राजाओं में सर्वोपरि और न्याय के रक्षक हैं। मैं अभी स्वयंवर के

लिए अपने आपको तैयार नहीं कर पायी हूँ। मुझे कुछ दिन की मोहलत इसलिए दीजिए कि मैं अपने खंडित व्यक्तित्व के टुकड़ों को एकत्रित कर अपने को नये सिरे से नये कार्य के लिए तैयार कर सकूँ।"

"स्वयंवर तो कर लोगी? यह विश्वास करूँ?"

"पहले मुझे समय दीजिए। अभी मैं कोई वचन नहीं दे सकती।"

"ठीक है।" दीर्घ निःश्वास छोड़ा ययाति ने।

माधवी ने उठकर हाथ जोड़े।

अपने कक्ष में आकर उसने पल्लवी से कहा, "चलो, पल्लवी शर्मिष्ठा के अशोक वन में चलें।"

पल्लवी और माधवी प्रासाद से थोड़ी दूर स्थित अशोक वन की ओर रवाना हो गयीं।

उनके संग दो और सेविकाएँ थीं। रथ था।

जब वे अशोक वन पहुँचीं तब शर्मिष्ठा तुलसी के पौधों को पानी दे रही थी। थोड़ी दूर पर नीम-वृक्षों की कतार लगी हुई थी। एक ओर पीपल वृक्ष था। चारों ओर मनमोहक हरियाली थी।

बैलों की घंटा ध्वनियों ने शर्मिष्ठा के ध्यान को आकर्षित किया। उसने उस ओर देखा। माधवी को देखकर वह रथ की ओर आयी।

माधवी आगे बढ़ी। दोनों गले लग गयीं।

शर्मिष्ठा ने लाड़ से उसका चुम्बन लेकर कहा, "आज मुझे कैसे स्मरण किया?"

"बस, ऊब गयी थी। क्या इस एकान्त में तुम्हें कैसा लगता है?"

"महाराज के बिना एकांत कचोटता है। जीवन इस जंगल की तरह शून्यताओं से परिपूर्ण लगता है।"

पल्लवी सेविकाओं के पास चली गयी थी।

वे दोनों कक्ष में आ गयी थीं।

उच्चासन पर बैठते हुए माधवी ने पूछा, "क्या महाराज यहाँ नहीं आते?"

"नहीं। पुरु के जन्म के पश्चात यदाकदा ही आए हैं।"

"लेकिन तुम उन्हें कुछ कहती क्यों नहीं?"

"क्या कहूँ? इतने में ही मैंने संतोष धारण कर लिया कि मैं उनके पुत्रों की माँ हूँ। तीन पुत्रों की माँ। अपने इस बिखरते शरीर के सत्य को मैं जानती हूँ और यह भी जानती हूँ कि जिसे नित नये व्यंजन खाने का स्वभाव है, वह सूखी ककड़ी कभी नहीं खाएगा, खाएगा तो स्वाद बदलने के लिए। माधवी महाराज के लिए यौन जीवनामृत है। उन्होंने एक बार कहा था कि यौन मेरे जीवन की ऊर्जा है, जीने का

परमानंद है। मैं इसे पाप नहीं समझता। यह तो ब्रह्मानंद सहोदर है।...उनके मन और विरोधाभास भरे कथनों को समझना दुष्कर है।" शर्मिष्ठा के स्वर में व्यंग्य भर गया। "वे देवों व ऋषियों की दृष्टि में धर्मपरायण, न्यायप्रिय और दानवीर हैं।

माधवी ने सेव समाप्त करके कहा, "इसी कारण महाराजा और देवयानी के मध्य कटुता बढ़ती ही जा रही है। वह शुक्राचार्य की बेटी कहीं अनर्थ न कर दे। स्त्री आहत होकर जब वैमनस्य पर उतर आती है तो वह अपनी विजय के बारे में ही सोचती रहती है। वह अपनी विजय के लिए दूसरे का बहुत बड़ा अहित कर देती है। यही चिंता है मुझे? वह अपने पिता के समझ कोई भी हठ करके अपने उपवन को किसी के दाह स्थल पर लगवा सकती है। अनेक कुंठाओं और अपने एकाधिपत्य शासन के लिए वह महाराजा को किसी भी संकट में डाल सकती है।"

माधवी का मन इस आशंका से थरथरा उठा। न जाने क्यों वह अति संवेदनशील हो गयी। जैसे पलायन करती हुई बोली, "विधि का लिखा कौन मिटा सकता है?"

शर्मिष्ठा ने माधवी को एक अमरूद दिया। वह स्वयं अमरूद खाते हुए बोली, "पर मैंने सदैव प्रयास किया है कि मैं कभी भी महाराजा को शारीरिक और मानसिक कष्ट न दूँ। सच तो यह है कि पुरु के जन्म के पश्चात महाराजा का मन मुझसे भर गया है।"

"तुम स्वयं क्यों नहीं गयी? क्या तुम्हें अपने पुत्र पुरु को देखने की इच्छा नहीं होती?"

"बहुत होती है पर उनकी आज्ञा के बिना प्रासाद में जाना उचित नहीं है। तुमने स्वयंवर के बारे में क्या निर्णय...?"

"ओ शर्मिष्ठा, इस उबाऊ प्रश्न से मुझे और अधिक न उबाओ।...क्या इस समस्त सृष्टि में स्त्री के लिए यही प्रश्न इतना अहम हो गया है कि वह पुरुष के बिना जीवित नहीं रह सकती। इसलिए उसे विवाह कर लेना चाहिए। क्या इसके अतिरिक्त स्त्री के लिए कोई भी श्रेष्ठ मुक्ति का मार्ग नहीं है। सर्वोच्च मुक्ति तो यह मन है। मन का यह ब्रह्माण्ड है। इसका भौतिक सृष्टि से वैराग्य ही मोक्ष है।"

शर्मिष्ठा ने दार्शनिक की तरह कहा, "तुम उचित कहती हो। यह मन ही प्राणी का ब्रह्माण्ड है। तुम्हारे मन-ब्रह्माण्ड की जो कलुषताएँ हैं, अपवित्रताएँ हैं, उन्हें धोने के लिए विराट शब्द गंगा चाहिए जो उसे गहरे तक निर्मल कर सके।"

माधवी ने हँसकर कहा, "कई बार यह तन कुंदन की तरह दमकता रहता है और मन जीर्णशीर्ण और वृद्ध हो जाता है। मैं अब तिमिर-गुहा हूँ। मैंने महाराजा को टालमटोल की है पर मैंने लगभग निश्चय कर लिया है कि मैं स्वयंवर नहीं करूँगी।"

शर्मिष्ठा ने व्यग्रता से पूछा, "फिर क्या करोगी?"

"यह देह जर्जर हो, विकृत हो इसके पूर्व इस रस और विलास की हवाओं के

स्पर्शों को त्याग कर अपने मन को अज्ञातवास में रहने के लिए दृढ़ बनाऊँगी। स्वभाव बनाऊँगी कि इस मदिरा-मांस, अपार सुविधाओं के बिना भी मैं सहजता से जी सकूँ।"

"क्या तात्पर्य?"

"अंतिम निर्णय तो नहीं कहूँगी पर सोच रही हूँ कि मैं संन्यास ले लूँ।" माधवी ने रुक-रुक कर कहा।

"नहीं, माधवी नहीं।" शर्मिष्ठा बेचैन हो गयी। वह अनायास अपजे आवेश से कम्पनमयी हो गयी।

अत्यन्त बुझेपन से माधवी बोली, "मैं भूल-भूल कर यह क्यों महसूस करती हूँ कि मेरे शरीर में अपवित्रता के कीड़े-मकोड़े किलबिला रहे हैं। रेंग कर मुझे पीड़ित कर रहे हैं। इनसे मुक्ति का बस एक ही उपाय है कि अपने आपको कहीं और तल्लीन करके खो जाऊँ। इसका सहज उपाय है—तप। संन्यास। इस वैभव सम्पन्न जीवन से पलायन। एकांत...घोर एकांत।"

माधवी ने अभी सार्वजनिक घोषणा नहीं की थी पर उसने अपने मन में दृढ़ निश्चय कर लिया था कि वह अब इस वैभवपूर्ण प्रासाद और नित्य प्रति के पिता के आग्रह अनुरोध और आदेशों के चक्रव्यूह से निकल ही जाएगी। उसके मन को एकांत चाहिए। ऐसा एकांत जहाँ प्रशान्त मौन पसरा हो। जहाँ स्वर्गीय हरीतिमा का आँचल बिछा हो जिसकी गोद में रंग-बिरंगे फूल हों और वहाँ का पवन अपने हर झोंके के साथ सुवास की अंजुरि भर कर लाये। जहाँ निर्झरों की कलकल हो। सुरम्य पर्वत हो और जिनके शिखर शरद ऋतु में धवल हिम से ढक जाएँ। जहाँ नदी हो पर जिसका प्रवाह अनवरत हो। जल मधुर और निर्मल हो। जहाँ छलागें मारते हिरण हों, दहाड़ते शेर हो, रेंगते अजगर हों। जहाँ सूर्य के उगने के पूर्व चिड़ियाओं की चहचहाहट जागरण का गीत गाती हो और कौआ कांव-कांव करके किसी योगी संन्यासी के आगमन का संकेत देता हो। अमृतमय वातावरण हो।

जब उसने पल्लवी को अपने हृदय की बात बतायी तो उसने दृढ़ता से कहा, "देवी! एक बात आप अच्छी तरह समझ लीजिए। मैं यहाँ कदापि नहीं रहूँगी। मेरा जीना-मरना तो आपकी नियति से जुड़ गया है। जहाँ आप, वहाँ मैं।"

"पल्लवी! अत्यन्त कठिन मार्ग है वनवास का। मेरा हृदय परिवर्तन कई आघातों से हुआ है। मेरी छोटी-बड़ी समस्त विपाशाएँ मृत हो गयी हैं।"

"देवी! मैं तो दासी हूँ। दासत्व ने मेरे मन के सातों सागरों को सुखा दिया है। मन में न कोई उमंग है और न कोई तरंग। इन्द्रधनुष के अनेक रंगों की बात तो मैं सोचती ही नहीं, एक रंग भी नहीं उभरता।...हाँ, जो कुछ भी मेरे मन में सुखद

अनुभूतियाँ हैं, वे आपके संग हैं। आपकी आज्ञाओं को पालने में हैं। यदि आप यहाँ नहीं रहेंगी तो मैं अकेली क्यों जीऊँगी। सच, आपके बिना आत्महत्या कर लूँगी। और एक स्त्री की मृत्यु का महापाप आपको होगा।"

उसकी दृढ़ता से माधवी प्रभावित हुई। पल्लवी को अपने आलिंगन में लेकर उसे दुलारते हुए कहा, "पल्लवी! तू पूर्ण रूप से मेरे प्रति समर्पित है। विश्वास रख कि मैं तुम्हें कदापि विलग नहीं करूँगी। मैंने अनुभव किया है कि जिस स्त्री-पुरुष के संग अटूट गहन स्नेहबंधन हो जाता है, उसे आजीवन निभाना चाहिए। उसके हृदय को दुख पहुँचाने का तात्पर्य है कि अपनी आत्मा को दुख पहुँचाना।"

"देवी! मैं आपका यह उपकार कभी नहीं भूलूँगी। मैं तो चाहती हूँ कि आपके अस्तित्व के साथ मेरा अस्तित्व रहे। आप मान लें कि आप हैं तो मैं हूँ। आप नहीं तो मैं नहीं।" अचानक जैसे उसमें शंका जागी, "देवी! क्या आपने यह निश्चय कर लिया है कि आप संन्यास ही लेंगी।"

माधवी सहसा उदास हो गयी। आँखें मूँद कर अपने सिर को पीछे लटकाते हुए कहा, "मेरे जीवन की नियति ही यही है। न जाने क्यों मुझे स्वयंवर और विवाह के नाम से अरुचि हो गयी है। दूसरे अर्थ में मुझे इनसे भय लगने लगा है। अब पौरुष को सहना मेरे वश में नहीं।"

"जीवन के खेल निराले हैं। पल-पल रहस्यमय है।"

दोनों बड़ी देर तक वार्तालाप करती रहीं।

किसी ने कहा है कि जो बात आपके मन से जीभ पर आ गयी, वह फिर छुपी नहीं रह सकती। वह प्रचारित होगी ही।

महाराजा ययाति ने माधवी को बुलाकर पूछा, "मैंने सुना है कि तुम स्वयंवर में वर चुनने की जगह संन्यास लेने जा रही हो? सच-सच कहना।"

"यह आपको किसने कहा!"

"मेरी बात का उत्तर दो कि क्या तुम संन्यास ले रही हो?"

माधवी ने अपने भीतर कुछ क्षणों के लिए झाँका। कहा, "इसके अलावा क्या करूँ? अपने अतीत की ओर झाँकती हूँ तो लगता है—गत कई वर्ष मेरा जीवन आग की भाँति ज्वलनशील रहा है। उसने मेरे अन्तःस्थल के एक-एक खुशी के पौधे को झुलसा डाला है। एक-एक फूल को कुम्हला डाला है।...मेरी उमंगित भावनाओं की धाराओं में रेत भर दी है। मेरे उत्साह को सूखी चट्टानों के नीचे दबा दिया है। मेरी सम्पूर्ण प्रणय की सौन्दर्य की अनुभूतियों ने उन्मेषित होना ही छोड़ दिया है। अपने को अपावन और दूषित ही समझती हूँ। मेरी कोख क्षत है। मैं वरदान से संतुष्ट नहीं हूँ। यह तो अपने को बहलाना हुआ। ऐसी स्थिति में महाराज मैं कैसे किसी की जीवनसंगिनी बन सकती हूँ। केवल शरीर के भरोसे नहीं जिया जा सकता। जब शरीर ही शरीर है तो गृहस्थी मेरे लिए आत्मवंचना है। मेरी आत्मा स्वयंवर और विवाह को स्वीकार करने को कदापि तैयार नहीं है।"

"पुत्री! सर्वस्व शरीर ही तो है।"

"मनहीन शरीर मांसमज्जा का पिंडमात्र होता है।"

"लेकिन तुम्हारी आयु।"

"मेरी आयु इस विषय में आपसे बड़ी हो गयी है। जहाँ आप हर समय भोग की लालसा से घिरे रहते हैं, वहाँ मैंने कटु शब्दों में, आपकी आज्ञा के कारण चार-चार पुरुषों के लम्बे बलात्कारों को सहा है। इच्छारहित संभोग को आप बलात्कार ही तो कहेंगे?"

ययाति को लगा कि माधवी ने उसको तड़ातड़ चाँटे जड़ दिये हैं। उन्होंने अपराधी की भाँति सिर झुका लिया।

माधवी ने उनकी दयनीयता पर दृष्टिपात करके कहा, "महाराज! मेरी नियति क्या है? एकांत एकांगी जीवन।...मुझे सन्यास लेकर अलौकिक शक्तियों का स्वामी नहीं बनना है। शाप और वरदान के खेल नहीं खेलने हैं। अपनी मन की अमोघ शांति के लिए मैं शब्द का जप करूँगी, मंत्र का जप करूँगी। क्योंकि शब्द ब्रह्म है। शब्द ही देव है, दानव है, मानव है। शब्द रूप-स्वरूप, जीवन-मृत्यु, सृजन-संहार, पथ-पड़ाव और शांति-संघर्ष है। आत्म-परमात्मा और कल्याण मोक्ष है। शब्द के अतिरिक्त कुछ भी नहीं है।"

ययाति को लगा कि माधवी को स्वतः ही आत्म-ज्ञान हो गया है।

"तुम इतने विद्वत्तापूर्ण संवाद कैसे करने लगी हो माधवी?" ययाति ने विस्मय से पूछा।

"गत वर्षों में मैंने अपने खाली समय को अध्ययन, चिंतन और मनन में व्यय किया है। शब्दाडम्बरों के सुनहरे और प्रभावशाली आवरण से आच्छन्न आत्मा-परमात्मा के अगम अर्थ को समझने का प्रयास किया है। इस संस्कृति-सभ्यता के यथार्थ को देखा है। कथनी और करनी के अन्तर पर विचारा है तब मैंने समझा कि प्रकृतिजन्य सत्यों के अतिरिक्त सांसारिक सत्य ही सर्वोपरि है। चाहे देवता हों चाहे दैत्य, और चाहे मनुष्य, सारे के सारे भौतिक सुखों को प्राप्त करने के लिए प्रयत्नशील हैं। और निम्नस्तर तक जाकर प्राप्त कर लेते हैं।...महाराज! मैं इनसे ऊब गयी हूँ। उकता गयी हूँ। मुझमें निरन्तर एक सत्य को भोगते-भोगते विपरीत सत्य उत्पन्न हो गया है।"

"जैसी तुम्हारी इच्छा।" ययाति टूट से गये।

"मेरी यही इच्छा है, पर इसके लिए भी आपको मुझे पितृाज्ञा देनी होगी।" माधवी विनम्र हो गयी।

ययाति उठकर चहलकदमी करने लगे। बोले, "मैं कभी-कभी तुम्हारे संदर्भ में अपने को पापी और अपराधी समझने लगता हूँ।"

"महाराज! इस सोच के बोध को व्यापक विस्तार दीजिए। कदाचित आपके मन का आकाश में कोई दूसरा रंग उत्पन्न हो जाए।" माधवी खड़ी हो गयी। बोली,

"मनुष्य चाहे वह किसी कुल का हो, वर्ग का हो, यदि वह अपनी इच्छा शक्ति पर अंकुश रखे, ज्ञान और क्रिया शक्ति को मानव विकास में लगाए तो इस पृथ्वी पर स्वर्गीय सुख के दर्शन हो जाएँ।"

वह बाहर निकल गयी।

प्रासाद के ओर-छोर में यह बात फैल गयी कि माधवी सन्यास लेगी। सुननेवालों में विस्मय कम और आँखों में करुणा अधिक थी।

"पिता से पूर्व, पुत्री संन्यास ले रही है।"

"त्रासदी, भयंकर त्रासदी।"

"यह सब भाग्य के चक्कर है।"

"होनी को कौन टाल सकता है।"

"विधाता का लिखा अमिट होता है।"

जितने मुँह उतनी बातें। आखिर वह दिन आ ही गया जब माधवी गेरुए वस्त्र पहनकर राजा ययाति, देवयानी, शर्मिष्ठा और तमाम छोटे-बड़े अमात्यों के समक्ष उपस्थित हुई तो समय ठहर सा गया।

अत्यन्त तेजस्विनी और मनमोहक लग रही थी माधवी। प्रतीत होता था कि समस्त मानवीय अंशों से निर्मित है यह ययाति की रचना।

ययाति का विलासी अन्तःस्थल करुणाक्रांत मौन चीत्कार से भर गया। अवसाद की गहन अनुभूतियों से ग्रस्त महापुरुष एक पिता के रूप में रो पड़ा।

सब स्तब्ध। हैरान।

उन्होंने लपककर उसे अपनी बाँहों में भर लिया। रोदन भरे स्वर में ययाति बोले, "बेटी! तुम्हें इस भेष में देखकर मेरा कलेजा फटा जा रहा है। मुझे लगता है कि बसंत में अपनी सुवास बिखेरने वाले फूल को! मैंने असमय ही पतझड़ में फेंक दिया। मैं अब जान पा रहा हूँ कि अपने अहंकार की रक्षा के लिए मैंने तुम्हारी आहुति दे दी। तब मैं क्षुद्र स्वार्थी हो गया था। मुझे क्षमा कर दे बेटी।"

"महाराज! मैं अपने पिता को क्षमा करती हूँ। किन्तु महाराजा ययाति को कभी क्षमा नहीं करूँगी जो केवल अपने सुखों के लिए जी रहा है। जो अपनी सम्पन्नता और शौर्य के कारण भौतिक सुखों में लीन है। महाराज! मैं जो चाहती हूँ, वह नहीं होगा क्योंकि मेरा कहा हुआ, इस सत्ता-व्यवस्था में दब जाएगा। अभी तो देवों व ऋषियों की भारी भरकम शक्तियों का समय है। मेरी आपसे प्रार्थना है कि आप नैतिक मर्यादाओं से आबद्ध मनुष्य बनें। देवत्व और दानवत्व हर जीव में होता है। जब-जब उनमें से कोई शक्तिशाली होता है, दूसरे को परतंत्र बनाने के प्रयास करता है और अपने शत्रु के प्रति उसकी विध्वंसात्मकता सीमाहीन हो जाती है। महाराज जिसके दो हाथ हैं, यदि वह शक्तिशाली और धनाढ्य है तो वह व्यक्ति दूसरे को

दास बनाना शुरू कर देता है।...यहीं से अन्याय, अत्याचार, अनाचार, नृशंसता, आतंक आरंभ हो जाता है। जो देव, दैत्य और मनुष्य जितना शक्तिशाली होता है, वह उतना ही क्रूर, पाशविक और दंभी हो जाता है। इस विभेद को आप मिटाइए। मानव का अन्वेषण कीजिए, उसकी पूर्णता, स्वतंत्रता, और समता के लिए अपनी महान शक्ति के अविरल स्रोतों को प्रवाहित कर दीजिए।"

उसने ययाति को हाथ जोड़ कर विनीत स्वर में कहा, "महाराज! मैं अनेक प्रश्न लेकर यहाँ से जा रही हूँ और मैं उनका समाधान ढूँढ़ने का प्रयास करूँगी।... देवो-दैत्यों, राजा-महाराजाओं, ऋषिगणों से प्रार्थना करूँगी कि वे अपनी अलौकिक शक्तियों, तपोबलों, सम्पन्नता, शौर्य और पुरुषार्थ से इस पृथ्वी को मनोरम और समतामय बनाएँ। मनुष्य अर्थात स्त्री-पुरुष विशेषतः स्त्री इस पृथ्वी पर शोषण विहीन हो। मोक्ष की जगह मुक्ति के महावृक्ष लगें। उस अलौकिक आलोक का अन्वेषण करें जो तम तो मिटाए मगर आत्माओं के। प्रणाम...सबको अंतिम प्रणाम!"

समस्त उपस्थिति पर विमूढ़ता पसर गयी।

शर्मिष्ठा आर्त्तनाद करती हुई माधवी से लिपटकर फूट-फूट कर रोने लगी। उसके करूणामय रोदन ने सबको पिघला दिया।

देवयानी जड़ थी। प्रतिक्रियाहीन।

ययाति मर्माहत थे। आँसू पोंछ रहे थे।

शर्मिष्ठा ने प्रार्थना की, "माधवी! रुक जाओ, मत जाओ। तुम्हारे मानस के उजालों के बिना हम सब और मेरा अशोक वन शून्यताओं से भर जाएगा। तुम तो रोम-रोम से प्रेममयी हो। क्यों वीतरागी हो गयी। मत जा माधवी मत जा, मैं तेरे पाँव पड़ती हूँ।"

माधवी की आँखें भर आयीं। उसने इतना ही कहा, "मुझे दुर्बल मत करो शर्मिष्ठा, मुझे जाना ही है। चलो पल्लवी, चलो। अपनी नियति का गंतव्य, महावन में कहीं न कहीं मिल ही जाएगा।"

दोनों प्रासाद के तोरण द्वार से बाहर निकल गयीं। रोदन के स्वर वातावरण में तैर रहे थे। चराचर उन्मन और उदास लग रहा था। एकदम शून्य भरा।

माधवी की आत्मा कह रही थी—

सर्वे भवन्तु सुखिनः
सर्वे सन्तु निरामयाः
सर्वे भद्राणि पश्यन्तु
मा कश्चित् दुख भाग् भवेत्।।
समस्त संसार सुखी हो और रोग रहित हो।
सब मंगल मय हो, कोई भी दुखी न हो।
हे पृथ्वी, आकाश, जल-वायु-अग्नि आप सब मनुष्य पर कृपा रखें।

●●●